La tierra bajo tus pies

Novela

Cristina López Barrio

La tierra bajo tus pies

Planeta

PEFC Certificado

Este libro procede de bosques gestionados de forma sostenible

PEFC

PEFC/14-38-00305 www.pefc.es

Adaptación de la cubierta: Booket / Área Editorial Grupo Planeta
Fotografía de la cubierta: © Mary Wethey / Trevillion Images
Primera edición en colección Booket: mayo de 2025

Depósito legal: B. 7106-2025
ISBN: 978-84-08-30304-6
Impreso en España

Biografía

Cristina López Barrio, nacida en Madrid, ejerció como abogada y se especializó en Propiedad Intelectual. Tras ganar en 2009 el Premio Villa Pozuelo de Alarcón de Novela Juvenil con *El hombre que se mareaba con la rotación de la Tierra* (2009), y tras la publicación de la novela *La casa de los amores imposibles* (2010), abandonó la abogacía para dedicarse plenamente a la escritura. En 2010 obtuvo el premio a la escritora revelación que otorga el conocido blog literario *Llegir en cas d'incendi* por *La casa de los amores imposibles*. Esta novela se ha traducido a quince lenguas y publicado en veintidós países, entre ellos Estados Unidos, Italia, Alemania, Brasil, Argentina, Suecia, Israel y México. Publicó las novelas *El cielo en un infierno cabe* (2013) y *Tierra de brumas* (2015). En 2017 fue finalista del Premio Planeta con *Niebla en Tánger*, que ha sido traducida al italiano, holandés, polaco y chino. Su anterior novela es *Rómpete, corazón*. Ha publicado el libro de relatos *El reloj del mundo* y participado en varias antologías: *Los amores más extraños del mundo* y *Bajo dos banderas*, así como otros relatos en diferentes revistas, como el suplemento cultural del *Corriere della Sera*, *La Lettura*, la revista cultural *Zenda* y la revista *Manera*. Desde hace años también imparte talleres de escritura creativa.

@cristinalopezbarrio

@crislopezbarrio

A mi querido Ángel Lucía,
por la magia de su amistad.
Gracias, siempre.

Era el mejor de los tiempos, era el peor de los tiempos, la edad de la sabiduría y también de la locura; la época de las creencias y de la incredulidad; la era de la luz y de las tinieblas, la primavera de la esperanza y el invierno de la desesperación.

CHARLES DICKENS, *Historia de dos ciudades*

Hui Tzu dijo a Chuang Tzu: «Todas tus enseñanzas están centradas en lo que no tiene utilidad».
Chuang replicó: «Si no aprecias aquello que no tiene utilidad, no puedes ni empezar a hablar acerca de aquello que la tiene. La tierra, por ejemplo, es amplia y vasta, pero de toda esta extensión el hombre no utiliza más que las pocas pulgadas sobre las que en un momento dado está. Ahora suponte que haces desaparecer todo aquello que no está de hecho utilizando de modo que en torno a tus pies se abre un abismo (...) ¿Durante cuánto tiempo podrá usar lo que está utilizando?».
Hui Tzu dijo: «Dejaría de servir para nada».
Chuang Tzu concluyó: «Esto demuestra la necesidad absoluta de lo que no tiene utilidad».

El camino de Chuang Tzu
(versión de Thomas Merton)

Querido amigo:

Espero que perdone mi silencio durante tantos meses. Aún temo por nuestra vida. Solo durante las noches, al cobijo de la oscuridad, me siento segura.

Le envío esto porque, quizá, ya solo tenga valor para usted. Haga con ello lo que le parezca. Si cree que ha de ver la luz, que así sea. Si no, se perderá en este tiempo que, me temo, camina más que nunca hacia las tinieblas.

Junio de 1936

PRIMERA PARTE

—

MADRID, JULIO DE 1935

1

Cati Skalo —ojos verdes, pelo castaño con corte a lo *garçon*— caminaba por la Gran Vía disfrazada de gaucho argentino. Amanecía. Llevaba un antifaz negro en vez de gafas de sol y un sombrero de ala ancha. El látigo enroscado en una mano para domar a los cimarrones de ciudad, chaleco, cinturón y pantalones bombachos. Todo comprado, salvo las botas repujadas con puntera de plata que su padre, un marino mercante que había recorrido medio mundo, ganó al póquer en un tugurio oriental. Le quedaban dos tallas más grandes, pero él se las había regalado porque le fascinaban desde la niñez, cuando se las veía puestas con un batín de seda china. Durante muchos años, Leonardo Skalo había sido la atracción de la casa de la calle del Prado donde vivía la familia desde que la madre de Cati regresó con él de su viaje a Filipinas. Le había conocido en el muelle de Manila, sentado en un rollo de cuerda. Tenía los ojos dorados bajo un panamá y una camisa remangada que dejaba al descubierto un bíceps tatuado con una mariposa amarilla.

—Por un beso echa a volar —le dijo al verla, y le guiñó un ojo de oro.

Cati sonrió antes de chasquear el látigo sobre la acera. Aquella noche, la fiesta había durado hasta la madrugada. Le venían imágenes a la mente como sorbos de champán:

—Por el último Martini, un beso —le había dicho a Edmundo antes de hundirse en sus labios.

Luego se había puesto a bailar el charlestón como lo hacía la chica del *music hall* a la que llamaban la Yankee y todos la habían aplaudido. La noche había sido un éxito.

Por una bocacalle estrecha que daba a la Gran Vía, se asomó el carro de la trapera tirado por un burro. Venía de recoger las sobras de la cena del Club de la Gran Peña y ya iba camino de su casa. Cati chasqueó de nuevo el látigo, pero esta vez en la calzada para cortarle el paso. El burro se detuvo y la miró con desgana.

—¿Y quién diablos...? —blasfemó la trapera alzando el palo con el que arreaba al animal.

Cati se quitó el sombrero, hizo una reverencia con él como si estuviera en el teatro y volvió a ponérselo.

—Soy yo, *milady* —dijo.

—¿Mi-qué? Yo soy la Paca.

—Qué poco estás hecha para el mundo del espectáculo —suspiró Cati mientras se quitaba el antifaz.

La Paca rio golpeándose con una mano en la frente.

—¿Y tú, que te escapaste de una película o qué? Anda que lo mismo te detienen.

—Vengo de domar hombres y de bailar toda la noche. —Cati enroscó el látigo.

La trapera aplaudió.

—Si yo volviera a ser joven y no tuviera estas carnes de pobre...

Se conocían desde que Cati era una niña y la Paca recogía la basura de la calle del Prado. Una noche de invierno, Cati se escapó de casa porque soñaba con recorrer la Gran Vía montada a lomos del burro.

—Al animal no te subas, que no está para jodiendas de crías ricas —le advirtió la Paca, y le ofreció la mano para sentarla junto a ella en el pescante.

—Llévame a la Gran Vía, Paca, que te voy a leer las carteleras de todas las películas que echan.

—Y yo pa qué quiero saber eso.

—Pues para que vayas al cine.

—Tu madre te habrá dao permiso. —Le miró los lazos que le salían por el cuello y no supo distinguir si la niña llevaba un camisón o un vestido.

—Me ha dicho que cuando volvamos subas a por un vaso de leche caliente.

La Paca arreó al burro. La noche era fría y se oían a lo lejos los silbatos de los serenos.

—Mira, Paca, *Luis Candelas, el bandido de Madrid.* La echan en el cine Callao.

—Jesús, María y José. —Se santiguó—. Que no nos pase nada malo, amén.

—¿Por qué nos iba a pasar?

—Por hablar de bandidos. Santíguate.

—Pues ya no lo digo más. —Cati se acurrucó en ella—. A ver esa.

Y la niña le leía y la Paca resoplaba, hacía aspavientos, se reía con todos los dientes que le quedaban. Y esa otra de allí, qué dice, y el frunce del ceño se le iba borrando, los ojos se le hacían más grandes para ver lo que nunca había visto, aunque pasaba por delante cada día, y la sonrisa se le escapaba por las arrugas secas.

Al regresar a la calle del Prado, allí estaba Leonardo Skalo, enfermo de ansiedad, buscando a su hija.

—Me dijo que tenía permiso, señor mío, y que ahora me iban a dar leche —se defendió la Paca.

La aventura terminó con Cati dentro de la bañera y su

madre frotándole el cuerpo con una esponja. Solo a ti se te ocurren estas cosas, fantasiosa, la regañaba, porque la niña le había dicho que desde el carro se veía la ciudad más grande y más alta como la hermana mayor que no tenía. Después de secarla y ponerle un camisón limpio con las iniciales bordadas que compartían —Catalina, la niña; Carlota, su madre—, la castigó con el peor de los castigos posibles: no la acompañaría al teatro la tarde siguiente.

Cati se puso el antifaz y el sombrero de ala ancha para protegerse de la lengua de sol que se extendía por la calzada.

—¿Y de qué te has vestío? Estás como el cartel de *El Zorro* en el Coliseum —le dijo la Paca, que desde aquella aventura nocturna era adicta a los carteles de cine y se jactaba de ver el futuro en ellos.

—¿Me dejas montarme o no?

—Un día te llevan por loca al manicomio. Qué chica esta, lo que hace no tener que rascarse el hambre.

La Paca tenía el pelo blanco desde siempre y los ojos de canicas pardas. Hizo un gesto con la mano y Cati se encaramó a su lado en el carro.

—Hace más de una semana que no te echo el ojo y hay carteles nuevos.

—Mamá vuelve a estar enferma. Los pulmones.

—Vaya. —La Paca ladeó la cabeza—. Anda, léeme algunos. Ese, el del Palacio de la Música.

—Echan *Treinta y nueve escalones.*

—Del Jisco. Eso lo sé leer yo, que ya he visto algunas de él anunciás. Y además ha sido mirarlo y ma dao en el vientre un desvaído.

—¿Y...?

—No me da buena espina la semana.

Cati rio.

—Paca, no seas agorera.

—¿Y quién la hace?

—Un tal Robert Donat, no le conozco.

—Pero el bigote que lleva es de asesino.

—Es la moda, Paca.

—Lo que te digo, que se acercan tiempos malos.

—No te hago caso.

Cati se fijó en su perfil, guiñó primero un ojo y luego el otro. Había estudiado pintura en la Academia de Bellas Artes de San Fernando.

—Oye, Paca, me gustaría pintarte un retrato. Tienes un perfil griego —le dijo mientras volvía a guiñarlos para tomar medidas.

—Como que yo tengo mis cosas. —Soltó una carcajada.

—Ve despacio y echo una cabezada, así mamá creerá que dormí algo en casa de mi amiga Luisa.

—No me has leído la del Capitol.

—La última, que estoy que no me tengo. *La verbena de la paloma.*

—Pues eso, verbena de asesinos que va'ber.

Cati negó con la cabeza, divertida.

—Qué imaginación tienes. Ve más despacio, por favor.

—¿Y la señorita manda algo más?

—Anda, Paca, sé buena, que hoy he bailado mucho.

—Mía que quieres el taxi fino, menos mal que luego pagas algún real —rio—. A mí se me ha acabao el sueño y el tuyo está por empezar.

—¿Qué cenaron en la Gran Peña?

La trapera se encogió de hombros.

—Atufa a pescado.

—Entonces me toca chupar raspa.

Cuando la Paca dejó a Cati en su casa de la calle del Prado, había revuelo en la escalera. La portera miró su atuendo, pero no le extrañó. Sabía que en la familia había mucho gusto por los teatros y la farándula. Por muy burgueses que sean, por culpa del padre tienen costumbres extranjeras, pensó. Ojalá una pudiera tomarse así la vida, aunque no sé si será honrao. Dos hombres vestidos de negro bajaban los escalones con el rostro de luto. Las vecinas del bajo espiaban por una rendija de la puerta.

—¿Qué ha pasado? —le preguntó Cati a la portera.

—Que ha venido la muerte a la casa, señorita. Lo supe anoche porque vi una polilla zumbando en la lamparita de la mesilla, pero no sabía a quién le iba a tocar. Recé para que me llevara a mí; desde que se fue mi difunto ya saben todos en la casa que no pienso en otra cosa.

—¿Y a quién fue?

—Ay..., y mire la señorita que viene de fiesta —respondió la portera mirándola de arriba abajo.

Cati subió de dos en dos los escalones que le quedaban hasta el segundo izquierda mientras le venía a la boca el sabor del último Martini que sería para siempre el de la desgracia. No podía sacar las llaves del pantalón de gaucho, la mano le temblaba. Llamó al timbre. Le abrió el doctor Honorio Guzmán, que la había traído al mundo una madrugada de lluvia inclemente. Torció la boca al verla disfrazada, se quitó los quevedos de plata y la tomó de la mano, pero ella se soltó. Avanzó por el pasillo hasta el gabinete de su padre, donde estaba encendida una luz débil y amarillenta. El loro que estaba en su jaula de barrotes blancos la miró girando la cabeza y repitió: llegas tarde, llegas tarde... Ella no le hizo caso, como tantas otras veces. Vio los pies de su padre en el diván de damasco donde dormía las siestas y leía el *Times*, bajo la colección de abanicos de seda que habían hecho las delicias filipinas de su madre. Tenía puestas las pantuflas de paño azules. El tiempo que Cati tardó en completar la visión del cuerpo de su padre, el corazón se le fue a la boca. Estaba inerte, envuelto en un batín de satén, con un pañuelo sobre la frente y una palidez que auguraba lo peor. Pero estaba vivo. Así lo atestiguaba el halo de calor que despedía a causa de un ataque de malaria que no sufría desde que la madre de Cati se cruzó en su vida en el muelle de Manila, y lo había reducido a la vejez en unas pocas horas.

—Así está desde que ella...

Cati oyó la voz del doctor Guzmán a su espalda. La voz que había anunciado su nacimiento también le anunciaba su muerte. Se giró para mirarle y encontró su rostro contraído y a punto de las lágrimas.

Echó a correr por el pasillo hacia el dormitorio de sus padres. Lo primero que le llegó fue el aroma dulce de unas flores desconocidas. Después se le agolparon recuerdos desordenados donde su madre la peinaba antes de dormir, la mecía, la asomaba a la ventana a ver pasar perros y así dejaba de llorar, la arreglaba con lazos y organzas para ir al teatro. Cuando acertó a agarrar el picaporte de la puerta, los recuerdos se le fueron como un torbellino de agua por el sumidero del corazón y lo supo. Ella estaba tumbada en la cama, con la tez sonrosada, más viva en apariencia que el padre. Pero su postura delataba que ya era víctima del rito mortuorio. Tenía las manos cruzadas en el pecho y los pies en ángulo. Cati se tapó la boca con una mano, cayó de rodillas sobre la tarima y cerró los ojos.

2

Aquella mañana del velorio, el cielo parecía leche y un hilo de frío atenazaba la ciudad, aunque era verano. Nadie había descansado en la casa de la calle del Prado desde la muerte de la madre de Cati por su última pulmonía. Nadie comprendía ese cambio de tiempo si no era por su deseo de acompañar a la familia en el dolor.

—Amaneció Madrid amortajado —repetía Leonardo Skalo con un pañuelo de colonia de sándalo en la frente, que apestaba la casa de un dulzor pegajoso—. No ha de terminar el día sin que granice llanto.

Le supuraba la piel una malaria de pena que Cati trataba de calmar.

—Túmbate, papá, en el diván desde el que vas a ver los abanicos de mamá.

—¿Dónde estabas, eh? —Sujetó el pañuelo en una mano crispada como una garra—. Tenías que cuidarla durante la noche.

—Durmiendo en casa de Luisa. ¿No recuerdas que daba una fiesta de disfraces? Mamá lo sabía bien. —Se señaló el atuendo de gaucho que aún llevaba puesto.

—Catalina Skalo, te fuiste a disfrazar de la muerte.

Leonardo rememoró la historia del gauchito y el fardo. Había sucedido en Cádiz, cuando Cati tenía unos diez años y él aún buscaba las olas en el cielo. Allí estaban los almacenes de café con el que comerciaba la familia de su mujer desde hacía generaciones y de cuyo negocio él se encargaba. Le gustaba perderse entre los fardos que aún olían a la bodega de los barcos y a brea. Carlota lo había acompañado con la niña, como en otras ocasiones, para vigilarle la nostalgia del océano. Allí vio Cati el sello de El Buen Gauchito, estampado en un fardo de mate, con su látigo y su caballo de manos que ella replicó después en su cuaderno de dibujo. Alguien lo había metido por equivocación en el carguero de la naviera de sus padres con destino a Cádiz. El fardo de El Buen Gauchito se desmoronó de pronto, seguido de otros muchos, sobre Carlota. Se le clavaron varias costillas en un pulmón y tuvo que estar en cama respirando como una locomotora durante más de medio año hasta que pudo levantarse. A raíz de aquello era propensa a coger una pulmonía tras otra hasta la fatal que se la llevó a la tumba.

Cati dejó a su padre con el doctor Honorio Guzmán, que se había quedado para atenderlo porque había sido íntimo de su abuelo. En veintiocho años que Leonardo llevaba en España, era el primer pico de malaria que padecía. El doctor creía que la historia de su malaria latente era una leyenda de la lejana Filipinas, hasta que vio el chorrear de paños y el delirio verde que lo llevaba de nuevo a chapalear en el diván. Le preocupaba también Cati. Desde que la vio regresar a casa, como un hombre de la pampa, no había tenido descanso ni siquiera para llorar a la madre muerta y parecía buscar cualquier excusa para no hacerlo.

—Esta niña, Carlota —solía decirle a la difunta, pues la

quería como a una hija—, veo que la tienes demasiado suelta y se nos pierde en el desmadre de estos tiempos disipados. Así no encuentra marido. Al hombre le gusta divertirse, pero luego quiere tradición para casarse.

—El matrimonio lo carga el diablo, aunque el mío lo cargaron los ángeles. Espero que a mi niña le ocurra lo mismo —respondía Carlota riendo.

—Si aún viviera tu padre o la santa de tu madre, ya te pondrían la cabeza en su sitio, pero te casaste con un hombre que se deja manejar a tu antojo y le da a la niña cuanto desea.

El bueno del doctor no comprendía cómo Leonardo le había enseñado a Cati a conducir el Hispano Suiza negro, descapotable, que era la envidia de la Gran Vía los días de sol. Algunos domingos ella lo conducía por la Universitaria con unos guantes de cabritilla marrón y unas gafas que le daban aspecto de hombre. Pero Leonardo era incapaz de negarle algo que su hija le pidiera como ella sabía hacerlo.

—Y encima acompañada de varón con el que no se le conoce relación formal, Carlota —insistía el doctor—, porque la niña novio con nombre y apellido digno aún no tuvo. Un día tiene un accidente o la asaltan porque la toman por una fresca y nos la desgracian para siempre.

—Los tiempos son otros, mi querido doctorcito, ahora nosotras podemos hacer algunas cosas divertidas ante los ojos de todos.

—En eso te equivocas, los tiempos son los de siempre.

Conforme avanzaba la mañana, el desfile de vecinos que venía a presentar sus condolencias fue en aumento. La muchacha que Carlota había recogido para el servicio de la casa, durante una de sus obras de caridad en un pueblo de la sierra, le tenía miedo a la muerte. Desde que vislumbró el cadáver de su señora por la rendija de la puerta, se acurrucó en la cocina, venga a santiguarse, y no quiso salir más. Era Cati la que iba y venía con los paños de Leonardo, el balde del agua y la colonia, mientras el loro repetía: llegas tarde, llegas tarde..., hasta que ella cubrió la jaula con una tela como hacían durante las noches.

Era Cati la que abría la puerta para atender el desfile de pésames, aún con las botas del padre y los bombachos argentinos. Gracias, gracias, dice el doctor que no se pudo hacer nada, sus pulmones ya no aguantaban más. Se fue sin sufrir. La miraban de arriba abajo, una desgracia su pérdida, querida, con lo buena que era tu madre. Demacrada, sin encarar la pena, mamá no puede haberse ido así, pensaba mientras iba de acá para allá, y de pronto se le pasaba por la cabeza que mamá aún estaba viva, que aquello no era más que una obrita de teatro como las que organizaba en casa cuando era pequeña y ella elegía el papel de doncella muerta.

Cati recibió a los de la funeraria del paseo de la Castellana que portaban el ataúd.

—¡Que sea blanco como su piel! —gritaba Leonardo desde el diván del delirio—, asegúrate, hija mía.

—Pecas ya no va a poder tener —gruñó el doctor Guzmán rememorando el cutis pelirrojo de Carlota—. Blanco, dónde se ha visto, con lo elegante que es morirse de negro entero y el Cristo sangrante sobre la tapa. Blanco es de nuevo rico. Si su padre levantara la cabeza, mejor estás muerto, querido amigo, para no ver cómo se llevan a tu niña metida en tal agravio hortera.

Leonardo se quitó el paño de la frente de un manotazo y abrasó al doctor con sus ojos de oro.

—Yo digo cómo se va a la tumba mi mujer. Faltaría más.

—A que se muriera tuvo que esperar para decir algo —murmuró entre dientes el doctor.

—Papá, blanco pedí el ataúd y así será o te aseguro que se lo llevan escaleras abajo.

Con el ataúd y los de la funeraria, subió la portera abriéndoles paso.

—Jesús, parece que la van a enterrar en nieve —dijo santiguándose—. Cómo se nota la gente pudiente que se entierra como quiere. Al pobre, de vivo se le clava en la carne la chinche y de muerto las astillas de la caja de pino.

—Respete, hombre, respete —le ordenó el doctor Guzmán.

—Son comentarios que se hace una para sí.

—¡Es blanco, papá! —gritó Cati; tomó el relevo de la portera y lo condujo al salón—. Parece casi de nácar.

—¿Y la difunta? —preguntó un hombre de la funeraria. Era grueso y daba la impresión de que le sudaban las gafas—. ¿Ya arreglaron con qué van a enterrarla?

—Se podría con el propio cielo, pero será con su vestido de novia —aseguró Leonardo mientras se adentraba en la nostalgia de un encaje de *chantilly* color marfil.

—Yo me ocupo de vestirla —les dijo Cati.

—No va a poder usted, señorita, se lo digo por el *rigor mortis.* —El hombre se ajustó las gafas—. La deja en las mejores manos de Madrid. Ella se encarga.

Tras el ataúd había subido una mujer embutida en un traje de chaqueta gris con estatura de ciprés y un maletín de maquillaje profesional.

—Confíe, querida —le dijo a Cati después de darle el pésame—. Mis manos lo arreglan todo.

—Espere al menos a que le busque el traje de su boda.

Cati entró en la habitación de sus padres sin esperar respuesta. Frente a la cama estaba el armario de luna gigante, de tres cuerpos, con un copete de cedro. Cuántas veces había admirado a su madre mientras se vestía frente a ese espejo, cuántas la había vestido también a ella. El reflejo le devolvía a Carlota como si estuviera dormida. Aún no se había atrevido a tocarla. Ni a mirarle el rostro. El doctor Guzmán le había cerrado los ojos, pero Cati se negó a taparle el rostro con la sabanilla de batista. Parecía que en cualquier momento iba a entrar la muchacha con el chocolate caliente y la ensaimada del desayuno, y de los labios de Carlota iba a salir un «buenos días».

El ajetreo mortuorio quedaba detrás de la puerta, ajeno a la paz que se respiraba en el dormitorio. Todavía estaba en el aire el vaporizador de perfume de lilas que usaba su madre. Pero a Cati le pesaba el silencio. Abrió la hoja central del armario y se puso de puntillas para alcanzar una caja amarillenta del estante más alto, luego la dejó sobre la cama. Al quitar la tapa, se escapó un aroma a las flores filipinas de Kalachuchi, a los farolillos de papel naranja y al dulce de coco que se comió durante la boda en el trópico. Sacudió el vestido y salió una nube de polvo de entre el encaje ajado.

—Voy a abrir el balcón, mamá, y a echar el cerrojo para que no entre nadie. Que el doctor Guzmán le cambie a papá el paño de colonia y que las vecinas le vayan a él con sus penas.

Entró un soplo de viento que voló un par de mechones blancos de Carlota. Luego Cati se probó el vestido de novia por encima y se miró en la luna del armario. No pocas veces había deseado ser como su madre. A sus veintitrés años era más alta que ella; había heredado los huesos largos de Leonardo, los huesos eslavos, le decía el doctor Guzmán, que le daban un aire distinguido y extranjero. A su madre le gustaba decir que había venido al mundo un día de abril, frágil como un pescado. Era alargada, pero de formas redondas, parece que ha parido usted una cuchara, recordaba Carlota que le dijo la partera. Cati extendió el vestido sobre la cama y se sentó de espaldas a su madre. Miró el espejo y la vio dentro, pero no muerta, sino con su traje de chaqueta de *tweed* nuevo, porque empezaba la temporada teatral de otoño, y se vio a ella de su mano, con solo siete años, arreglada con jaretas y festones para su primer día de teatro.

—Me llevaste a ver *El caballero de Olmedo*, qué guapa estabas, mamá. Qué orgullosa me sentía a tu lado. Aunque vaya obra que elegiste, como todas las que te gustan, y así me has dejado con esta pasión por el drama que me dicen mis amigos, y Edmundo, claro que él es peor que yo, tiene un imán para las desgracias. Recuerdo que cuando el escenario se iluminó se me encogió el estómago. Aquí va a suceder algo gordo, pensé. Me asustó también el silencio, como ahora, mamá. Los silencios que hablan. Luego salió aquel actor con sombrero de plumas y aquellos calzones inflados, la capa y las botas hasta las rodillas, y se puso a recitar el verso. Lo sientes, ¿verdad?, me dijiste, siendo hija mía no puede ser de otra manera. Esto que te pone los pelos de punta, que te enciende la piel como si tuvieras una bombilla en el pecho, esto es la belleza, Cati, a partir de hoy ya no serás la misma. Y no lo fui, mamá. Sacaste un botecito de porcelana y te lo llevaste a la nariz para no desmayarte. No me ofreciste porque sabías que me daba ganas de estornudar y en el teatro no hay que hacer ruido, me decías. Cuando algún actor recitaba el verso muy deprisa y sin vocalizar, ponías las manos en modo de oración sobre tus labios, parece que te estoy viendo —rio mientras hacía el gesto—. Cerrabas los ojos y negabas con la cabeza. Después entrelazabas mis dedos con los tuyos dándome valor para aguantar aquella infamia... Tenemos que volver pronto al teatro, mamá, cuando pase el verano sabes que comienza la temporada de otoño... así que deja ya esta tontería de morirte —se le quebró la voz—, porque no voy a permitir que te vayas a ninguna parte. ¿Me oyes?

La imagen de su madre con el traje de *tweed* se desvaneció en la luna del armario dejando paso a los pies fúnebres y la rigidez de la postura. Cati abrió el cerrojo de la puerta y corrió por el pasillo hacia su cuarto. La mujer ciprés la vio salir y entró con sus aperos mortuorios.

3

A las cinco de la tarde comenzaron a llegar las visitas oficiales para el pésame. El velorio se había acondicionado en el salón. Carlota era una novia yacente en su ataúd blanco. Lo custodiaban cuatro jarrones de cristal con varas de narcisos y peonías rosadas. Por allí pasaron los empleados del negocio familiar de comercio de café, que exportaban desde Filipinas, y algunos empleados de la naviera; las compañeras de Carlota de las revistas femeninas, porque escribía en ellas críticas teatrales; las de las obras de caridad de los pueblitos de las afueras; las sufragistas con las que se desgañitaba frente al Congreso; los conocidos de los teatros y un par de actores que levantaron un cierto tumulto, entre otros muchos que Cati no supo reconocer.

A las siete en punto saltó del cielo el granizo vaticinado por Leonardo Skalo y entró como garbanzos por los balcones del salón. Nadie se movió, maravillados por el fenómeno. La alfombra persa quedó empedrada de hielo. Un hielo que, tras la marcha de todos, se instaló en los huesos de Cati al asomarse al ataúd y darle el beso de buenas noches a su madre como si siguiera viva. Se le helaron los labios y se le metió dentro el invierno de la muerte. Tuvo frío durante toda la noche, un frío que no desaparecía por mucho que se arropara. Había rescatado del armario la manta que la muchacha ya había embalsamado en naftalina para que aguantara el verano, pero no le puso remedio al duermevela gélido en el que veía salir de la casa el ataúd blanco y alejarse de su vida para siempre.

Por la mañana el frío continuaba, a pesar de que había amanecido con el cielo despejado y los treinta y tantos grados propios de julio. La muchacha sirvió el desayuno en el comedor. Puso la mesa con la porcelana china de Carlota, las tazas de té con el filo dorado y los platitos de arabescos azules para las tostadas con mantequilla.

—Come —le dijo Leonardo a su hija—, te sentará bien. —Le apretó una mano y le sintió la carne de escarcha—. Lo que tienes es miedo, Catalina, solo eso. Pasará.

—No quiero que se la lleven. No quiero que le pongan la tapa... No volveré a ver su rostro...

—La primera vez que uno se enfrenta a la muerte no se entiende, hijita. Hace falta tiempo, vivir para familiarizarse con ella.

Cati alzó la mirada hacia su padre.

—¿Por qué todo lo que amamos ha de acabar, papá?

Leonardo le acarició una mejilla.

—De otra manera no brillaría tanto.

Después de desayunar, Cati se sentó en una silla frente al ataúd de su madre, que aún estaba abierto. Los primeros rayos del día entraban por el balcón como lanzas. En una de las manos sostenía el cuaderno de dibujo, en la otra, un lápiz. Se quedó inmóvil durante un rato, hipnotizada por cómo el rostro de Carlota se iluminaba conforme las lanzas de luz se agrandaban. Parecía señalada por una luminosidad divina que ayudaba a fijar en la memoria de Cati cada uno de los rasgos que habían estado tan presentes en su vida y que en breve la abandonarían para siempre. Quedaba poco de la doncella muerta que Carlota representaba en las obritas teatrales de la infancia de su hija. Tenía el rostro más serio, más afilado. Cati se levantó, se acercó al ataúd y se inclinó para oler a su madre detrás del lóbulo de la oreja. La fragancia a cálidas lilas que ella recordaba se había convertido en una peste a químicos. Regresó a su asiento con el corazón helado. Tomó de nuevo el cuaderno y el lápiz. Lentamente trazó un boceto del rostro, luego otro, otro más. Los dejaba caer al suelo. Se le fueron amontonando sobre la alfombra, como las lágrimas dentro de sus ojos, de sus oídos, de su boca, de su pecho, de su mente. Dejó de dibujar para no ahogarse. Se le escurrieron de las manos el cuaderno y el lápiz y pudo llorar a su madre por primera vez.

Pero se hacía tarde para el adiós.

—Ve a vestirte —la interrumpió su padre—. Los de la funeraria están a punto de llegar. Es mejor que la retrates desde la memoria.

Cati se fue a su dormitorio. Sobre la alfombra estaba tirado el disfraz de gaucho. Ya no quería verlo nunca más. Llamó a la muchacha, que entró temerosa, todo le sobresaltaba desde el suceso.

—Quémalo —le ordenó Cati arrojándole la ropa a los brazos—. Que no lo vuelva a ver, ¿me has entendido?

La muchacha asintió y se fue llorando. No le gustaba su nueva ama, le daba miedo. Se le habían puesto los ojos de un verde lunático.

Cati se encendió un cigarrillo en la boquilla de nácar y fumó mientras buscaba en el armario qué ponerse. Sacó todas las prendas que tenía de color negro y las dispuso sobre la cama. Mientras se decidía, llamaron al timbre. Escuchó los pasos de los hombres de la funeraria en el pasillo, las voces quedas, el luto impostado. Escuchó como entraban en el salón, el ruido de madera en que se había convertido su madre. Frente al espejo, se fue probando por encima distintos conjuntos. El ruido de madera continuaba y la boquilla de nácar humeaba en un cenicero de la mesilla.

—¿Aún no estás vestida? Está todo dispuesto.

Cati oyó las palabras de Leonardo a su espalda.

—Pueden ponerle la tapa —le respondió sin mirarle.

Leonardo asintió y regresó al salón.

Al poco, los ruidos se reanudaron en el pasillo. Más a la derecha, cuidado con esta esquina, no lo golpeen, aquí a la izquierda, eso es, ya sale, ya sale. Los pasos por delante de su puerta, alejándose conforme Cati observaba como se consumía el cigarrillo en una hipnótica espiral de humo. No podía moverse. La puerta de la calle se abrió, con sus dos hojas como en los grandes acontecimientos. Se la llevaban. Cati acechaba cada uno de los ruidos, cada una de las voces, hasta que los pasos de los operarios se perdieron en el descenso de la escalera. Fue entonces cuando echó a correr hacia el *hall*. Le venía de nuevo a la boca el regusto del último Martini de la noche en brazos de Edmundo. Vio el ataúd como una línea blanca pespuntear hasta el último piso y desaparecer por el portal.

—Catalina, ¿todavía en camisón? —le preguntó su padre.

Él iba ataviado todo de blanco. Camisa y traje de chaqueta en lino puro. Cati le miró sorprendida.

—Así conocí a tu madre —dijo Leonardo—. Bueno, sin la chaqueta, con la camisa remangada y la mariposa lista para volar.

—Haz que vuele ahora para mí, papá, como me lo hacías de niña cuando estaba triste.

Leonardo se quitó la chaqueta con ceremonia y se la

colgó en un brazo, el tiempo nos apremia, Catalina Skalo, murmuraba, los entierros aquí son rígidos en sus horas, se subió la manga apropiada, en mi tierra la muerte es más blanda, así que solo una voladura, que estoy viejo, Catalina, sí, papá, y a la vez que el bíceps de Leonardo subía y bajaba, las alas de la mariposa amarilla batían la tristeza.

Cati sonrió y su padre rehízo su luto blanco.

—Así he de despedirla, digan lo que digan. Ya me domesticaron bastante, pero que sepas que no me arrepiento. Lo hubiera dado todo por ella.

—Entonces también iré de blanco, papá. Seremos las gotas de leche entre las moscas.

Y así fue. Se vistió aprisa con un traje de gasa que le había regalado su madre el verano anterior y un sombrerito de paja. Los zapatos de pulsera color crema, último modelo.

La carroza tirada por dos alazanes con penacho de plumas negras, que conduciría el féretro al camposanto, los esperaba en la calle. Cati sintió un escalofrío al verla. Se montó con su padre en el Hispano Suiza descapotable y junto con el coche del doctor y el de otros amigos formaron un cortejo tras la carroza. Había en las calles un rumor lejano de disturbios y al pasar por la plaza de Oriente, se sintió la inquietud de la pólvora. Una botella vacía impactó en una de las ruedas de la carroza, sin causar daños, y una voz de roca vociferó: ¡es un entierro de ricos!, sobresaltando a padre e hija. Pero se respetó la muerte. El ataúd se abrió paso entre la gente, que se preguntaba si no pertenecería a una niña grande.

Ya en el camposanto, al borde del precipicio de la tumba, Leonardo se quitó la chaqueta, y dejó volar de nuevo la mariposa en un último adiós. Se hizo un murmullo negro. A Cati se le doblaron las rodillas, pero su padre la sostuvo firme contra él.

Cuando los enterradores colocaron la lápida de mármol, le dijo a su hija:

—Me voy a Filipinas en el primer carguero de la compañía que salga para allá, a purgar en el océano el duelo por tu madre y a rendirles homenaje a nuestros recuerdos. Y tú te vienes conmigo, como ella hizo cuando se murió su madre. Allí vas a encontrar también el amor. Ya lo verás.

Cati miró hacia el grupo de luto que se dispersaba poco a poco. Ya no estaba allí, pero le había visto en una de las últimas filas, apoyado en el panteón de nieve de un ángel redentor, entre su grupo de amigos de las tertulias del Café Negresco.

4

Mamá, no dejo de preguntarme a qué hora exacta te fuiste, a las dos de la madrugada, a las dos y once, a las tres y cuarto. Sobre las tres Luisa pinchó un foxtrot. Antes de bailar pensé en ti. ¿Estarías tosiendo mucho? ¿Se habría ido papá de nuevo al diván porque le desvelabas? ¿O sería a las cuatro y diez? El bueno del doctor cree que sucedió de dos a cuatro y mientras dormías. Había unas gotitas de sangre en el blanco de tu almohada y un desorden de libros en el suelo y tu libreta de las reseñas abierta con la pluma entre las páginas y tinta en tu dedo. ¿Qué fue lo último que miraste? ¿Que acariciaste? A las tres y media, desenrollé el látigo y di con él en el suelo para poner orden. Edmundo había revolucionado la fiesta al unirse con una botella de Martini Rosso, escaseaban ya los cócteles, y todos querían el último. Él dijo, el primero para el gauchito guerrero, y todos rieron. Le echamos bien de hielo, luego le pedí a Luisa un charlestón, lo que más me gusta, él me cogió por la cintura, *baby*, tienes unos pies de locura, no hay quien te siga, mejor baila sola y yo te admiro. Se puso a fumar en el sofá de Luisa, yo bailé, después me senté a su lado y fumé con él en mi boquilla de nácar. Por la claraboya del estudio se veían las estrellas, ay, *baby*, me dijo, mira que parecen las costuras del universo, el mundo es un Frankenstein cada madrugada.

Decía cosas así cuando había bebido más de la cuenta, se ponía cursi o filosófico y me llamaba ese *baby* de película americana, venía de otra fiesta en el Palace por un estreno con actrices extranjeras, ¿sabes? Debían de ser más de las cinco. No se podía prever, dijo el doctor. Ahora pienso en por qué me quedé tanto rato mirando el cielo mientras Edmundo dormía sobre mi hombro, mamá, quizá tú ya volabas.

Cuando Cati abrió los ojos, al día siguiente del entierro, la casa de la calle del Prado era un caos de baúles y sueños. Leonardo Skalo había hecho bajar del trastero aquel monstruo de madera con el que Carlota atravesó el océano para encontrarle y ordenado que lo trasladaran a la habitación de la niña. Así que, a las ocho de la mañana, entraron en el dormitorio de Cati dos de los hijos de la portera: buenos días, señorita, usted disculpará, su padre insistió, aquí se lo dejo. Ella pensó: me vienen a raptar y a llevarme lejos en este baúl de muertos. No quiero más desgracias.

—¡Papá, aún no he dicho que sí! —gritó desde la cama—. Saca ahora mismo este mamotreto de mi cuarto.

—Qué tontería, es un hecho que no admite discusión, casi me atrevería a instaurarlo como tradición familiar: de la orfandad materna a Manila. Obedece, señorita.

—Te recuerdo que mamá se encadenó al carguero porque su padre no la dejaba ir con él a Manila, y además sujetaba aquel cartel de LAS MUJERES TENEMOS DERECHO AL OCÉANO que ahora se pudre en el trastero.

Cati se había levantado para ir a buscar a su padre. Estaba en el despacho.

—Ah, aquello fue una imitación impecable de las enseñanzas de su *nanny*, miss Violet, sufragista de pro en su Norfolk natal. La educación inglesa de tu madre y su testarudez la trajeron hasta mí.

La voz de Leonardo Skalo procedía del interior de un armario de caoba donde guardaba sus viejos útiles marinos: una brújula, un catalejo dorado por el que Cati miraba de pequeña para divisar el océano.

—Papá, deja que lo medite, no hagas que tenga que encadenarme a mi cama como mamá al carguero.

—Ah, la situación es endiabladamente parecida pero opuesta. —Parecía hablarles a sus útiles de navegación—. Mi mujer quería ir a Filipinas y su padre no la dejaba, ahora yo quiero que mi hija venga a Filipinas y ella no quiere.

—Ya no soy una niña para que me digas adónde tengo que ir, papá. ¿No lo entiendes? Quiero decidirlo yo.

—Eres tan terca como tu madre o más. Ella fue la primera de las mujeres de la familia a la que se le permitió embarcarse en un carguero de la compañía, y ahora que yo te doy permiso, lo rechazas. La vida es un carrusel.

Los pocos cabellos rubios que aún le quedaban vivos en las sienes se le habían vuelto blancos. Leonardo tejía una mortaja en su interior sin él saberlo.

—Papito querido —le acarició la cabeza—, te prometo pensarlo.

Le abrazó por la espalda.

—Eres mi hija y tienes la mar en las venas. Ya hemos estado demasiado en tierra firme, en esta tierra que nos reseca el alma sin tu madre.

—¿Qué haré sin mamá?

—Venir con papá.

—Me voy a pasear.

—Tienes tres días, luego el tren a Cádiz y de allí embarcamos al paraíso.

Cati le puso la mano en la frente. Aún se apreciaba febrícula, pero el ardor había pasado. Otro fuego le quemaba por dentro. Sin embargo, a ella aún le venían oleadas de aquel frío en los huesos.

—¿A qué hora viene hoy nuestro querido doctor? Me gustaría que te examinara de nuevo.

—Le he dicho que no hacía falta su presencia. El mal que tengo ya sé cómo curarlo.

—Pobre de nuestro doctorcito, no podemos dejarle de lado, papá.

—Sobrevivirá. Ahora estoy ocupado con otras cosas, ¿no lo ves? —Señaló los útiles marinos que tenía que limpiar.

Leonardo echaba de menos la brisa salada en el rostro, la inquietud de la navegación, la visión de las estrellas y las nubes para discernir su destino, tanto como el rigor de las rutinas de marino. Si el amor de Carlota sustituyó al orden que le impuso navegar, porque la había amado cada día metódicamente, la navegación ordenaría su pérdida.

De camino al dormitorio, Cati pasó por el gabinete y vio la jaula del loro aún cubierta con la tela como si fuera de noche. La subió, atándola en la parte superior con un lazo: llegas tarde, llegas tarde...

—Oh, cállate ya, Delfos —le dijo mientras le llenaba el comedero de alpiste.

Leonardo le había puesto aquel nombre en recuerdo del Delfos genuino que había tenido en Filipinas, pues era de ascendencia griega por parte de madre. Este recitaba una única estrofa de la *Odisea*, en griego clásico, y tenía fama de adivinar el futuro. Sin embargo, aquel loro no iba más allá de esas palabras que a Cati la exasperaban.

—Si tú pudieras decirme qué he de hacer...

—Llegas tarde, llegas tarde...

—Pajarraco tonto, te vas a ir con papá a Manila.

Se puso un sombrerito *cloche* de su madre, una falda, una blusa en tonos claros, zapatos destalonados a la moda y salió a la calle sin desayunar. Mírala, se dijo la portera, parece que no la ha pasao nada. Más rara es que el padre. Y se cruzó el mantón al pecho. Demonios de gentes.

Cati había pensado acercarse hasta el Negresco. Sentarse frente a un veladorcito, en la terraza, con su mantel blanco y sus sillas con respaldo de rejilla, tomarse el primer café con leche del día, bajo el chorro de sol que ya calentaba la mañana. Pero sentía la necesidad de pasear por las calles como si algo la esperase al torcer por alguna de ellas. Caminó a un ritmo opuesto al de la ciudad, a un ritmo íntimo que solo ella reconocía. Las personas con las que se cruzaba o junto a las que esperaba en un semáforo le parecían fantasmales. Sin ser consciente de ello, llegó al portal del estudio donde había sido la fiesta, como el asesino que retorna al lugar del crimen, pensó sin más. El estudio, en la calle de Cedaceros, pertenecía a Luisa, con quien había estudiado pintura y escultura en la Escuela de Bellas Artes de San Fernando, pero Cati tenía una llave, pues solía trabajar allí. Era escenógrafa y figurinista de una compañía de teatro independiente, aunque su sueño era hacerle los decorados a Margarita Xirgu en el Teatro Español.

Antes de subir, comprobó la hora. No tendría que haber nadie. Y no lo había. Un domingo después de una fiesta y una desgracia tocaba silencio. Ni la muchacha de la limpieza pasaría hasta el lunes. Los vasos de los cócteles aún seguían en el fregadero y varios ceniceros a rebosar impregnaban el espacio de un aroma a madera podrida. Miró el sofá de Luisa donde había estado con Edmundo, y sintió que el tiempo permanecía allí varado, y que esa inmovilidad se le clavaba en el estómago. Por primera vez, se planteó viajar a Manila y seguir los pasos de Carlota, conocer aquel lugar donde se enamoraron y se casaron sus padres. Pensó en cuánto tiempo podría estar fuera, en si el océano borraría lo sucedido. Sobre su mesa de trabajo, arrinconada en un extremo para hacer más grande la pista de baile, se hallaban los bocetos para la escenografía de una nueva obra sobre el mito de don Juan, con un elenco de diez personajes para los que había de diseñar los figurines. Sintió que ya no le interesaba.

Se marchó del estudio y se sentó en un banco a ver pasar el tranvía rojo al que llamaban el Cangrejo. ¿Por qué lo llaman así, mamá? Porque es tan lento que parece caminar hacia atrás y porque es colorado, aunque ya lo desgastó el tiempo. Vio pasar unos cuantos, los dibujó a lápiz en el cuaderno que solía llevar en el bolso, el mejor testigo de su memoria. Se montó en uno y se bajó en la parada de la casa de Edmundo. Le había conocido durante una cacería en Guadalajara a la que acompañó al doctor Honorio Guzmán, como en otras ocasiones, en calidad de hija postiza. Edmundo era alto, atlético, con la piel oliva, los ojos azules y el rictus mediterráneo. Un verdadero don Juan. Le había volado la cabeza a uno de los criados de la finca al confundirlo con un jabalí, porque era tan guapo como miope, y las gafas se le habían perdido entre los matorrales donde, más tarde se descubrió, había yacido con la marquesa. A Edmundo se lo llevó la Guardia Civil, y en la finca, tras la congoja y los ladridos de los sabuesos sueltos, porque el perrero era el hijo de la víctima y no acertaba a reunirlos, se sirvió una cena de pichones escabechados y vino de Rioja. Cuando de los pichones quedaban solo los esqueletos tiernos, trajeron a Edmundo los guardias. No era hombre para desgracias. Venía con las botas embarradas hasta las rodillas y la ropa verde con el olor lejano de un calabozo que no había llegado a pisar. Todo había sido hablar y fumar los habanitos, mano a mano, que le traían a su abuelo directamente de Cuba. Tenía una simpatía natural que cautivaba.

—Ya le tomamos declaración y le dejamos aquí de vuelta. Estos accidentes le amargan a uno el día —dijo un guardia tras apretarle el hombro como señal de amistad.

Todos los asistentes a la cacería habían salido al gran *hall* de piedra del caserón del marqués para ver cómo continuaba la historia. Edmundo se miraba la mano derecha temblar, la mano del disparo. Los guardias se fueron. El campo llama a la barbarie, pensó Edmundo y, por un instante, cada uno de los allí presentes le parecieron caníbales. Desde una de las esquinas del *hall*, junto al doctor Honorio Guzmán, Cati dibujaba a Edmundo en su cuaderno. Le parecía un niño con aquella mano que no paraba de temblarle. En cuanto cerraron los guardias la puerta, carraspeó el marqués y salió de debajo de la escalera un hombre de campo, joven, con la boina puesta y la alpargata rápida, que se fue hacia Edmundo y le dio un tajo con una navaja en el lóbulo de la oreja y otro en el cuello. Desapareció por el mismo agujero de la escalera del que había salido. A Cati se le cayó el cuaderno al suelo.

El marqués había contado durante la cena que había una revuelta en el pueblo y algunos hombres querían linchar a Edmundo. Lo llamaban señorito asesino.

—Son los sindicalistas que embravecen a los hombres ante la menor oportunidad y nos andan jodiendo —dijo el marqués—, el que ha mamado campo y siente la escopeta como otro brazo sabe que estas cosas pasan más a menudo de lo que quisiéramos.

Varios de los asistentes a la cacería pidieron su coche y se fueron en mitad de la noche por si la revuelta del pueblo se recrudecía y los atacaban. Los más esperaron a la mañana siguiente. Ya no había ánimos para cazar nada. A Edmundo lo curó el doctor Honorio Guzmán. El tajo del cuello no era profundo. Cati le hizo de enfermera. Así se conocieron. Él, pálido, con el color aceituna de la piel, entristecido por tanto que lamentar en una sola noche.

—Llega la muerte. Catalina era su nombre, ¿verdad? —suspiró—. Y tras desbaratarlo todo, vuelve pronto a enhebrar las vidas donde las dejó.

—No se ponga melodramático —respondió ella mientras le limpiaba la sangre del gaznate con una gasa que se empapó al instante.

El doctor Guzmán levantó las cejas.

—Qué poca muerte habéis visto —dijo—. Sois demasiado jóvenes. Presiona la herida, Catalina, mientras subo a mi dormitorio a por más gasas. Gracias a Dios siempre vengo bien provisto a las cacerías.

Edmundo se agarró el temblor de la mano con la otra, mientras Cati obedecía las indicaciones del doctor para cortar la hemorragia.

—Pronto se me habrá pasado la congoja que llevo dentro —continuó Edmundo cuando vio salir al doctor— y estaré listo para cortejarla como se merece.

—¿No le parece motivo suficiente para dejar de lamentarse ya mismo? —replicó ella con una sonrisa.

—Será desde hoy el motivo de mi vida.

—Deme esa mano —le dijo Cati.

Edmundo bajó la mirada.

—Démela —insistió.

La estrechó en la que le quedaba libre. Él entornó los ojos.

—¿Sería pronto para pedirle que me abrazara?

—Si quiere desangrarse mientras..., no sería el primero que se muere entre mis brazos. —Cati sonrió y le soltó la mano. Había dejado de temblar por unos instantes.

Edmundo se giró para mirarla y echó un chorreón de sangre de la oreja.

—No se mueva, aún es pronto para morirse.

—Estará pensando que soy un monstruo —le dijo Edmundo— y aún lo pensará más si le confieso que después de... —Se sujetó la mano, que le temblaba de nuevo.

—¿Matar a un hombre?

—Eso es..., pero lo que me pide el cuerpo es bailar el foxtrot. ¿Usted sabe a lo que me refiero?

A Cati le dio un ataque de risa. Aprovechó para echarle en la herida un chorro de desinfectante. Edmundo dio un respingo de escozor y se giró hacia ella bruscamente.

—Creí que estaba en el infierno, pero de pronto veo un ángel.

—Sigue en el infierno, y estará en él durante un tiempo. —Le sonrió de nuevo.

—Sabe que tengo los ojos del hombre que maté dentro de los míos, y creo que ya no me los voy a sacar jamás.

—Los suyos son ojos trágicos. —Cati le rozó la mejilla para mirárselos.

—Ahora ya son de usted.

—Hubiera sido un buen actor de cine mudo.

—¿Le gusta bailar?

—El charlestón sobre todo.

—En la Sala del Bellas Artes.

—Los viernes noche la orquesta es maravillosa.

—¿Sabe?, no creo que pueda regresar al campo en mucho tiempo.

—Creo que le irá mejor en la ciudad. Sin más arma en la mano que sus pinceles.

Edmundo era pintor. Retrataba mujeres en lienzos enormes que abarrotaban su estudio en la plaza del Callao, en un último piso con una terraza desde la que se veía Madrid como una lengua hasta la Casa de Campo. También organizaba una tertulia donde volaban los cigarrillos y el vino tinto, a la que invitó a Cati. La política es la nueva religión, el nuevo opio, queridos amigos, decía Edmundo, pero habría de ser el arte, ¿qué opinas, *baby*?; la política no entiende en absoluto de arte; ¿y por qué rebajarlo hasta su nivel?, estoy de acuerdo contigo, mi *baby*, para eso ya está la palabrería y el fusil, el arte es algo mucho más divino, o más humano, Edmundo. *Baby*, ¿y si nos vamos a bailar el foxtrot?

Cuando Edmundo bailaba, pintaba con los pies. Se había sujetado unas nuevas lentes metálicas, en color oro, con una cinta por debajo del cabello. Ni siquiera así dejaba de ser guapo. Le resultaba difícil sacudirse a las mujeres de encima. Se habían puesto de moda en la alta sociedad sus óleos de carnes bermellón. Que las pintaran era un atrevimiento de lo más chic. Pero él quería pintar a Cati y ella no se dejaba. Al contrario, le gustaba dibujarle en su cuaderno, a carboncillo, mientras él retocaba el color rosado en las carnes de sus lienzos. Primero se le acercaba para olerle. Rastreaba su aroma en el cuello y detrás del lóbulo de las orejas.

—Pareces un perro de caza, mi *baby* —le decía Edmundo—. Qué malos recuerdos, solo es bueno que te conocí.

—En tu olor hay también algo de tu alma, querido, y eso es lo que busca mi lápiz.

—Eres una esnob.

—De veras, tú buscas el olor de tus modelos por todo su cuerpo.

—Oh, no seas mala y deja que te pinte. Yo me entrego dócil a todos tus caprichos. Cualquier otra mujer perdería la cabeza por mis pinceles. Te quiero en mi cama y en mi arte. —Enfatizaba las últimas palabras—. No cuentes conmigo para las excentricidades de tus figurines si no me das un sí.

Edmundo le hacía de maniquí para la ropa de los actores, que luego desmerecían mucho cuando la vestían ellos. Pocos tenían su planta, su envergadura de hombros, sus muslos finos, su cuello de dios griego. Pero siempre cedía cuando Cati se presentaba en su estudio cargada de trapos y rollos de telas y acababan haciendo el amor entre capas barrocas y jubones de seda que improvisaban ante el espejo gigante. Todos los muebles del estudio de Edmundo tenían un tamaño desproporcionado, como sus lienzos. Era famosa la *chaise longue* con una piscina de almohadones de plumas donde solía esconder a sus amantes si llegaba una visita inapropiada.

Cati llamó a la puerta del estudio de Edmundo y él la abrazó.

—Cómo lamento la pérdida de tu madre, sé que la adorabas. —La besó en los labios—. ¿Recuerdas lo que te dije sobre la muerte cuando nos conocimos?: vuelves a enhebrar tu vida y la retomas justo donde quedó antes de que llegara de visita.

—Eres insensible... Todo perdió su sentido... No tengo ni fuerzas para trabajar. Ya no me importa...

—Esta actitud derrotista no es propia de ti. No hay más sentido que gozar la vida que nos toca...

Ella se zafó de sus brazos y se descalzó para dejarse caer en la *chaise longue.* Metió las manos entre los almohadones, como si quisiera comprobar que no había nadie escondido en ellos, pero se le enroscaron en los dedos unas bragas de encaje negro.

—Son de otros tiempos, *baby,* te lo puedo jurar —le dijo él embozándose en una tela de moaré—. El diván es un pozo sin fondo, todo lo guarda, el muy canalla.

—¿A esto te refieres con *gozar*? —Balanceó las bragas ante sus ojos.

—Ya te he dicho que no son de ahora.

—Me hubiera gustado verte en el velatorio de mi madre.

—Vamos, fui al entierro. No me lo hubiera perdido. El hombre no es nada sin sus ritos.

Cati se hundió más en los almohadones y Edmundo se acostó a su lado.

—No estoy de humor...

—¿Qué te parece si nos vamos a bailar?

Cati daba vueltas a las bragas de encaje.

—Deja eso, por Dios. —Se las arrebató para tirarlas al suelo.

—¿Estabas con ella durante el velatorio?

—Eres una morbosa. Se me ocurre que mejor que bailar podemos irnos fuera de Madrid. Cambiar de aires, ¿Barcelona, quizá?

—Si me fuera, no sería contigo.

—No seas cruel —le dijo mientras le besaba un brazo, pero Cati lo retiró—. O bueno, sé un poco si eso te consuela. Me inmolo por tu dolor. Sabes que lo pasaríamos bien.

—Ahora no tengo ganas de pasarlo bien. Ya lo hicimos en la fiesta.

—Mi *baby,* tú no tienes la culpa de nada. —La atrajo hacia sí.

—Déjame. —Se levantó de la *chaise longue.*

—*Baby*...

—¡No me llames así!

Cati se dirigió hacia la mesa que había junto a la ventana, cogió el jarrón chino donde Edmundo guardaba sus pinceles y lo estrelló contra el suelo.

—Pero ¿qué has hecho, amor mío? Cuesta una fortuna. Eres una niña malcriada y lo que necesitas es un buen correctivo.

Cati tiró al suelo el caballete con el lienzo en el que estaba trabajando Edmundo.

—Prueba —dijo.

—¿Perdiste el juicio?

Se fue hacia Cati, pero ella corrió en dirección contraria.

—¿Es ella, la del lienzo?

—Vamos, *baby*, tú y yo acordamos que estaríamos por encima de esas cosas. Somos hijos de la modernidad.

—¿Ah, sí?

Corrió hacia los lienzos apilados en una pared, con la intención de arrojarlos al suelo, pero Edmundo llegó a tiempo de detenerla y la abrazó. Solo necesitas consuelo, *baby*. Olía como siempre, como la noche que se fue su madre, a colonia de hombre, a tierra mojada y tabaco cubano.

—Me voy a Filipinas. —Se separó con brusquedad de él.

—¿Qué Filipinas? ¿Es una nueva sala de baile? —Sonrió.

Cati salió por la puerta. En el suelo de madera quedaron los pinceles desperdigados, las manchas del bermellón de la carne. Edmundo estaba de pie, mirándola, mientras trataba de sujetar la mano que le delataba como el día que mató al hombre en el campo.

Cati deambuló por la Gran Vía en espera de que cayera el sol. Sabía que a esa hora a veces Paca comenzaba su ronda en busca de trapos y restos. Y así fue. El caminar del burro arrastrando el carro le pareció más triste que nunca y Paca, más vieja, más solitaria. Le hizo un gesto con la mano para que se detuviese y subirse al carro. Se sentó a su lado y apoyó la cabeza en la toquilla áspera y maloliente que cubría los hombros de la trapera aunque fuera verano.

—Mamá se ha ido —le dijo—. Tenías razón, la semana iba a ser horrible.

La Paca le dio unos golpecitos sentidos en la palma de la mano.

—¿Me dejas hoy hacer la ronda contigo? Paséame en tu carro por la ciudad, Paca, a ver si mareo la pena de tanto arriba y abajo.

La trapera chasqueó la lengua, agitó las riendas y el burro echó a andar.

5

Madrid es mamá. Manila, una extraña a su lado, pensó Cati al día siguiente. Era media tarde y aún tenía los ojos hinchados de haber dormido hasta más del mediodía.

—¿Cuándo volveremos, papá?

—Conforme soplen los vientos, hija. Nos hacemos a la mar —suspiró Leonardo—. Te darás cuenta de lo frágil que es la vida cuando la veas entre las olas.

Su vocabulario se había vuelto marinero. La cocina de la casa de la calle del Prado quedaba a estribor, el cuarto de baño a babor. Había hecho llorar a la muchacha, que no entendía, después de trabajar allí más de un año, por qué de repente le mandaba el señor que limpiara bien la popa, reluciente que va a venir visita de pésame y despedida, le advertía. ¿Qué era esa popa?, ¿una habitación secreta que ella no había visto hasta entonces? Si era un artilugio de casa de ricos —porque allí se hacía de vientre en porcelana, y no como en su pueblo, donde de toda la vida el campo había recibido la mierda de todos o como mucho el establo—, al menos que le dijeran de cuál de ellos se trataba. En los últimos días la casa se había llenado de instrumentos raros que habían salido de los armarios con un olor más raro aún, y el señor le decía que era el del océano. Algunos estaban oxidados, pero él se pasaba horas untándolos de aceite con un paño blanco de batista, sobre todo el compás con sus agujas, y lavándolos bajo el grifo para que se les fuera la mugre que les había procurado el abandono. Son mis útiles de navegación, criatura inocente, le decía a la muchacha, que los observaba como si sirvieran para cometer algún tipo de minuciosa tortura.

Solo una de las habitaciones permanecía incólume al frenesí de baúles y polvo: el dormitorio principal. Leonardo no había vuelto a dormir en la cama que compartía con su mujer, ni siquiera había abierto el armario. Todo continuaba tal cual quedó después de que la amortajaran con el traje de novia. Incluso Cati veía la almohada un poco hundida justo donde había reposado la cabeza de su madre como si ella siguiera allí.

Aquella tarde la buscó de nuevo dentro de la luna gigante del armario, pero no la encontró. Así que se puso los zapatos verdes que ella le había regalado poco antes de que recayera con la última pulmonía, a Carlota le había fascinado tanto el color intenso como la fina pulsera que rodeaba el tobillo, y decidió ir en busca de los recuerdos de su madre por el barrio.

—Adiós, grumete —le dijo Leonardo con un humor que no gastaba desde la infancia de su hija, cuando hacía volar la mariposa con brío—. Recuerda que dentro de un día y medio levamos anclas.

Cati deambuló por las calles cercanas a la casa hasta el Teatro Español. Frente a la fachada principal, cerró los ojos y rememoró el perfume a lilas y bergamota que usaba su madre. Sintió el tacto de la chaqueta de *tweed* y de los vestidos de gasa y seda; el sabor del chocolate y el bollo con azúcar glas de la merienda que tomaba antes de entrar en la función de la tarde. Mamá tan elegante y ella de su brazo. A unos pocos metros estaba la cafetería. Se sentó a una de las mesitas dispuestas junto a un gran ventanal por el que veía el devenir de los transeúntes. Pidió lo mismo que había recordado en su boca. Al irse la camarera, reparó en la chica que estaba sentada a una mesita frente a la suya. Mordía con lentitud una ensaimada cuya nata se le quedaba alrededor de los labios; tras masticar, se pasaba la lengua por ellos mientras entornaba los párpados. Luego daba un sorbo de lo que parecía café. Sonreía, elegía por dónde iba a seguir comiéndose el bollo. Era un festín mirarla. Tenía el rostro ovalado, gafas redondas y metálicas, los ojos pequeños y los labios finos. El cabello dibujaba una onda bajo un sombrerito de lona rústica. Cati no tuvo dudas, era Rosa la dulce. Su mejor amiga de la infancia junto a Luisa. Iban al mismo colegio. Solía invitarlas a casa a comer pastelitos ingleses porque, al igual que su madre, Cati se había criado con una *nanny* de Norfolk. También a beber chocolate, porque el té les parecía un brebaje espantoso, y a ver los abanicos orientales y las fotos de la boda de Carlota y Leonardo en un país lejano, donde siempre hacía calor, y cuyos protagonistas pululaban por la casa como seres fantásticos.

Hacía más de doce años que no veía a Rosa. El padre se arruinó con un negocio de telas, y la familia sacó a la niña del colegio y se mudó a un barrio más humilde.

Cati admiró cómo daba el último bocado de la ensaimada y al levantar la vista del bollo ella la descubrió mirándola.

—¿Rosa?

Su amiga la reconoció a pesar del sombrero *cloche* y las ojeras de muerto por las horas de duelo feroz. Se puso en pie, limpiándose los labios con la servilleta, tenía unos hoyuelos deliciosos en las mejillas. Cati titubeó sobre cómo saludarla, pero ella la abrazó con fuerza. Vestía unos pantalones de algodón que le llegaban al tobillo, y una blusa de tergal verde. Era un atuendo moderno, pero de barrio.

—Se nos fue la infancia sin vernos —le dijo una vez que se sentaron una frente a la otra—. Muchas veces pensé en Luisa y en ti, en si me recordaríais. Qué casualidad tan maravillosa.

—Un día nos escapamos para ir a buscarte. Elaboramos un mapa de pastelerías desde tu antigua casa hasta más allá de la plaza Mayor. Comimos un bollo en cada una, nos dio un empacho y encima mi madre me castigó por escaparme otra vez.

—Qué fama tenía —rio— y me has encontrado haciendo honor a ella. Hay cosas que no cambian. Las amistades de la infancia son las que duran toda la vida. Eso creo yo. Nunca olvidé las tardes en tu casa. La de veces que he visto volar en sueños la mariposa amarilla de tu padre.

—Perdió color, pero aún mueve las alas. A quien hemos perdido es a mi madre hace unos días.

Rosa la tomó de una mano y le dio el pésame.

—Nunca conocí a nadie a quien le gustara tanto el teatro. Menuda huella me dejó tu casa.

—¿Te casaste con un actor? —Cati sonrió.

—Qué va, mis novios son los muertos. Qué cosas digo, perdóname, pobres míos. Es que estudio Medicina. Me becaron. —Ladeó la cabeza al decirlo.

—Qué orgullo, Rosa, vas para médico, no me lo hubiera imaginado. Cómo están cambiando los tiempos.

—Ya, no te hubiera chocado para repostera, ¿no? —Sonrió—. Mi padre dice que a quién voy a curar yo, que las manos de mujer son para aplicar emplastos y hacer tisanas. Dice que es como una especie de sabiduría femenina milenaria. En fin, eso ahora se llama medicina, papá, le contesté, porque ya salimos de las cavernas. Pero yo quiero ser cirujano. Eso aún él no lo sabe porque no me hubiera permitido estudiar, aunque me dejé los ojos para ser la mejor de la clase y optar a la beca. Poco a poco se irá acostumbrando.

—¿Y tu madre?

—Ella me trae los pollos y los pavos para que practique a abrirlos, y me tiene los cuchillos de la casa bien afilados siempre. Me guiña un ojo cuando oye el silbidito del afilador. No es lo mismo, mamá, le digo, que yo no voy para veterinario. En mi pueblo, el que apañaba las vacas apañaba también a los humanos, nada más había. Eso has de aprender tú también, al fin y al cabo, las entrañas son las entrañas, me responde. Es de graciosa... Se acomodó bien a la pobreza. Ahora papá tiene una pequeña tienda de telas, nada como la de entonces, pero da de comer a la familia. Pero cuéntame qué fue de ti. ¿Te has casado con un hombre tan original como tu padre? Cuánto recuerdo aquellas fotos de boda, todas queríamos ser tu madre con aquel vestido de *chantilly*.

—Lo cierto es que no pienso en casarme.

—Yo tampoco. Ya nos hemos dedicado generaciones y generaciones al amor, ahora nos toca ser nosotras.

—El amor es divertido. No está reñido con lo que dices, ¿no?

Rosa rio.

—Me imagino que tienes por ahí alguien con quien lo pasas bien.

Cati se encogió de hombros.

—Ahora me voy a Filipinas con mi padre. Supongo que en busca de esas fotos de las que hablabas.

—Ah, qué maravilla. Por allí tiene que haber enfermedades extrañísimas.

—Pues espero no encontrármelas.

Rosa rio de nuevo.

—Qué burra soy. Ya sabes que cuando me da por algo... —Señaló las migas de la ensaimada que quedaban en el plato—. Tiene que ser un país muy bonito.

Cati suspiró.

—He perdido la ilusión por todo con la muerte de mamá. Ahora me arrastro por la vida como si la muerta fuera yo...

Rosa le apretó las manos y sonrió.

—No te reconozco, tú siempre tan divertida y animosa... Has de ocuparte enseguida en algo que te apasione, eso es, necesitas entretenerte. Estudiaste, supongo, ¿trabajas?

—Como escenógrafa y figurinista, pero de una compañía pequeña.

—¡Cómo no ibas a dedicarte al teatro! —exclamó Rosa—. ¡Si hasta yo me he hecho actriz en mis vacaciones! Me voy a las Misiones Pedagógicas, como muchos otros compañeros de mi universidad. Has oído hablar de ellas, ¿no?

—Sí, aunque tampoco es que esté muy enterada. Sé que tienen que ver con la Institución Libre de Enseñanza, ¿no? Que la idea partió de Giner de los Ríos. Llevan libros y música por los pueblos. Además, una noche conocí a Alejandro Casona, su director del teatro. Me lo presentaron en el saloncito del Español, donde estaba de tertulia cuando yo iba a saludar a Margarita Xirgu. Los dos eran conocidos de mi madre. Ya sabes que a mamá no había personalidad del espectáculo que no la conociera.

—Lo puedo imaginar, con lo que era ella. Pues sí, don Alejandro es el director del Teatro del Pueblo, así es como nos llamamos. Yo me voy a las Misiones con ellos, canto en el coro y actúo.

—Venga ya, ¿tú cantas? Pero si te echaron del coro del colegio —bromeó Cati.

Rosa le sacó la lengua, divertida.

—Malvada..., eso fue hace tiempo y soy de las voces graves. Tú, en cambio, siempre has cantado como los ángeles.

—Y tú también, no me hagas caso. Pero volvamos a lo del Teatro del Pueblo, es verdad, ahora recuerdo haberlo escuchado. Es como la Barraca de Lorca. Ahí sí que me gustaría trabajar... ¿Sabes que hasta ese pintor, Dalí, ha hecho escenografías para la compañía? Buscan renovar la escena, lo que yo quiero. Los teatros madrileños están anquilosados en la tradición más burguesa. No te dejan arriesgar.

—Pues no quiero engañarte, el cometido del Teatro del Pueblo es más llevar el teatro por los pueblos remotos, por las aldeas donde nunca lo vieron antes. No sabes sus rostros cuando nos ven llegar en el autobús, el barullo que llevamos como si fuéramos cómicos; somos juglares, decimos. Y ellos a veces huyen, se esconden, pero luego acaban viniendo en tropel, me refiero a sus gentes, claro. No sé cómo explicarte, yo ya lo he hecho en dos ocasiones. Y ahora me voy otra vez aprovechando las vacaciones de verano, somos la mayoría estudiantes.

—Sois como titiriteros. —Sonrió—. Pero qué bonito enseñar el teatro a los que no lo conocen ni tienen posibilidad de conocerlo... —Cati se quedó pensativa—. Nada que ver con llevar una obra a las momias de los espectadores de Madrid, aunque muchos se las dan de liberales. Y dices que a veces huyen, o se asustan de vosotros, los campesinos, claro.

—Y los pastores...

—El caso es que sabía que Casona hacía teatro por los

pueblos, pero nunca me paré a pensarlo con detenimiento hasta ahora que me has hablado de ello.

—Ahora vamos a representar una farsa que él ha escrito basada en el Quijote. Sancho impartiendo justicia en la ínsula de Barataria, ¿te imaginas? Qué pena que te vayas a Filipinas. Justo a una compañera de mi facultad se le ha puesto la madre enferma y no viene porque ha de cuidarla. Tú ya no tienes ese problema, ay, qué bruta soy, perdóname. Te vienes tú por ella, quiero decir. Y además, diseñas los decorados. No sé si allí podrás hacer eso que dices de renovar la escena. Mira que todo es muy sencillo. Vamos con cuatro tablones que montamos, entre todos, en la plaza del pueblo, dos o tres paneles y los ropajes que sacamos con el poco presupuesto que hay.

—Yo soy buena haciendo maravillas con el vestuario por tres duros. Y mira que teniendo tu padre la tienda de telas, anda que no podría encontrar allí trapos que me sirvieran, y nos haría precio, ¿no?...

—¿Ves?, esto es lo que necesitas, perdona que sea tan directa. Se te han puesto a brillar los ojos y la cara de mustia que traías se te ha quitado de golpe según nos hemos puesto a organizar una función. —Batió las palmas.

—Supongo que el teatro es para mí como el mar para mi padre.

—Las Misiones te volverían loca. Es el teatro directo a la entraña. Los muy idiotas del Congreso acaban de recortar su presupuesto. Ninguno de los dos bandos entiende en qué los puede beneficiar. Cómo explicar su utilidad cuando no es útil políticamente para ellos, claro, y solo es cuestión de alegría. La política es la cosa más egoísta del mundo, no entiende de humildad. Bueno, no se me da bien hablar, soy una mujer de acción, y sin mucho tacto, como ves. Como bollos, curo, abro cadáveres y también actúo, esa soy yo ahora, querida Catalina Skalo; hay que ver lo qué siempre me gustó tu nombre, ¿qué me dices?

—Que tengo un baúl como un féretro listo para irme a Manila.

—Mira, justo ahora estaba haciendo tiempo para ir de visita a casa de don Manuel, Manuel Bartolomé Cossío —continuó Rosa mientras le hacía una seña a la camarera para pedir la cuenta—, el presidente del Patronato de las Misiones.

—Ah, sí, leí su libro sobre el Greco cuando estudiaba, es una maravilla. ¿Y dices que vas ahora a su casa?

—Sí. Es un hombre único al que tengo adicción. Lo que yo no alcance a transmitirte, él lo hará solo con su mirada. Voy a contarle cómo nos fue en nuestra última misión, fíjate que conoce a mi padre de cuando éramos burgueses del tejido y aún les dura la amistad. ¿Por qué no vienes conmigo y te lo presento?, nadie mejor que él para contarte de qué va esto de las Misiones. Además, no tengo yo la facultad de decidir quién va a ellas, no sirve cualquiera, ¿sabes?

—Creo que capacitada estoy...

—Pero para esto de las Misiones lo que buscan son entusiastas, Cati. Lanzarse de cabeza a la poesía de la Misión, creer en ella. Porque no nos pagan una peseta. Esto se hace, nunca mejor dicho, por amor al arte, a la justicia y a la aventura de conocer la vida de otros.

—¿Y qué tiene que ver la justicia aquí?

—Porque es de justicia que aquellos olvidados de los pueblos, aquellos que viven muy aislados, también sepan de los placeres de la lectura, de la música, del teatro y del cine, eso dice mi querido don Manuel. Llevamos hasta un proyector y les ponemos películas de Charlot. ¿Te imaginas a Charlot en la plaza de uno de nuestros pueblos, Cati?

—Me cuesta. —Sonrió—. No es que yo tenga mucho conocimiento de cómo es uno de esos pueblos nuestros de los que hablas. A alguno acompañé a mi madre, de niña, pero poco recuerdo...

—Ya, tampoco yo había salido mucho al campo hasta ahora.

—Entonces tú cantas, actúas en la obra y ¿qué más?

—Lo que haga falta. Pero lo que te decía, te vienes ahora conmigo a ver a don Manuel.

—¿Y tendría que subirme a un escenario?

—Claro que sí, querida. Y lo bien que lo vamos a pasar. —La tomó del brazo y salieron de la cafetería.

6

Si hubieras conocido a don Manuel, mamá. Si él te hubiera conocido a ti... Es un hombre de apariencia luminosa, y sus ojos azules, Rosa tenía razón, mantienen el entusiasmo que su cuerpo enfermo ya perdió. Pálido, delgado, de movimientos frágiles pero enérgicos, a veces parece que va a quebrarse. Transmite tanta sensibilidad con esa voz sencilla y suave, y su actitud amable, casi de agradecimiento, fíjate, mamá, por haber acompañado a Rosa en la visita, sin avisar, y a una hora cercana a la de la cena.

—Siempre es muy bien recibido quien se interese por las Misiones y muestre un deseo generoso, si no de unirse a ellas, al menos de conocerlas mejor —me dijo mientras nos invitaba a tomar asiento frente a él, en el sofá.

Me impresionó porque recibe echado en una tabla, mamá, por una dolencia de la espalda, pero es mirar sus ojos de ese azul limpio y se te olvida. Le dije que había leído su libro sobre el Greco en la Escuela de Bellas Artes, que hasta que él hizo ese estudio, muy pocos habían oído hablar del pintor en España y era de agradecer que eso hubiera cambiado. Que era para mí un honor conocerle. Me sonrió al darme las gracias, no afectadas, sino con humildad verdadera. Se llevó al pecho una de sus manos delgadas, y me pareció ese caballero del cuadro del Greco.

—¿Pinta usted? —me preguntó.

—Sobre todo dibujo. Retratos.

—Retratos... —repitió.

—Me gusta pintar a los otros. Acercarme a ellos a través del lápiz.

Cossío sonrió.

—Ya ve, don Manuel —rio Rosa—. A ella le interesan las personas vivas, y a mí, por ahora, las muertas.

—Algún día me gustaría que me mostrara alguno de sus retratos, si le parece bien.

No lo pensé, mamá. Ya sabes que a veces mi cuerpo es más rápido que mi mente y hago las cosas como por impulsos eléctricos. Saqué el cuaderno del bolso y se lo ofrecí. Él se sorprendió, pero lo tomó de mi mano con una sonrisa. Pasó las hojas despacio, hasta detenerse en una.

—¿Quién es esta mujer?

—Paca, la trapera de la Gran Vía.

—¿La conoce? —me preguntó sonriendo.

—Desde pequeña le leo los títulos de las películas en cartel porque ella no sabe leer. A cambio me pasea en el carro.

No le conté más. Me callé lo pitonisa que es con el cine.

—Así que tiene una amiga que es trapera. ¿Y ella ha llegado a entrar en uno de esos cines y ver una película?

—Dice que con ver el cartel ya se la imagina ella.

—¿Ve el material tan bueno que le traigo para otra misionera, don Manuel? —nos interrumpió Rosa—. Y aún no ha escuchado nada.

Se puso a relatarle nuestra amistad en la infancia; os describió a ti y a papá como dos seres fascinantes, casi alados, en cuyo hogar yo había crecido respirando arte y admiración por el teatro porque desde niña me llevabas a muchos estrenos; le habló de la mariposa, de las viejas fotos de vuestro amor en Manila, que nos servían para soñar con el que sería el nuestro; le habló de ti, mamá, de tus reseñas teatrales, de mi trabajo en la compañía, de nuestro encuentro y, para terminar, de tu muerte.

Me di cuenta de que ella aún nos veía desde la perspectiva de la infancia, allí nos había dejado y apenas nos habíamos corrompido. Don Manuel había pasado la página de Paca y justo estaba en el último retrato que te pinté, con tu vestido de novia.

—Tiene usted mucha sensibilidad para retratar, son muy buenos —me dijo.

Cerró el cuaderno, y me lo devolvió antes de darme el pésame. Sentí su mano cálida en la mía. Fue como sostener un pajarillo. A pesar de su tono correcto, su mirada y sus palabras hicieron mella en mi ánimo por la ternura que desprendían, y me dieron ganas de llorar, pero me las aguanté. No se puede ir con sensiblerías a la gente que no conoces, aunque de alguna forma siento como si le conociera. Más tarde supe que la muerte le había golpeado también a él hacía poco con la pérdida de un amigo muy querido. La muerte no respeta ni la amistad, qué digo, si no respeta ni el amor más puro.

Le preguntó a Rosa por su familia y sus estudios (es un hombre de lo más atento), y la animó a que le diera algún detalle de la última misión en la que había participado con el Teatro del Pueblo.

—Le traje esto, don Manuel —dijo Rosa—, que sé lo que le gusta ver por sus propios ojos los tesoros de nuestra cultura rural y la colección que hace de ellos. Maravillas por descubrir, como usted dice.

Rosa le entregó un papel de seda que él abrió con mucha delicadeza. Dentro había un pañito rodeado por un encaje de blondas.

—Lo cosía una mujer tan anciana que no me explico cómo tenía aún fuerza para coger la aguja, ni cómo sus ojos eran capaces de ver algo. Me daba a mí que cosía con ellos ya cerrados y era otra clase de visión la que guiaba su mano. Como si los ojos los tuviera ya en la piel o por dentro, cosía por intuición o por sabiduría, qué sé yo.

Don Manuel sonreía mientras admiraba el bordado y lo acariciaba con dedos flacos y huesudos. Después me lo mostró. Imaginé a aquella mujer, vestida de negro, con el rostro arrugado y el cabello bajo un pañuelo: así era como recordaba a alguna de las que había visto cuando te acompañaba a tus caridades, mamá. Cuando se lo devolví, lo envolvió de nuevo en el papel con mucho cuidado y lo dejó sobre la mesa.

—Y ahora cuéntenos a su amiga y a mí cuál ha sido su aventura misionera en esta ocasión. ¿Fueron bien recibidos?

—Hubo alguno malencarado que pensaba que no traíamos diversión sino discursos políticos en el refajo. La situación se está recrudeciendo, qué le voy a contar a estas alturas. La política se lo está comiendo todo y deja mucho odio. Aunque en cuanto sacamos los bártulos de cómicos, la cara les cambió de perro a cordero degollado —bromeó—. ¿Y qué vienen a hacer aquí con eso?, preguntaban. Lo verán enseguida, lo van a disfrutar, y lo disfrutaron. Bajaron hasta de las majadas a ver la función. Si vienen hasta los pastores es éxito rotundo. Por eso no puedo entender el recorte de presupuesto en las Cortes. Qué poco entienden los políticos lo que hacemos. Que lo que necesitan en los pueblos es comida y medicinas, dicen algunos, eso ya lo sabemos, que se ocupe quien se tenga que ocupar, nuestro campo es otro, ¿verdad, don Manuel? Vamos a alimentar el alma. ¿Acaso eso no es útil?

—Yo tampoco comprendo por qué critican tanto las Misiones, Rosa. Tú me corroboras con lo que me cuentas, y otros compañeros tuyos, que las disfrutan de veras. Las Misiones no hacen más que educar. Y a España, la salvación ha de venirle por la educación.

Yo hasta ese momento no me había planteado que a España le hacía falta que la salvaran. Quería solo salvar el teatro de las momias burguesas, reacias a todo cambio en la escena. Sí, ya sé que no te gusta que hable así y que a ti tampoco te gustan esos cambios, que, por otro lado, tampoco le interesan al Teatro de la Misiones.

—Se quedó pensativa, Catalina —me dijo Cossío.

—Pensaba en cómo educar con el teatro.

—Educar con diversión, y el goce de las emociones —respondió—. ¿Qué sintió usted la primera vez que su madre la llevó a ver una función? ¿Le explicó ella en qué consistía o simplemente dejó que lo descubriera usted misma?

Nos vi otra vez en la luna del armario, mamá. Guardé silencio unos instantes, se me vinieron las lágrimas a los ojos, luego solo sonreí de una forma en la que él supo leer mi respuesta y me correspondió con otra sonrisa semejante.

—Las Misiones tienen esa utilidad que es difícil de medir como todas las cosas del espíritu; son por sí mismas. ¿Cómo se mide su sonrisa? —me preguntó.

Le respondí con otra más amplia y se me escurrió una lágrima.

—Creo que disfrutaría en las Misiones, Catalina. También ayudan a que nos conozcamos mejor, los del campo a los de la ciudad, y los de la ciudad a los del campo, su folclore y sus tradiciones, que son también muy nuestros. En ellos están nuestras raíces. ¿Conoce usted el campo?

—Un par de veces, cuando aún era una niña, fui con mi madre a sus obras de caridad. Compraba altares para las iglesias que parecían hechos de azúcar de colores y luego pedíamos el voto para las mujeres en la plaza. Pero sé muy poco o más bien nada sobre el mundo rural. No le mentiré, nunca me atrajo. No hay clubes donde se pueda bailar.

—Pero hay plazas donde se baila también de lo lindo, querida Catalina —intervino Rosa—. Tienes que conocer un baile de pueblo, así que una razón más para que te animes a venir en la próxima misión. Ella podría pintarnos los decorados, ¿verdad, don Manuel?

Él me miró despacio.

—Piense que al llevar el teatro a aquellos que no lo conocen haría lo que su madre hizo con usted. Piense en su sonrisa.

Eso me dijo, mamá, y no puedo quitármelo de la cabeza. Nos despedimos ya para no fatigarlo más.

—Venga a verme otro día, si se decide a formar parte de esta aventura —me dijo antes de irnos—. Charlaremos y puede enseñarme más dibujos.

—Conocerle ha sido maravilloso.

Mientras le tuve cerca, no sentí ni una de esas oleadas de frío que, desde que te fuiste, de pronto me arrasan los huesos.

—Ahora mismo iría a donde usted me dijera.

—Ha de querer ir usted, Catalina. Estaré en Madrid unos días, luego parto para la casa de unos queridos amigos en la sierra de Guadarrama. La espero.

7

A la mañana siguiente, Cati encontró a su padre en la cocina con una taza de café negro entre las manos.

—Mi niña, Manila solo será el comienzo —le dijo él—, le seguirán Shanghái y otros puertos del sudeste asiático. Esta noche he visto en sueños el nuevo propósito de mi existencia. Deja que te lo muestre.

Hizo que lo siguiera hasta su despacho. A las cuatro de la madrugada, quizá a la misma hora a la que había muerto su mujer, se había despertado con un respingo y se había sentado frente a la mesa de caoba para enfrascarse en un frenesí de papeles, reglas, compases y otros útiles que Cati vio con el desorden propio del insomnio. Leonardo Skalo había soñado con el buque más hermoso que hubiera puesto quilla sobre el océano, largo de líneas y alto como un edificio de la Gran Vía, donde en vez de mercancías iba a transportar personas. Sería el primero de su compañía transatlántica. Los periódicos de todo el mundo rubricarían que no existía un ejemplar tan magnífico, tan extraordinario como el *Carlota.*

—Más que navegar, planeará sobre los mares —le aseguró Leonardo. Estaba aún en camisa de dormir, y en sus ojos dorados se agolpaban los miles de cálculos que había hecho para diseñarle a su mujer un mausoleo flotante.

Cati le besó una mejilla.

—El *Carlota* será el barco más maravilloso que se haya visto.

—Habla con propiedad, Catalina Skalo, que eres hija de un marino y te tengo dicho que quieras o no llevas la mar en las venas. El *Carlota* será un transatlántico, el rey del océano.

Cati le dejó soñando con botellas de champán francés que se estrellaban contra la quilla, durante la botadura, en medio de vítores, serpentinas de colores y aplausos. Se fue a su dormitorio, se tumbó en la cama y contempló la pared que tenía enfrente, aquella que su madre dispuso para que pintara el mundo tras descubrir su gusto por el dibujo, y que ella había enmarcado con un telón rojo. Allí había imaginado sus primeras escenografías. Esa misma mañana había telefoneado al director de la compañía de la obra de *Don Juan* para renunciar al trabajo. Ya no le interesaba en absoluto. No podía quitarse de la cabeza la conversación con don Manuel. Por un lado, temía separarse de su padre, dejarlo marchar con sus sueños y su renovada ilusión por el océano, pero cada vez le pesaba más la idea de partir con él hacia Manila, y más en ese momento, arrastrando aquel baúl decimonónico como una carga impuesta. Ese había sido el camino de su madre, pero sentía que no era el suyo. Además, dejar de nuevo la casa de la calle del Prado era como abandonarla por segunda vez. Partir a las Misiones, en cambio, suponía solo la ausencia de unas semanas y la oportunidad de rendirle un último homenaje a su recuerdo, a su historia compartida. La conversación con su amiga Rosa y con Cossío le había despertado la curiosidad por las Misiones, y la atraía conocerlas de primera mano. Viviría el teatro en la entraña, como le había dicho Rosa, con un público que, al igual que ella de niña, nunca lo había disfrutado antes. Pero había algo más, aquel hombre extraordinario había sembrado en ella una inquietud por la situación del país a la que había vivido de espaldas.

Dejó pasar un día antes de su regreso a la casa de don Manuel, aunque el tiempo apremiaba. Su baúl estaba listo, su pasaje, junto al de su padre, en la mesita del gabinete, llegas tarde, llegas tarde, repetía Delfos cuando Cati los miraba; sabía que la decisión estaba tomada, si es que don Manuel le permitía ir, no podía demorarlo más.

Él la recibió en la misma sala. Era bien entrada una mañana de verano. Cati le encontró con el rostro cansado, quizá más que la tarde que le conoció. Se iba apagando. La barba blanca, bien recortada, las manos enjutas y tiernas, el óvalo del rostro afilado, el mentón puntiagudo como la encarnación de un lienzo del Greco. Su cabeza, por el pelo corto y su forma redondeada, adquiría el aspecto de gota de agua invertida, o de pétalo, tal y como Cati había observado en los retratos del pintor, y se lo dijo a don Manuel. Él enarcó las cejas, sonrió.

—Mire. —Cati sacó del bolso el cuaderno de dibujo y le hizo el bosquejo de su cabeza mientras unos rayos de sol atravesaban los cristales del balcón.

—No me equivoqué con usted. —Cossío reía—. Tiene la poesía necesaria para ser misionera, y qué observadora es.

—No debería haberle asaltado así, discúlpeme, sin posibilidad de que se negara a que le dibujase. Pero le he visto transformado en obra de arte.

—En todos mis años de estudio nunca me habían dicho algo así —sonreía—. Qué cosas se le ocurren, me hace reír bien de mañana. Tiene una imaginación prodigiosa. Así que pétalo o gota de agua... Me alegro mucho de que haya venido hoy.

Cati continuaba dibujándole.

—¿He de quedarme quieto? ¿Girarme del perfil bueno? Ha de decirme usted cuál es —le dijo con un guiño.

—Está usted perfecto. Dos trazos más y se lo muestro de nuevo, aunque en bruto.

Le acercó el cuaderno con un boceto en el que sus rasgos eran solo unas primeras líneas difuminadas.

—¿Me lo puedo quedar?

—Prefiero regalárselo cuando esté terminado. Es como si solo hubiera pintado la cáscara de la nuez, ahora hay que adentrarse en el fruto. Mientras hablamos sigo con él, si no le resulta incómodo.

Llamaron a la puerta de la sala y entró una muchacha que extendió un paño de lino con sus encajes sobre la mesita, frente al sofá, y un juego de café de porcelana inglesa, blanca con filo dorado, y pastelillos humeantes con aroma de canela. Iba a servir las tazas, pero Cati se levantó y dijo que ella misma lo haría. La muchacha se retiró tras obtener de don Manuel un gesto afirmativo. Cati le sirvió el café, se acercó a él para entregarle la taza. Estuvo bien atenta, y aunque el olor del café era intenso y podía camuflar lo que buscaba, le llegó un aroma tenue a madera fresca, que debía de pertenecer a algún perfume, pero donde aleteaba también la piel de Cossío. Él la interrogó con la mirada.

—Me gusta saber cómo huele quien retrato. Ya sé que puede resultar indiscreto, pero me ayuda a ponerle alma al dibujo. Cada uno tiene un olor propio, y un rostro. Cada ser es único y eso es inquietante y maravilloso, ¿no cree? El mundo está lleno de originales, don Manuel, por mucho que a veces unos tratemos de ser plagios de otros o nos obliguen a serlo. —Se sentó y continuó dibujando.

—Sin duda, Catalina. Deje un momento el retrato, por favor. Tome café conmigo. Y pruebe un pastelillo, que son deliciosos. Están recién hechos.

Cati cerró el cuaderno de dibujo y lo depositó junto a ella en el sofá.

—¿Me aprueba entonces para ser misionera?

—Tiene usted un espíritu abierto y ganas de conocer a los otros, de eso no me cabe duda. —Dio un sorbo de café.

—Sus palabras del otro día fueron como un faro para mí entre tanta confusión y tristeza tras la muerte de mi madre. Estaba perdida —dijo Cati mientras mordía la punta de uno de los pastelillos porque aún quemaban.

—Yo nací en Haro, en la Rioja. —Cossío dejó la taza sobre la mesa—. Mi padre era juez, e iba por los pueblos tratando de administrar justicia lo mejor que podía. Muchos eran los pleitos y por las causas más dispares; algunas, testigo del desamparo de sus gentes. Solía llevarme con él. Así recorrimos los campos, a mula porque no había otra forma de llegar a muchos de ellos. Yo le perdí más joven que usted, pero lo llevo siempre conmigo, al igual que el recuerdo de cuanto vieron mis ojos de niño. Gracias a lo que viví con él, con unos años más viajé junto a unos buenos amigos por los pueblos más recónditos. Pernoctábamos en fondas modestas, al raso o en los pajares que nos dejaban y, cuando podíamos, escuchábamos a sus gentes, porque queríamos conocer la idea que tenían del mundo, en ocasiones muy distinta a la nuestra. Le aseguro, Catalina, que había en ellos una sabiduría tan auténtica, tan suya... Se esconden en esos lugares de España tesoros intangibles que el hombre de ciudad también se sorprende al descubrir. Canciones, leyendas, artesanía... Eso me enseñó mi padre y ya ve adónde me ha llevado.

—Me ilusiona vivir las Misiones con mi madre, como si ella viniera conmigo. Entiéndame, dentro, como dice usted. —Se señaló el pecho—. Solo he encontrado algo de consuelo y motivación tras su pérdida en esta idea. —Cati terminó su café.

—Le vendrá bien el campo, el aire libre, y conocer a aquellas gentes. Cuántos retratos podrá dibujar, aunque ha de ser prudente con esa particular búsqueda suya de las almas. —Sonrió con cariño—. Nada hay más sanador que los paseos por la naturaleza y los buenos amigos, y tiene a Rosa.

—No sé cómo me irá en el campo, pero después de escucharle siento mucha curiosidad. Usted me hace mirar hacia donde no lo había hecho hasta ahora.

—Vuelva sus ojos hacia el campo, Catalina, hay mucho que aprender de él y usted tiene ya lo primero que hace falta: curiosidad y entusiasmo. Me viene ahora a la cabeza lo que me contó Alejandro Casona, que no había podido dormir la primera vez que asistió a una representación siendo niño, allí en su Asturias natal. Y ahora es nuestro director del Teatro del Pueblo.

A Cati le asaltó un recuerdo que hasta entonces había permanecido enterrado en su memoria: se sintió niña de nuevo, arrebujada en su cama, después de regresar con su madre de ver *El caballero de Olmedo*; los labios secos de repetir aquella cancioncilla como si fuera una oración, mientras lloraba: «Que de noche le mataron al caballero, la cuna de Medina, la flor de Olmedo». Se arrellanó aún más en el sofá y suspiró. Mamá, estás aquí con nosotros, pensó. Estás en el aroma de los pasteles recién hechos, en el sol que entra por el balcón, en mis pensamientos.

Cossío la miró con dulzura. El dolor de la espalda a veces le dificultaba respirar, pero aquella muchacha merecía el esfuerzo que, en los últimos días, le suponía recibir visitas. Se sentía extrañamente cercano a ella. Le divertían su manera excéntrica de dibujar, su carácter espontáneo, tan poco almidonado como en otras señoritas de la época, sus deseos de conocer y de aventura. Si bien propios de la juventud, no todos los jóvenes estaban dispuestos a rendirse a ellos. Los nuevos tiempos con los que soñaba requerían de una gran dosis de ilusión y de fe en la humanidad, en los actos pequeños, pero de grandes consecuencias para el espíritu, para el alma que aquella joven rastreaba con tanta gracia.

—He visto los rostros de niños y grandes en los pueblos, cuando ven por vez primera una representación o una película —continuó Cossío—. He visto la sorpresa, la alegría, incluso la fascinación, y todo ello, últimamente no dejo de preguntármelo, ¿cómo arraigó en su espíritu?

—Al menos ha de quedarles el recuerdo imborrable de lo que vivieron, como a Casona, como a nosotros. Pero ¿qué ha hecho de ellos ese recuerdo?

—A eso me refiero, Catalina. ¿Arraigó alguna flor? Tenemos muchos testimonios de lo que ocurre en los pueblos mientras las Misiones están allí, incluso fotos; ya escuchó usted a Rosa relatarme su experiencia, como hacen muchos otros misioneros, pero ¿y una vez que las Misiones se fueron? ¿Dejaron en tan breve tiempo alguna huella en la gente de los pueblos?

—Yo estaré bien atenta y vendré luego a contárselo. Es más, los dibujaré antes y después. Ya verá como en su misma expresión vemos la flor que ha arraigado.

—¿De veras, estaría dispuesta? Esa misión requeriría

de más tiempo. Tendría que quedarse en el pueblo una vez que las Misiones partieran.

—Tiene razón. —Cati se quedó pensativa un instante y luego sonrió—. Si de algo soy dueña es de tiempo, don Manuel. Acabo de renunciar a mi trabajo, y también dispongo de dinero, pues vengo de familia acomodada y ahora soy heredera. Tampoco tengo obligaciones familiares, así que aquí me tiene. Seré la misionera en busca de la flor. La misionera que queda en la retaguardia e investiga primaveras.

—Tiene usted unas ocurrencias... —Cossío rio.

—Encomiéndeme la misión, don Manuel, en estos días tristes es lo que necesito: un propósito.

—¿No le basta con ir a las Misiones, Catalina? Hace rato que me cautivó para admitirla con mucho gusto. Desde luego no le falta entusiasmo. Pero el misionero ha de ser también discreto —le dijo con una sonrisa cariñosa—. Y sobre todo que no crean que va allí como si ellos fueran una diversión para gente de la ciudad.

—Descuide, puedo ser discreta y lo seré. Confíe en mí. Me interesa mucho la cuestión de la flor; traerle, si es posible, una respuesta.

—Entonces tendré que hacerle un encargo formal. Nunca he sido partidario de que los misioneros se involucren en la vida del pueblo, pero con usted haré una excepción.

Cati sonrió.

—Acérquese a aquel secreter de la esquina, por favor, y coja el cuaderno de piel roja que verá en el primer cajón.

Era un secreter de roble con líneas inglesas. Cati abrió el cajón y encontró el cuaderno, que entregó a Cossío, pero él se lo devolvió.

—Ahora es para usted —le dijo.

—Quiere que le dibuje aquí el motivo de nuestra investigación.

—Y que lo escriba, por favor. Estoy seguro de que lo hará muy bien. Es usted muy ocurrente. Creo que llevar un diario de su estancia allí también podría ayudarla.

Cati acercó el cuaderno a su pecho.

—Gracias. No le defraudaré.

—Lo sé —respondió Cossío—, y ahora comamos otro de estos magníficos pastelillos antes de que se enfríen.

8

—¿Qué estás diciendo, Catalina? Hija desalmada.

—Papá, no seas melodramático.

—¿Y tú me lo dices, que vives la mitad del tiempo con la cabeza subida a un escenario? No quiero dejarte aquí sola, porque yo no puedo quedarme esta vez, ¿me oyes?, esta vez por mucho que me engatuses o me ronronees como un gato no se hará tu santa voluntad. Han sido años de darte todos los caprichos, pero este no te lo puedo conceder. Si me quedo en tierra, me muero. Y tú verás si quieres ir a otro entierro. La mar va a ser mi único consuelo. —Se dejó caer en el diván de la sala.

—No te estoy pidiendo que te quedes conmigo, papá. Al contrario, sé que necesitas navegar de nuevo, que solo eso hará que sobrevivas a la muerte de mamá. Pero quiero que entiendas que de la misma manera yo ahora necesito quedarme en España, e irme a las Misiones con el Teatro del Pueblo.

—El Teatro del Pueblo... Eres igual que tu madre: pierdes la cabeza detrás de una utopía. Y me temo que también eres igual de terca o más aún.

—Papá, no hagas que tenga que encadenarme a la cama como te dije hace unos días. —Se sentó a su lado en el diván. Le tomó de las manos y le giró el rostro hacia ella. Los ojos amarillos de Leonardo brillaban.

—Serías capaz... de eso y de mucho más para salirte con la tuya —susurró él.

¡Llegas tarde, llegas tarde!, chilló Delfos.

—Escucha, cuidaré de la casa, pero no del loro, en eso seguimos con el plan y se va contigo a Filipinas.

—Pues claro, es mi loro del destino.

—Vas a parecer un pirata con él al hombro. El pirata del carguero de café.

—Qué cosas dices, mi Cati, no me extraña que te embarques en las fantasías de este país.

—También es el tuyo.

—No, hija mía. Yo sigo siendo griego y de padre eslavo y leo el *Times.*

—España te ha tratado bien.

—Me ha tolerado porque tu madre era rica, y porque soy un genio de los números y he trabajado como un mulo comerciando entre burgueses. Si no, me habrían linchado.

Cati sonrió.

—Pero sí es el mío, papá. Además, en esta casa aún está mamá y no puedo abandonarla. Todavía me quedaré en Madrid unas semanas antes de irme a las Misiones, diseñando la escenografía y ensayando, así que la acondicionaré para pasar el verano y tendré el tiempo que necesito para despedirme.

—Tú aquí sola...

—He cumplido veintitrés años, y tengo al bueno de nuestro doctorcito, que no me va a quitar ojo, estoy segura. Será mucho peor que tú, una pesadilla —le aseguró.

—Eso es verdad, el doctorcito es un reaccionario, pero me fío de él cuando se trata de cuidarte.

—Además, ¿quién dice que no pueda unirme a ti en

otoño? ¿No tenemos buques que van y vienen a Manila cada dos por tres? Pues podría embarcarme en uno e ir a buscarte. Si me marcho ahora, no me lo perdonaría nunca.

—Has crecido, mi Cati, es lo que tiene la muerte. —Leonardo Skalo la abrazó—. Yo no dejaré de esperarte en Filipinas y, si tardas mucho, navegaré con el *Carlota* por el Manzanares y hasta la Gran Vía si es necesario.

Edmundo se presentó en la estación poco antes de que el tren partiera para Cádiz. Llevaba un ramo de rosas rojas en una mano porque la florista le había dicho que eran las mejores para el amor, y, en la otra, un reloj en leontina que consultaba con angustia. Había descargado el cielo un chaparrón de verano que le había empapado las ropas. Parecía un cachorro mojado buscando a Cati por el andén. Así le vio ella. Acababa de bajar del vagón, donde había ayudado a su padre a acomodarse para el largo viaje. Un silbido anunció la salida del tren y Edmundo se apresuró, angustiado, entre el vapor de la locomotora: creía que ella se subiría a un vagón, que la perdería durante meses, si no años, pero cuando se disipó el humo distinguió la figura de Cati muy cerca.

—¿Qué haces aquí, Edmundo?

—He venido a decirte adiós.

—Aún no me voy a ninguna parte.

—¿Y Filipinas?

—Solo se va mi padre.

—¿Me has perdonado?

—Luego me habías engañado de verdad.

—*Baby*, me rompiste el jarrón chino.

Cati rio.

—Eres imposible.

—¿Te gustan las rosas?

—Embaucador. Sabes que me encantan.

—*La rosa que engalana* —canturreó Edmundo—. Ven a mi estudio, las pondremos en agua y te cantaré desnudo el resto del bolero de Gardel. ¿Qué te parece la oferta? Luego iremos a bailar al Bellas Artes y nos emborracharemos, dormiremos hasta que nos mancille el alba, me dejaré cubrir por tus trapos teatrales y, con la primera luz de la tarde, te pintaré desnuda. ¿Puedes imaginar, *baby* querida, un plan más increíble con un hombre como yo?

Cati cogió el ramo de rosas y le besó en los labios.

—Tengo que ensayar.

—¿Y desde cuándo ensayas tú y no los fantoches que vistes?

—Desde que tengo un pequeño papel en una obra. No me voy a Filipinas, pero sí a las Misiones Pedagógicas, a algún pueblo de las profundidades de la sierra, y me temo que tendré muy poco tiempo para verte.

SEGUNDA PARTE

—

FINALES DE AGOSTO, 1935

Será milagro, en efecto, que no parezca superfluo y lujoso el mínimo esfuerzo justiciero para llevar al pueblo en olvido la vislumbre siquiera del humano, pero privilegiado reino de lo inútil y lo contemplativo, el goce noble de las bellas emociones, la celeste diversión, que la humanidad, por miserable que sea, persigue con afán al par del alimento.

Patronato de las
Misiones Pedagógicas

1

A veces hay que hacerles olvidar que tienen hambre. Eso le había dicho Rosa a Cati tras montarse en la parte de atrás del autobús, junto a la algarabía de una muchachada con ganas de aventuras. Un salchichón para el alma, eso somos, dijo uno de sus compañeros mientras se acariciaba la barriga. Se llamaba Fernando, e interpretaba el papel de Sancho Panza en la farsa *Sancho Panza en la ínsula Barataria* que había escrito Alejandro Casona para acercar el *Quijote* a las gentes de campo. Hubo risas, pitos. Volaron un par de sombreros mientras se ofrecía tabaco, de picadura, negro. Para las chicas, cigarrillos mentolados, caramelos.

—Arrancamos, señores —se oyó la voz del conductor—. Acomódense como en vagón de primera, pues partimos hacia destinos inciertos.

De nuevo risas, pitos, abucheos. Mira que nos ha salido poeta. Ya puedes conducir mejor que en la última misión, que nos metiste la rueda en una zanja y tuvimos que empujar. No me salió la mancha de barro del traje ni en la tintorería. Que le dieron el carnet en una tómbola, ¿no lo sabías?

—Conducid vosotros, listos, cuando se os acabe el asfalto y todo sea piedra y polvo y barro. Mira los «señoritingos artistas».

Uuuuuuu, abucheo general. Un frenazo. Cati se había levantado para pedir fuego y se cayó sobre Fernando.

—Parece que estamos en los coches de choque.

—Con este al volante, ir de viaje es como estar de verbena, ya lo comprobarás, bonita, santíguate.

—En unas horas se os va a acabar la fiesta —reía el conductor—. Hoy el viaje es más largo que de costumbre.

Otro frenazo. Risas, pitos. Fiesta tenemos para rato. Llevamos con nosotros el gramófono y el proyector del cine. Si no llegamos, no hay misión, así que esmérate, que son muchos los que nos esperan.

—Ya está bien, señores, al menos hasta que salgamos de Madrid dejen la guasa —dijo Casona.

—Habló el jefe de la expedición —repuso el conductor— y la única cabeza cuerda en este gallinero.

—Qué gallinas, ¡como a ganado bovino que nos llevas en este trasto!

Carcajadas. Humo. Por las ventanillas del autobús iban despidiéndose de quienes los miraban desde las aceras.

—¡Adiós, que nos vamos a la otra España! —gritó Fernando.

—¿Qué otra España? —le preguntó desde la calle una señora con pamelita de flores.

—¿No ves que son cómicos, mujer? No les hagas ni caso —le respondió su marido, y siguieron adelante.

Llevaban en la baca del autobús las tablas del escenario atadas con cuerdas y unos rollos de tela para los decorados que Cati se había encargado de pintar en las semanas previas al viaje.

Somos cómicos, señoras y señores, y trágicos también. Entusiasmo para todo no nos falta. Ni nos faltará, digan lo que digan de nosotros. Somos misioneros, aseguró Fernando, más vale pájaro en mano que ciento volando. Mira que asumió bien su papel de Sancho Panza y se sabe el refranero de memoria. Risas.

—Lo que le depare el futuro a este país ya se verá —continuó Fernando—, ahora toca llevar por él la alegría.

—Da gusto que siempre estén de este humor tan saludable —dijo Casona—. Si siguen así, no les va a comer el aburrimiento del viaje ni el de la vida.

—Eso nunca —dijo Rosa—. ¿Quién juega al mus? ¿Cati?

—Voy a tratar de dormir un rato. No he pegado ojo en toda la noche.

—Nervios de la primera misión —le aseguró su amiga—. Tampoco pegué yo ojo la primera vez porque no sabía adónde iba ni con qué me iba a encontrar, aunque la compañía ayuda mucho. Poco malo con unos compañeros tan buenos.

—En eso tienes razón.

—Mira que ahora podrías estar en pleno océano rumbo a Manila. Me siento un poco culpable de haberte presionado para que te hicieras misionera.

—Yo creo que fue el destino el que hizo que nos encontráramos.

—¿Crees en él?

—Quizá fue mi madre.

—¿Mus o no mus? —le preguntó Fernando a Rosa—. Nos metes el gusanillo del juego en el cuerpo y luego te pones a darle a la sinhueso.

—Hijo, qué impaciente, con lo que nos queda por delante. Pero vamos a ello.

Se apuntaron dos más y montaron la partida en el fondo del autobús.

Cati apoyó la cabeza en la ventanilla. La ciudad se iba

quedando atrás. Frente a ella se abría el campo, la meseta atigrada por el calor del verano. Vio manchas que atravesaban el cielo. Eran pájaros con alas de ballesta, golondrinas. Recordó cuando las veía por el balcón de la sala, en la casa de la calle del Prado, mientras su madre leía en su butaca una obra de teatro. Escuchó en la memoria el silbido veraniego de aquellos pájaros como la voz de un tiempo pasado, de una despedida de la infancia. Era el eco de lo que había conocido hasta ese momento, el eco de un mundo, presintió, que no regresaría. Respiró hondo, tenía un nudo en la garganta que le dañaba al tragar.

Quizá si se hubiera embarcado rumbo a Asia, en las aguas del océano, al lado de su padre, no tendría ese nudo que la atenazaba. Aunque la distancia de su hogar habría sido mucho mayor. La decisión sobre su destino, al igual que hizo Carlota al morir su madre, la tomaron ambas en contra del criterio paterno. Aquello las unía, como su testarudez y determinación. Habrás de encontrar el amor en Manila, le había asegurado su padre. Recordó a Edmundo en el andén de la estación, al calor de un ramo de rosas. Edmundo con su rictus mediterráneo, triste, la mirada perdida. El abrazo al comprobar que ella no subía al tren.

Cati había cambiado el océano de Carlota por las montañas, los bosques tan desconocidos para ella. Leonardo había embarcado hacía semanas, se había perdido su rastro entre las olas, no sabría de su llegada a puerto hasta al cabo de unos meses. Lo imaginaba en su camarote, enfrascado en los planos del transatlántico *Carlota,* enfebrecido entre números y con su tatuaje que resucitaba bajo el aroma de la brea y la sal. Vivo de nuevo, como Cati lo recordaba en su niñez. Sintió miedo de no volver a ver a su padre, de que sus vidas hubieran tomado caminos ya no lejanos, sino paralelos, como dos líneas rectas que no volverían a cruzarse. Aún tenía en la memoria las noches en vela en la casa vacía. Las voces de sus padres, que escuchaba fantasmales. Cada una de las habitaciones estaba impregnada de ellos, y sus recuerdos, amparados por la calma nocturna, se desprendían y volaban por la casa. Cati los sentía flotar a su alrededor como alas transparentes, como retazos de piel muerta.

Poco a poco, el runrún del autobús había dormido a varios compañeros y se oían ronquidos entre las risas de los otros. Los había conocido durante los ensayos a los que asistió con Rosa tras la marcha de Leonardo. Se reunían en un garaje varias veces a la semana. La mayoría eran estudiantes de distintas facultades. Ella se había hecho cargo de la escenografía, que solucionó con la pintura de unos lienzos, como si fueran la pared de su dormitorio, entre los cortinajes rojos. Y tenía un papel en una égloga de Juan de la Encina. Aunque se había ilusionado con tantas novedades y con el encargo que le había hecho don Manuel, aún la atravesaba por dentro una tristeza, como un río subterráneo. Lo sentía manar desde lo más recóndito, con caudal lento pero constante. Si al menos hubiera podido despedirse de Cossío. Pero a los pocos días de que le hiciera el encargo había partido hacia un pueblo de la sierra de Guadarrama, a casa de un buen amigo, donde se disponía a pasar el verano lejos de los rigores de la ciudad. Cati fantaseó con la idea de que en esa misión podría pasear por los prados y los bosques, que Rosa le había pintado de una belleza tan distinta a la de la ciudad, y que aquello la ayudaría a levantar el ánimo.

Su vida se había reducido a Madrid y a los veranos en el mar, en Cádiz, cerca de los almacenes que nunca dejarían de ser la antesala de la muerte de su madre. Tenía el olor del mar catalogado en sus recuerdos, pero no el del prado tras la lluvia, el de la tierra silvestre y mojada. Quizá lo había percibido cuando la lluvia la había sorprendido paseando por el Retiro con su amiga Luisa, o montando en las barcas, acunada por los remos que manejaba Edmundo, y luego habían corrido hasta ponerse a resguardo. Quizá solo esas veces había estado cerca del olor de la tierra, pero no había sido consciente.

El autobús tomó un desvío y abandonó la carretera para continuar por un camino sin asfaltar. Tuvo que aminorar la marcha. Subió y bajó colinas pobladas de encinas entre las que amarilleaban las espigas, derrapó. Atravesó un par de quebradas por las que Cati imaginó que podrían despeñarse. El borde de la vía era de arena y piedras y el autobús bailaba. A ambos lados surgían a veces robledales; otras, fresnedas que amparaban riachuelos, montañas donde se alzaban, enhiestos, los pinares.

Rosa terminó la partida de mus, regresó junto a Cati y apoyó la cabeza en su hombro. A pesar del traqueteo por aquella ruta que se hacía cada vez más angosta y trepaba por colinas pedregosas, ambas acabaron durmiéndose hasta que un frenazo y la maldición que bufó el conductor las despertó. Un hombre yacía en medio del camino.

2

Súbanlo con cuidado, así, así, gírenlo para que entre por la puerta, decía el conductor, no lo maten de un golpe, señores, antes de que se muera él. Es grande la gente de estos lares. Será este, porque yo los que he visto me han resultado más bien bajos, dijo Fernando; no era su primera misión por esa tierra y trataba de meter uno de los brazos del hombre dentro del vehículo. Pero apenas pesa lo que unos sacos de patatas. Será por lo flaco, tiene huesos de galgo, dijo otro.

La mayoría de los muchachos habían bajado del autobús y le habían visto tendido en la polvareda del frenazo. Parece de otro mundo, eso pensaron muchos, pero ninguno se atrevió a decir nada, ni a acercarse demasiado, solo le rodearon sin quitarle ojo. El dibujo de aquel cuerpo, entre las piedras y la arena, permanecería después en su memoria. Daba la sensación de que le habían perturbado el sueño, el trance, el desmayo. Había en él algo indómito a la vez que hermoso, algo temible y solitario como la sierra donde le habían encontrado. Porque muerto no podía estar, a no ser que los muertos se murieran allí con ese color tostado y esa rebeldía de vivo que se le escapaba del cuerpo, comentarían más tarde Cati y Rosa. Si hubiese tenido que hacerle la autopsia, me habría temblado la mano, dijo esta, como si temiera que pudiese abrir los ojos mientras ella alzaba su hígado para pesarlo.

El círculo se estrechó un poco en torno a él.

—Dejad que le entre el aire —dijo Rosa mientras se arrodillaba a su lado, ya metida en su papel de la única estudiante de Medicina.

Le tomó el pulso en el brazo izquierdo.

Cati se dio cuenta de que le faltaban todos los dedos de esa mano.

—El pulso es un poco débil —diagnosticó Rosa mirando de reojo el muñón.

La cabeza del hombre estaba echada hacia un lado y unos cabellos oscuros y largos le cubrían parte del rostro. Rosa los apartó y surgió un joven de barba arisca y boca grande.

—¿Qué tiene? —le preguntó Casona.

—Un golpe en la frente, mire —se lo señaló sin llegar a tocarlo—, pero se le podía haber juntado también con una lipotimia del calor o quizá tenga alguna enfermedad.

En el autobús desalojaron dos de los asientos del principio y lo tumbaron allí, aunque las piernas le sobresalían por el pasillo. Los que no se habían bajado se asomaron para verlo. Olía a jara de los desfiladeros que los rodeaban, a sudor, a piel de animal, a entraña, a tomillo, mejorana y verbena. Era un olor entre fragante y nauseabundo. Un olor de lo vivo y de lo muerto. Tenía los pantalones rotos y la tela gruesa sucia de plumas, de excrementos de ave. Los tobillos con cieno, y en la suela de las alpargatas un dibujo de sangre que se había quedado seca.

—Es posible que sea una conmoción cerebral. —Rosa no dejaba de diagnosticar en alto—. Habría que llevarlo a un hospital.

—Qué hospital, por aquí no hay ninguno —dijo el conductor—. Dónde se cree que está la señorita doctora.

—En la posada donde vamos a pasar la noche quizá sepan de un médico.

Habló Casona, que se había desatado la chalina negra que solía llevar porque el calor de última hora se había intensificado, y más con el herido, que parecía haber llevado dentro del autobús la brasa de la tarde.

—¿Tendrá fiebre? —preguntó Cati. Acercó una mano a su frente, pero cuando iba a rozarla, sintió que de alguna manera él podía verla y la retiró.

Esa sensación la perturbó durante las siguientes horas. Incluso en la posada, cuando lo metieron en un cuartucho de la planta baja, junto a la cocina, tras insistir porque la posadera se negaba a recibirlo en su casa. Se santiguó según vio que le bajaban del autobús entre cuatro y de la cabeza le colgaban los cabellos salvajes, y la mano izquierda sin dedos.

—Hacía mucho que no lo veía —dijo—. Tarde o temprano tenía que acabar así.

—¿Quién es? —le preguntó Cati.

—No lo metan en mi casa. —La posadera se secaba las manos rojizas en un delantal. No oyó o no quiso oír la pregunta.

—Pero ¿qué quiere que hagamos con él, que lo dejemos a la intemperie? ¿Dónde podemos encontrar a un médico? —insistió Casona.

Ella respondió que el más próximo estaba a media jornada de distancia, en el pueblo grande, y que hacía la ronda en burro durante la semana, y en esa parte de la sierra no le tocaba la visita hasta el miércoles.

—Para entonces lo mismo se ha muerto —dijo Rosa—. Parece que lleva mucho tiempo inconsciente.

—Nunca le había visto tan de cerca. —La posadera lo observaba sin atreverse a tocarlo.

También Cati miraba al hombre de reojo.

—Díganos al menos dónde podemos acomodarlo.

Fue entonces cuando lo llevaron al cuartucho sofocante junto a la cocina, sucio por el humo que le llegaba del hogar donde se cocinaban los guisos para los huéspedes. Luego la posadera hizo llamar a uno que le decían el Toribio, que andaba en las cuadras porque se ocupaba de llevar el correo entre los pueblos de la zona y los recados importantes y, cuando se le echaba la noche encima, en medio de sus quehaceres, ella le dejaba dormir entre la paja del establo, al olor de los asnos. Se le había muerto el suyo y hacía los caminos andando, con las piernas combadas porque decían que se le había quedado el espíritu del animal difunto entre ellas por puro amor o solo por costumbre. Pero el Toribio era de alpargata rápida, les aseguró la posadera: se cruzaba la sierra con las sacas de las cartas a cuestas a más velocidad que muchos otros a lomos de bestias. Se sabía los atajos y las rendijas entre las rocas de los desfiladeros que parecían llevarle de un lado a otro como si no hubiera distancia.

—Él llegará hasta la casa del médico antes que nadie. Lo que no puedo asegurarles es cuándo vendrá, aunque es hombre piadoso y cumplidor con su oficio. Y más en un caso como este, que considera perdido hace muchos años. Tarde o temprano tenía que acabar así, y gracias si no ha sido peor.

—¿Qué quiere decir? Este hombre no llevará inconsciente toda su vida —dijo Casona.

—Como si lo estuviera. Pero pasen al comedor que les dé las habitaciones y les sirva la cena.

Cati y Rosa salieron antes a tomar el fresco nocturno y encendieron un cigarrillo. Un corralón rodeaba la posada. Las paredes eran grisáceas, con desconchones de moho y raspaduras de tiempo, pero esa noche las amparaba una luna que, en días, iba a brillar bien llena. Así que su luz las cubría con un velo de novia y al establo que se hacía a un lado y a la tierra desmigada en fango seco y piedra.

—Parece que caminamos sobre nata —dijo Cati.

—Y esto no es nada, señora —se atrevió a decir el Toribio, que salía del establo para encaminarse al «mandao» del médico. Tenía la mirada baja y la boina en la mano—. Cuando la luna está preñada del todo, se le ciegan a uno los ojos si le coge en los claros de monte adentro; estas lunas de agosto embrujan y uno se ha de proteger, que luego anda hechizao todo el año. Verá que a mí me pasó hace dos veranos. Me sorprendió el sueño en pleno quehacer, entonces me vivía el asno, yo me tumbé y él se rezongó cerca, ya roncábamos cuando nos cayó la luna encima. Na pudimos hacer. Según me levanté, había olvidao adónde me dirigía. Los caminos hollaos cientos de veces se me hicieron encrucijás, y el correo dejó de llegar a tiempo. Por el día solo pensaba en la noche, y en la noche, los ojos se me volvían luna y no veía más que el blanco que me había hechizao. El asno, que debía de padecer el mismo mal, se me despeñó por un barranco, solo el luto por su cariño me quitó el embrujo.

—Así que a usted he de recurrir si quiero enviar una carta. —Cati le sonreía mientras daba una calada en su boquilla de nácar.

—Para lo que guste usté, incluso para defenderla de la luna. Si está torcida, te echa mal de ojo.

—¿Y cómo podemos protegernos? —le preguntó Rosa.

Otras compañeras también salieron a tomar el fresco y se les acercaron. Toribio se vio embriagado por perfumes de flores desconocidas, rizos de tenacillas, carmines y vestidos que ceñían las cinturas y se acortaban a mitad de las tibias.

—Mientras yo esté por aquí, nada les ha de pasar, descuiden. —Se aferró a un cayado de palo que llevaba en la diestra, y se escurrió del grupo femenino, azorado. Qué mujeres se hacen por otros vientos, pensó antes de abandonar la posada y perderse en el vientre de la sierra.

La posadera había colgado en el techo del comedor las guirnaldas de papel y los farolillos que usaba para la romería de la Virgen, en el mes de septiembre. Allí mismo les repartió las llaves de las habitaciones que ocuparían esa noche.

—Los visitantes de Madrid son aquí muy bien acogidos, corran la voz cuando regresen, que les hacemos la fiesta. Se les da de comer de lo mejor, y los lechos rebosan de limpios. A ver si vienen más.

Bajaron el equipaje del autobús y lo subieron a los dormitorios, en la primera planta. Cati compartía uno con Rosa. Tenía dos camas pequeñas, dos sillas de madera y enea, un aguamanil y dos orinales apilados en una esquina.

La cena comenzó a servirse pasadas las diez. Mientras degustaban la verbena de chorizos y morcillas serranas, dispuestos a modo de entrantes sobre la mesa, Cati le dijo a Rosa que había olvidado el tabaco en el dormitorio. No tardo, se excusó y salió del comedor. Sin embargo, en vez de dirigirse a la primera planta, bajó una escalera hasta sentir el calor del fogón y se encaminó al cuarto del herido. Iba armada con el cuaderno de dibujo y un lápiz. Empujó la puerta. Encontró la estancia sumida en la penumbra de una diminuta lámpara de aceite, junto al catre. Su escaso halo de luz iluminaba el rostro del hombre. Antes de bocetarlo, Cati quiso saber cómo olía detrás del lóbulo de la oreja, más allá de la fragancia animal que la había asaltado al entrar. Se acercó a la cabecera del catre, escuchó su respiración y aproximó la nariz a su cuello. Se sentía segura en el silencio íntimo del cuarto. Le olió, entrecerrando los ojos. Al abrirlos, se apartó de él, y le descubrió mirándola. Retrocedió de un salto. El hombre cerró los ojos.

El primer impulso de Cati fue marcharse, pero no era propio de ella huir de nada, así que regresó a su lado y le rozó el dorso de una mano con la punta del lápiz, no se despertó; se la clavó, tampoco ocurrió nada. Observó el muñón, los huesos de las falanges dentados como el filo de una sierra. Una punzada en el estómago le advirtió de que el hombre volvía a mirarla con unos ojos oscuros, fijos en los suyos, hasta que se le cerraron de pronto, como si se hubiese quedado sin fuerza.

Ella primero le rozó el brazo, luego le zarandeó, pero él no recuperó la consciencia. Corrió al comedor para avisar a Rosa. Así que el tabaco, ¿eh?, le dijo ella. Cati se encogió de hombros y sonrió. Cuando llegaron al cuarto, acompañadas por Casona, ya no había nadie en el catre, solo las arrugas sobre la sábana. Al poco se presentó la posadera y comprobó que allí solo quedaba el olor del cuerpo. Le ordenó a una de las muchachas que fuera a buscarlo por la cocina y por las habitaciones de los huéspedes, y a otra la mandó al establo.

—¿Y si le encuentro? —preguntó temerosa.

—Si es así, chilla —dijo la posadera— y no se te ocurra tocarlo.

Pero ninguna halló ni rastro de él.

—Tiene que estar aún en la posada —insistía Cati.

Lo buscaron de nuevo por todas las habitaciones. No hubo rincón que les quedara por mirar, mientras los chorizos y las morcillas se enfriaban en la mesa. La posadera había ordenado en cocina que hicieran un sahumerio de romero con gotas de agua bendita y lo esparcieran en el cuartucho donde había estado el hombre. Había aprendido de su madre que era uno de los remedios más eficaces para ahuyentar las maldiciones y la mala suerte.

—Echad unas gotas también en cada una de las puertas, hay que proteger por donde entró o salió.

No lo encontraron. A la hora, parecía haberse desvanecido hasta su olor. Solo quedó en la posada el remedio contra él que se extendió hasta el comedor con un tufo bendito.

—Quizá se fue a su casa —dijo el conductor.

—Muy malo no estaría si llega hasta su aldea. Queda a media jornada andando. Lo mismo estaba fingiendo.

La posadera tenía el rostro contrariado.

—¿Quién es? —le preguntó de nuevo Cati.

—Por los dedos que le faltan en la mano izquierda, no puede ser otro que Jeremías Salazar. —Se santiguó como si solo al pronunciar el nombre le fuera a alcanzar el mal fario.

3

La misión se dirigía a un pueblo que apenas contaba ya con unas mil almas y que se alzaba custodiado entre dos cerros, rodeados a su vez por una cordillera de picos agrestes en uno de sus flancos. Lo combatían vientos del norte y del oeste, por eso tenía un clima frío en invierno de catarros y memorias de nieve y, en verano, una brisa que asaltaba los sueños y dejaba fiebres biliosas. Lo formaban unas trescientas casas de tejado plano y armazón de piedras, escalonadas como lascas por las faldas de los cerros. De lejos, su visión era chata salvo por el caserío blanco del Ayuntamiento, con cárcel en su sótano, y el campanario de la iglesia, erguido en ladrillo de arabesco mudéjar, pues antaño fue minarete moro. Este era el territorio del párroco, don Agustín de Lozoya se llamaba; nombre de santo, se burlaban algunos, mientras las comadres viejas se santiguaban porque era joven y de buen ver y levantaba sospechas en las miradas. Hombre es bajo la sotana, al fin y al cabo, y lo sagrado no pocas veces es territorio del demonio, advertía doña Fermina, la dueña de la abacería. Viuda de dos maridos y beata. Por su lado, Agustín presumía de ser capellán de sangre con título de ánimas, que por aquellos territorios le daba cierta solvencia sobre la eternidad.

Al final de uno de los callejones que partían adoquinados de la plaza principal había un lavadero de piedra donde las mujeres frotaban sábanas y otras ropas menores, cuando no se iban al río, en el verano, y lavaban mientras cantaban entre las rocas. Había también un pilón para que abrevaran las vacas. A las afueras del pueblo, tres fuentes de buenas aguas, cuyos caudales brotaban del río que corría entre peñascos, y cuyas pozas frescas eran alivio de los calores veraniegos porque era una tierra de extremos, tanto en el clima como en el carácter de sus gentes. Confinaba al norte con el macizo de la montaña humana a la que llamaban la Mujer Muerta por una leyenda de amores nefastos, al sur con la meseta que se extendía como lomos de tigres hacia la Castilla más llana, al este con un cerro al que nombraban la cuesta de la Plata. Allí había una mina de este mineral. Antaño también una de oro aún con dos pozos abiertos, activa desde el siglo XVII hasta finalizado el XIX, con historia de derrumbes y muertes por la codicia de un dorado que se soñaba bajo el terruño bravo de la sierra. De esa época todavía quedaban envidias, rencores y malasangre entre dos familias: los García y los Salazar. Los pozos o respiraderos de las minas eran heridas que se negaban a cerrar. Cercados una y mil veces, piedra sobre piedra, no había otra forma de acabar con sus abismos, los destruía la miseria, la codicia, se llevaban las piedras para cercar sembrados, y habían causado muertos en todas las épocas que la aldea podía recordar. Los pozos se escabullían entre la maleza tupida de la Peña de los Grajos. Grajos negros, pájaros de mal agüero salvo para Jeremías Salazar, de la familia que le decían de la sangre del oro, de los que tuvieron y ya no les quedó más que un recuerdo envenenado y una boca de pobre.

El terreno que rodeaba el pueblo era delgado y pedregoso, con numerosas encinas por uno de sus límites. Era tierra de leñas, de haces sobre espaldas de hombres. Pero la ladera que descendía hacia el sur era fresquedal donde el río reventaba de truchas en verano bajo la sombra de los chopos y los sauces.

Había un valle cercano, chiquito y escondido por un desfiladero, al que desde antaño llamaban el Edén. Una denominación que recalcaba desde el púlpito Agustín de Lozoya leyendo a los feligreses el Génesis, incluso cuando no tocaba en el orden de las lecturas sagradas, porque era aficionado a los principios épicos por contagio del suyo. También lo llamaban así por los zarzales cuajados de moras y frambuesas y las higueras plantadas por la mano de Dios, incluso estaba su huella en una roca. La palma de Dios, el lugar favorito de Paciana Salazar, la hermana mayor de Jeremías, el lugar donde en muy escasas ocasiones se permitía el descanso de sus deberes y labores en hogar y campo. Y donde se lamentaba de la vida, se reía de ella, se daba a la rabia y a las lágrimas o al gusto sin que la vieran más que ella misma y el cielo. Le placía sentarse en la palma de Dios, en ella me tienes, le decía, pero no por mucho tiempo, y se comía las moras y las frambuesas a puñados. Luego se tumbaba en uno de los huecos alargados que parecían dedos y soñaba que la tocaban. Era una mujer que había perdido la edad en una sucesiva pila de desgracias, con los ojos montaraces de azul vivo, el cabello siempre empañuelado, si no era por el luto de uno, por el de otro, la nariz ancha, como la tierra que la había visto nacer, la cara angulosa y la boca enjuta y sin sonrisa. Parecía hecha de roca, por dentro y por fuera.

Aquel día del verano de 1935, Paciana había ido a lamentar su suerte al fresco del dedo de Dios, cuando vio correr a su hijo de ocho años, el único que le había quedado vivo. Daba gritos, gesticulaba con las manos.

—¡Madre, están llegando gentes al pueblo!

Paciana frunció el ceño. Era rígida con los suyos, como los suyos, ya muertos, lo fueron con ella. ¿Qué es lo que dices? Que venga, madre, que venga, que el pueblo entero se echó a la calle para verlos. El niño, al que decían el Murciélago, aunque en la pila le había chorreado el nombre de Fabián, le había salido trigueño, tenía la cabeza como un campo de cebada en pleno estío, pero con los ojos de lagarto, negros y acuosos, y con la costumbre de colgarse de las ramas de los árboles cabeza abajo desde que apenas levantaba un palmo del suelo, lo que le había granjeado el mote que su madre odiaba. El Murciélago no esperó a que Paciana se levantara del dedo y se marchó corriendo.

Ella aún apretaba unas cuantas moras y se las metió en la boca mientras se estiraba saya y falda dispuesta a seguir la estela de su hijo. Tanto alboroto con lo que la familia tiene encima, pensaba, por que lleguen los titiriteros andaluces, qué otros pueden ser, sino esas gentes amigas de bandoleros que atraviesan impunes las sierras en su carreta de lienzo mugriento. Pero habían llegado antes de tiempo: hasta el otoño los gitanos no se echaban monte arriba y monte abajo, para alcanzar la época de ferias de ganado en los pueblos, y montaban su espectáculo en las plazas al olor de la matanza. Tanto revuelo del hijo para ver a los tres niños famélicos de los titiriteros, las hembras con ruidos de pulseras en las manos, y el machito con dos aros en los tobillos, como en los tiempos de los esclavos; y verlos bailar alrededor de una cabra sobre la que trepaba un mono enano que tocaba el tambor y con las primeras risas saltaba al suelo para pasar un platillo de céntimos. No pueden ser los gitanos, se dijo Paciana ya camino del pueblo, porque Fabián está harto de verlos; han de ser otros feriantes que vienen antes de la siega, feriantes que llegan tarde a la festividad de San Juan, porque en la sierra se extravían no pocas veces los cálculos de los hombres y se tuercen así los destinos.

La curiosidad guiaba hacia el pueblo a Paciana Salazar, y el enojo con el hijo y el miedo de encontrar allí a su hermano. No bien llegó a la primera de las calles, polvorienta por la cercanía al camino de herradura, vio la procesión de burros, asnos y demás jumentos que se metía como una hilera de hormigas para dentro. A lomos de las primeras bestias vio a unas mujeres a la grupa sobre mantas de cuadros, sin pañuelo a la cabeza; mujeres con los cabellos cortos, arreglados en ondas, vestidos finos y zapatos, en vez de las alpargatas que a ella le cubrían los pies; y una mano que saludaba al gentío como lo harían las vírgenes en procesión si estuvieran vivas. No eran aquellos cutis de titiriteras, con surcos y ajados por el sol, como los suyos, parecían blanqueados por las noches de luna. Ni había jolgorio de pulseras o aretes: aquellas mujeres gastaban ademanes de ciudad. A su lado caminaban los hombres que les iban a juego, con el traje de chaqueta abierto por el charco de calor, algunos, la corbata ajustada al gaznate, más zapatos polvorientos, y sombreros en vez de boinas, que agitaban en el aire para saludar. Los últimos burros cargaban atados de libros y otros cachivaches desconocidos. Al frente de la comitiva iba el Toribio, que había regresado del mandado del médico de madrugada, pero aún le quedaron fuerzas para guiarlos hasta el pueblo cuando surgió un percance en el autobús y no pudo salir de la posada con la bujía quemada.

Los hombres de esta tierra están hechos de hierro y

viento, pensaba Casona al mirarlo avanzar, y son de alpargata dura.

Paciana no se atrevió a acercarse. Se metió las manos debajo de los sobacos enlutados para ajustarse el mantoncillo de verano e instintivamente se echó para atrás hasta apoyar la espalda en una fachada de piedra. Vio a su hijo con el resto de los niños, que parecían un mar alrededor de los forasteros, se arrimaban a ellos como la ola que va, y al poco se replegaban. Quiénes sois, decían sus rostros, las bocas desdentadas, los ojos de sueño. Quiénes sois, decían sus pantalones en hilachas, las camisillas cortas de retales, los pies descalzos, qué nos traéis. Traemos el teatro y el cine, decían los de las monturas. Y eso qué es, se preguntaban los niños, pero no se atrevían a más, solo los miraban como si fueran lo único en el mundo. Os traemos libros y canciones, vamos a divertirnos juntos, pero para ellos eso era revolcarse en la paja de las eras y bañarse en la poza del río, untarle a uno un cagajón y matar a tirachinas lo que osara moverse. Y todo eso iban a hacer con esa gente que parecía que iba a romperse, tan repeinada, tan lisa de piel.

Paciana perdía a su hijo y volvía a encontrarlo, era de constitución flaca. Un muchacho cartilaginoso que parecía más pequeño de los años que tenía. Era mirarlo y la tripa de Paciana la guiaba calle arriba, tras él. Siguió la procesión camino de la plaza del Ayuntamiento. Aunque solo era una pedanía del pueblo grande más cercano, tenía su mandamás en don Roque, que era huraño a las novedades, pero con un sentido atávico de la hospitalidad. Paciana vio salir por una puerta del campanario a Agustín de Lozoya, sujetándose la sotana como si fuera un vestido de novia y apresurándose hacia el alboroto. Él sabía de la llegada de las Misiones por el maestro de la escuela: Ramiro Valiente, un maestrito pulcro, bien pequeño y con la carne justa para vivir. Los que no habían intimado con él ni sabían su historia decían que el nombre le venía grande. Había nacido en un pueblo minero de Asturias, ya con doce años los pulmones se le escarcharon de carbón, y no pudo seguir bajando a los pozos. El padre lo consideró una desgracia, y lo dio como sirviente a una tía con posibles, que se apiadó de él al verlo listo y lo mandó a la escuela y luego le pagó los estudios para que fuera maestro. Por eso Ramiro creía en la educación como la salvadora de las gentes y del mundo. Y en esto coincidía en parte con don Manuel Bartolomé Cossío, el único santo al que adoraba, porque era un ateo convencido de que la resurrección estaba en hacer el bien al otro. Todo lo demás era una pamplina para justificar lo que no tenía justificación: la propia vida.

Conforme Paciana avanzaba hacia la plaza, se saludaba con la cabeza con algunas de las vecinas, y en ese movimiento se decían ellas mucho: y estos quiénes son, y vete tú a saber, que parece que los manda el gobierno, pero vienen con aires de verbena, vamos a ver, eso, vamos a ver. Otras, en cambio, no eran más que unos ojos detrás del trapo que les colgaba de las ventanas, cerradas a esas horas para burlar el calor, o de las cortinitas de vainicas y festones, las más pudientes. Entre las callejeras como Paciana, a algunas les daba por reírse de puro nervio si les llegaba la sonrisa de los forasteros del burro, y otras rendían la mirada y se les enrojecían las mejillas que les había despellejado la brisa de los montes. Entre los hombres que iban uniéndose al bullicio, porque muchos habían bajado del campo de labor, Paciana buscaba a su hermano. No era difícil reconocerle porque era de los más altos y sobresalía entre la marea de boinas. Hubo un momento que le pareció verle de lejos, ya casi a la entrada de la plaza, apoyado en la estatua que llamaban del Libertador. Se le cruzó en el estómago un miedo que se le subió al gaznate y le oprimió como si se hubiera tragado sin masticar una nuez gigante. Pero no era él, Jeremías Salazar se dejaba ver poco por el pueblo.

Paciana siguió de nuevo el rastro de su hijo, todo lo que le quedaba de una vida de pérdidas que se le acumulaban en los últimos meses. Por su lado le pasó un burro y vio los zapatos de una mujer, en color verde, con una pulsera atada al tobillo y un taconcito menudo. Parecía que se había calzado la hierba del prado cuando repunta de agua con las primeras lluvias del otoño. Se distrajo mirándolos, siguiéndolos en el traqueteo de los adoquines, en un ir y venir, que la sacó un instante de la preocupación que la comía por dentro desde que Perfecto García se presentó en su casa, hacía dos días, con la noticia de la deuda. ¿Cómo sería la vida calzando esos zapatos verdes?, se preguntaba sin dejar de mirarlos hasta que se le escaparon entre los otros. ¿Será que este jolgorio va a distraer lo suficiente como para quitarle la maldad a alguien? Se echó a reír.

4

A Jeremías Salazar le había encontrado el alba de aquel sábado ardiendo de fiebre. Había sido una noche sin sosiego tras un día que, pronto comprendió, determinaría su destino. No obstante, algunos momentos se le habían quedado en blanco y no era capaz de conectarlos con el hecho que se había convertido en el centro de todo: la aparición de esa mujer en la habitación de la posada que sintió que le devolvía a la vida. Se quedó rígido porque no sabía dónde se hallaba, y la última imagen que tenía de sí mismo era la de correr por el monte bajo, sorteando las piedras y el enjambre de las matas de jaras de la Peña de los Grajos; era la de sí mismo consciente más que nunca de los latidos de su nombre: Jeremías Salazar, que había venido al mundo hacía veinticinco años, con un solo dedo en la mano izquierda y llevándose por delante a su propia madre. Un mal parto dejó sin mujer a Justino Salazar, un parto que comenzó con las chicharras y acabó con estrellas fugaces mientras un calor mataba cuanto no se acostumbrara a respirarlo, eso decían las gentes como en un canto. Se la llevó en un río de sangre que salió por debajo de la puerta de la casucha familiar, un hilo escarlata que se internó en el bosque. Adónde llegó el hilo de sangre de madre era una de las preguntas que Paciana Salazar se hacía a veces, como si la respuesta fuera a guiarla hasta el porvenir de Jeremías. Por eso ella respondía a quien se le quejaba del estado salvaje de su hermano: Jeremías pertenece al bosque.

Y en él se durmió aquel sábado el menor de los Salazar. La cabeza le reventaba de dolor, y sentía una calentura interna que nada tenía que ver con el verano que se extendía por el monte. Apoyó la frente en la tierra húmeda del relente, en busca de un poco de frescor. No solo le ardía la cabeza, también el tobillo derecho. Se incorporó con dificultad y se subió un poco el pantalón. Tenía la picadura amoratada de una víbora que lo había mordido mientras dormía y el veneno se le había extendido por los sueños. Se preguntó si la mujer que le había devuelto a la vida no había sido más que un espejismo provocado por la ponzoña del reptil y se desvanecería en su recuerdo. Y si ella no existiera y si solo fuera un delirio. Cerró los ojos y evocó el encuentro. Era verdad: su cabello, sus ojos, su respiración cercana. Cuando ella se fue, temió que avisara a alguien, salió por la ventana y se quedó agazapado. La vio regresar con una mujer y un hombre que parecían del mismo lugar que ella. Una parte de él le decía que era el momento de huir y refugiarse en los riscos con sus ovejas, que campaban a su antojo por los pastos altos del valle como cada verano. Pero no lo hizo. Desde muy pequeño había aprendido a ocultarse, a que su presencia fuera solo una sombra que observaba sin ser vista. Paciana le decía que tenía los ojos lentos y grandes para convertirse en cuanto le rodeaba. Podía permanecer horas mirando las formas de las rocas o los polluelos de un nido de estorninos hasta sentir que se mimetizaba con ellos.

La noche se convirtió en su cómplice. Fue de ventana en ventana, buscándola detrás de los vidrios, tratando de dominar una ansiedad desconocida para él, hasta que la localizó mezclada entre otros como ella, los hombres de chaqueta, las mujeres con los trajes finos y los modales ajenos. Se dio cuenta de que comía más despacio que los demás, de que a veces permanecía largo rato en silencio y su mirada se entristecía. Y se le fue metiendo dentro cualquiera de sus gestos cotidianos, de los que ni ella misma era consciente: cómo inclinaba un poco la cabeza y se rascaba la frente cuando se quedaba pensativa, cómo sonreía sin mostrar los dientes, cómo sus dedos largos colocaban el cigarro en la boquilla y expulsaba el humo frunciendo apenas los labios. La observó hasta que apagaron las lámparas de aceite en el comedor y se retiraron a los dormitorios. Siguió su rastro como si fuera el de los corzos o el de los lobos cuando le amenazaban las ovejas. Pero tenía la boca seca y el sueño le asaltaba a cada instante y le abotargaba la cabeza. Buscó un lugar para dormir, sin alejarse demasiado, entre los matorrales del monte que rodeaban la posada. Estaba acostumbrado a dormir al raso desde bien pequeño y a escuchar a las lechuzas, ellas le avisarían si alguien se aproximaba. Así que se echó sobre la hierba y cada vez que le venía la imagen de lo que había sucedido por la tarde, antes de que la mujer apareciera, la desechaba. Pensó que querría estar de nuevo acostado en esa cama, y que ella le oliera, le tocara. Y así volver a empezar, una y otra vez, que la vida fuera solo eso, porque no se le ocurría de qué otra manera podría estar cerca de ella. Y así se rindió al sueño hasta el alba.

Jeremías Salazar sabía que había de ir al melecinero antes de que el veneno de la víbora se le subiera por la pierna. Fue cojeando en busca de un palo que le sirviera de cayado y encontró una rama de encina, algo seca pero firme para sostener su peso. Antes de ponerse en marcha, caminó monte abajo hasta que vio la posada y aquel coche largo en el que debía de haber llegado ella con el resto, y supo que no podía irse hasta que supiera cuál sería el destino de aquella máquina. Aguantó al sol los ardores y la fiebre, y se arriesgó a que le vieran, porque se aproximó más de la cuenta para saber qué era lo que pasaba, cuando vio llegar al Toribio con la alpargata aún en la vigilia, y al médico en el asno, que se jactaba de ser el más rápido de la región, no en vano su oficio era de prisas; y tras lo que le pareció, en su mal, un desbarajuste de tiempo que había coincidido con el desayuno de los huéspedes, vio salir a un hombre que se metió en la máquina y, al arrancarla, esta expulsó una bocanada de humo que se parecía a las de las locomotoras de los trenes que serpenteaban los montes como gusanos. Esperó más y más, con la boca sin aliento, y supo que si no se ponía en camino en ese instante, no iba a poder moverse, y se iba a morir allí mismo. Se dio la vuelta y bajó el monte hasta el valle y, por la vereda del río, siguió arrastrando el pie por el limo hasta que le llegó el aroma que anunciaba la cabaña del melecinero, antes de que esta asomara entre los fresnos.

Él era uno de los pocos hombres del pueblo con los que Jeremías tenía relación. Ambos eran solitarios y adustos. El melecinero era viejo y se pasaba el día en busca de las hierbas para sus pócimas. Sabía dónde crecía la salvia para el mal de los ojos o la manzanilla para el del estómago. Cuando no estaba por el bosque o monte arriba o monte abajo, estaba en la cabaña: una única habitación de paredes negruzcas con un hogar gigante donde colocaba las trébedes de los potajes y las fórmulas magistrales. Junto a ella tenía una mesa repleta de redomas de cristal, lebrillos de latón destartalados y vasijas de barro, donde preparaba los remedios y bebedizos. Lo más impresionante era el alambique donde quemaba las plantas, porque decía que una vez convertidas en cenizas salía de ellas su espíritu y si lo destilaba bien, las medicinas eran más efectivas. A Jeremías no le gustaba ver cómo prendía fuego a las ramas de tomillo o a las amapolas que crecían al borde de los caminos.

—No me gusta verlas arder —le decía.

—Pues mira para otro lado —refunfuñaba el melecinero.

Jeremías era de los pocos que le llamaban por su nombre, Saturio, y no melecinero por aquí o melecinero por allá, arréglame esto o lo otro o llamo al del burro veloz que me viene con la «melecina» moderna. En una esquina tenía el camastro con el colchón de farfolla tapado con una cortina que era donde dormía él, y a su lado otro al descubierto donde tumbaba a los pacientes. Allí se echó Jeremías y se quitó los pantalones. Tenía la pierna amoratada y se le había hinchado.

—El veneno te ha corrío bien por la sangre, Jeremías. Si vienes unas horas más tarde, lo mismo te tengo que cortar la pierna y es el mismo lado que la mano, menudo hombre ibas a ser —le dijo Saturio.

Sacó lo que llamaban la piedra viborera y se la puso en la pierna como antídoto. Pero de piedra tenía poco, era el mondongo de una cuerna que había pertenecido a un ejemplar de ciervo que habían cazado unos furtivos en el coto más grande de todos los que había, el de Perfecto García. Más de tres horas estuvo Jeremías inmerso en el delirio. Perdió el conocimiento y se abandonó a las manos del melecinero. En el ensueño, vio el rostro de su padre el día que lo mataron a tiros porque era el mejor furtivo de todos hasta que se le acabó la suerte. Cuando Jeremías despertó, Saturio, que lo había dejado solo en el sopor de su fiebre, acababa de regresar del pueblo por un asunto de gases para don Roque, que le habían traicionado los nervios por el jolgorio de gentes de ciudad que habían tomado el Ayuntamiento. Hay hombres de traje con el pelo repeinado y una raya en el centro, pero también hay ellas, le dijo, y son hermosas y frescas. Así fue como Jeremías supo que el destino había querido que ella terminara en su propio pueblo.

—Son feriantes, pero en fino —le dijo Saturio—. Se quedarán todo el fin de semana. Y el pueblo está que no sabe por dónde se anda.

Jeremías hizo por levantarse.

—Estate quieto, no le has dado tiempo a que la inflamación se baje —le advirtió el melecinero.

Pero Jeremías no hizo caso. Lo acuciaba otro tipo de herida que no podía sanar la piedra viborera.

5

Llevaban serones en los burros cargados con las baterías para el cine y los rollos de una película de Charlot, que proyectarían el domingo en la tarde, después de misa, cuando la canícula del verano aflojara un poco. Así lo habían acordado con el padre Agustín de Lozoya, una vez que el maestro hizo las presentaciones entre las autoridades del pueblo y las autoridades misioneras, como él las llamaba: don Alejandro Casona, el director del teatro, y don Enrique Tornero, del coro. Ni a uno ni a otro los conocía en persona, pero sí por sus funciones y su talento. A Ramiro Valiente, que era hombre poco dado a los sentimentalismos por la vida dura de mina y sierra y un carácter curtido en «el aguante», se le empañaron los ojos:

—El señor alcalde: don Roque, el señor cura: don Agustín. Lo civil y lo divino, ya ven. —Sonrió mientras miraba alrededor mordiéndose el labio—. Solo falta el dinero: don Perfecto García, el hombre que aquí maneja y tiene las tierras, pero no lo he visto por ninguna parte en lo que va de mañana. Y es raro, porque le gusta ser importante en todo —le dijo a Casona en un aparte—, y a la mujer, doña Viola de García, lo mismo, que lo suyo es hacerse notar.

Agustín de Lozoya se consideraba una autoridad del

alma y de las buenas costumbres y se cuidaba mucho de aparentarlo, consciente de las habladurías sobre un episodio de su juventud que aún le acarreaba disgustos. Era un hombre de ojos almendrados y tristes cuando llegó a la capital de provincia para hacerse cura, pero todo el vigor físico que llevaba del campo parecía habérsele ido en lo sagrado. Volvió al pueblo con los mismos ojos, pero desfondado en la sotana y con una chepita que, de perfil, en el púlpito, había provocado que comenzaran a llamarlo Agustín, el padre gancho. No era nuevo para él ese fenómeno del cine, pues vio una vez una película documental en su tiempo en el seminario, y sabía que la impresión que produciría en aquellas almas rústicas sería grande, por eso pensó que el sermón del domingo había de ser férreo para que el invento no les levantara los pies del suelo. No obstante, solicitó ver la película antes que nadie para juzgar sobre el daño que podría hacerle a su rebaño de almas. No pudo ser.

—Si nos aguanta el generador para la película entera una sola vez, estamos de suerte. Le digo a usted, padre, que lo único que les va a dar a sus feligreses es la risa —le aseguró un chico que se encargaba de todo lo técnico.

Al padre Agustín le gustó la respuesta: la carcajada, si no alejaba del pecado, al menos lo haría del hambre, que esa sí era mala consejera.

Descargaron los burros en el caserón blanco del Ayuntamiento, aunque no era más que hogar de pedanía, destartalado en su interior y de paredes ahumadas por el tiro de una chimenea gigante obstruido por un nido de vencejos que nadie se ocupaba de desalojar. Don Roque se había acostumbrado a dormir en la compañía de los gorjeos de los pájaros.

—Tomen posesión —les dijo solemne.

En torno a los aperos burocráticos del alcalde, en la habitación más grande habilitada para recibir a los vecinos, quedaron el gramófono, los discos, los cachivaches de cine, los atados de libros y otros enseres culturales además de los personales de los misioneros. Cuando don Roque se enteró de que la función de teatro era esa misma tarde y que luego los misioneros, por la avería del autobús, tendrían que volver a lomo de mula a la posada para dormir, y regresar al día siguiente para dominguear con el cine y la música y santificarlo con los libros y el material que habían traído para la escuela, tomó posesión de su mesa, en aquel desorden que bullía ya a su alrededor, y se dispuso a escribir uno de los bandos por los que era famoso. Don Roque hacía un bando para todo, si había de llover, si no, si era ya tiempo de siega o de siembra, y por eso le decían en la aldea, afilando la chanza, el Bandolero. El apodo no le caía nada bien, porque no hacía referencia a hombre de buena palabra, como él se pensaba, sino de mano larga. Que a la autoridad civil la apoden el Bandolero no es de buen ver, ni de buen oír, aseguraba. Vestía boina honrada, camisa blanca, en vez de la corta de los campesinos, faja bien ajustada a la cintura, negra, a juego con la chaqueta parda, que se había puesto al avisarle el maestro de aquella llegada ilustre. Tenía dos surcos en el rostro que partían de las aletas de la nariz, y le llegaban hasta una quijada prominente. Era viudo, y la hija que le quedó se le había casado con un molinero de otro pueblo y se le había ido al empezar el invierno.

Quien tenga una cama libre en esta aldea de bien, que se la ofrezca a las gentes de la ciudad, que vienen a traernos con lo que allí se divierten, y le será recompensado con el buen hacer de una buena obra.

Así empezaba el bando de don Roque, y lo pregonaba él mismo porque nadie tenía en el pueblo la claridad de lengua que merecían sus palabras y menos aún la astucia de la lectura, salvo los chavales a los que Ramiro lograba desasnar con mucha diligencia; aquí sí que el apellido de Valiente le viene a usted bien puesto, le decía don Roque con una mano en el hombro, porque esa es tarea que parece imposible. Dio el bando en la plaza, que era semejante al polvorín donde se encendía la mecha del pueblo, y sus palabras corrían como la pólvora de boca a oreja hasta llegar a los últimos rincones, incluso, aunque tarde, a los hatos de los pastores en la montaña. Ya está Roque el Bandolero disparando la pistola que tiene en la garganta.

—Aquí les encuentro yo una cama para cada uno, autoridades y jóvenes, y no han de estar de un lado a otro por los caminos, con las posaderas expuestas al calor y al traqueteo, y más las tiernas de las mujeres, pues cuando vuelvan ustedes a Madrid el día lunes no se me pueden sentar el resto de semana —le decía el alcalde a Casona—. Empezando por la cama mía que ya es suya.

—Cómo aceptarla y dejarle a usted sin cama.

—Es un decir, le explico: en esta casa de la autoridad duermen usted y el señor director del coro, que habitaciones tengo una de sobra de la hija, y a sus chicos ya verá que se los rifan entre los del pueblo.

—No sabe cuánto se lo agradecemos. Pero no queremos molestar.

—Solo permítame, señor Casona, una pregunta que ahora se me viene a la mente: para hacer lo que vienen ustedes a hacer al pueblo no nos hace falta a nosotros que nos hagamos parte de nada, ¿verdad? Entiéndame, que ya varias veces han intentado algunos que llegaron de pronto que los vecinos se asocien a una u otra cosa. Podemos divertirnos y seguir siendo cada uno lo que es, ¿no? El de su padre, de su padre, ¿me entiende usted?, y el de su madre, de su madre.

—No faltaba más. La diversión no hace distingos.

—Eso digo yo. A reírse todos juntos. Y luego que cada uno comulgue o no —enarcó una ceja poblada— con su manera de ganarse el chorizo y con su conciencia.

Pan no traen, decía don Roque por lo bajo al que le preguntaba. Que yo haya visto en las alforjas. Parece pan de otra clase. El alcalde había colocado una mesita baja en una de las esquinas de la fachada principal, bajo un palio de lienzo improvisado para que no lo hirviera el mediodía, mientras apuntaba los nombres de los vecinos que alojaban a los de la ciudad, pues le gustaba dejar constancia de cada una de las gestiones que se le ocurrían. Pero si han venido de la capital hasta aquí, será por algo, don Roque, insistía algún vecino. Para traer cultura, dice el maestro, que ese es su campo de cultivo, y estar con nosotros, que no es poco que al fin se acuerden de los de los pueblos. ¿Y no se deben avisar antes las visitas, don Roque?, preguntaba otro. Avisar avisaron, avisaron, aunque no a ti, ni a ti, sino a la autoridad del saber en este caso; ¿alojáis a alguno o no?, bufaba don Roque, que no tengo todo el día.

A Paciana le había llegado la pólvora del bando por una de sus vecinas. Mandó a Fabián que se adelantara para la casa, a las afueras del pueblo, que ya apretaba la hora de comer y el calor se hacía un manto, mientras ella volvía a la plaza con el fin de enterarse de qué iba aquello porque le rondaba una esperanza.

—¿Pagan por darles cama y lo que se pueda de comida? —le preguntó al alcalde.

—No, Paciana. No sé si quien te tocara querría darte un algo como agradecimiento, pero mira que, aunque vienen de Madrid, no son más que estudiantes.

—Ya, don Roque. Pero sabe que andamos en desgracia. Había pensado que lo mismo podía rascar unos reales, un poco de allí y un poco de allá.

—Muchos pocos habrían de ser, para juntar todo lo que debes.

—Usted lo sabía.

—Yo qué iba a saber, mujer.

—Pues entonces haga uno de sus bandos proclamando la injusticia.

—Esta justicia viene de más arriba, Paciana, en mi mano no está.

—No tendrá el valor de decirme que viene de Dios.

—Viene del hombre, pero del hombre que puede. Bien lo sabes tú.

—Del que lo puede todo, claro que lo sé.

—Entonces ¿te apunto alguno o no?

Paciana se dio la vuelta y se perdió callejón abajo, camino de su casa.

Los preparativos para la tarde de teatro ya habían comenzado. Con la avería del autobús, los tablones del escenario, que montaban sobre unas piletas para que tomara altura, no pudieron cargarlos en los mulos, pues sobresalían tanto que, como decía Fernando, iba a parecer el rucio de Sancho cargando con la lanza de don Quijote pero multiplicada por tres. La posadera les prestó la galera que tenía, la más famosa de los alrededores. Era un carro de cuatro ruedas tirado por dos mulas tordas y techado con un lienzo de color escarlata, untado de cera para resistir las lluvias, pero que ya pardeaba por la violencia de los años. Dentro cupo todo lo necesario para la farándula: la tarima del escenario, las bambalinas y tramoyas portátiles, el telón y la estructura que lo sujetaba, el vestuario de época que había diseñado Cati con las telas baratas de la tiendita del padre de Rosa, los rollos de decorados y las herramientas para el montaje.

Como la carreta había partido un par de horas después que la comitiva de los burros, aún les quedó tiempo a los misioneros para descansar, al cobijo municipal, del traqueteo de sus monturas, hasta que llegara al pueblo y hubiera que ponerse con el montaje del teatro en la plaza. Con suerte, el calor habría bajado del cielo y a las siete y media actuarían.

También se podía ir a la taberna del pueblo, en uno de los callejones empinados que iban a morir en la falda del cerro. Le decían la taberna del Rucio por la fama del dueño de ser el hombre más terco del valle y el más cotilla. Más de una vez se había llevado un golpe por servir el chisme junto a la copa de orujo, pero la cabeza dura no le había hecho escarmentar. En la taberna, solía pasar las tardes Andrés, el hijo de don Perfecto García, el hombre que allí lo tenía todo, y también las noches cuando el Rucio cerraba, pero el dinero del padre de Andrés abría la taberna de puertas para adentro.

A don Perfecto no le había caído bien la noticia de la llegada de las Misiones porque justo le coincidía con la resolución de antiguos asuntos de sangre con los Salazar. Y menos el bando de don Roque. El alcalde se había envalentonado haciendo pública una verborrea que no había pasado por su consentimiento. Además, su hijo andaba desaparecido de la casa y de los campos desde esa noche de viernes. No se había presentado a dormir y esa no era su costumbre. Puede que llegue a la alborada, le decía a don Perfecto su mujer, doña Viola, pero llegar, llega siempre. Y hoy amaneció sin él, y con el cielo de un encarnado vivo. Se ha de parar la vida hasta que nuestro hijo aparezca, Perfecto, le advertía ella. Y eso solo puedes hacerlo tú.

6

Cati salió por la puerta de atrás del Ayuntamiento. Daba a una calleja adoquinada, que descendía entre casas de barro y piedra. Caminó por ella sin cruzarse con nadie, los habitantes del pueblo parecían haberse disuelto en el calor del mediodía. Llevaba en una bolsa de tela el cuaderno de piel roja que le entregó Cossío y un lápiz, y de pronto se vio con su madre en el asiento de atrás del Hispano Suiza negro. El chófer las conducía a los pueblos cercanos a Madrid para que Carlota cumpliera con la caridad del mes, mientras ella pintaba las casas con los balcones de geranios que veía desde la ventanilla. Cati apenas recordaba la primera de las paradas, siempre en las iglesias para entenderse Carlota con el cura en asuntos del adecentamiento del templo y de ropas de pobres. Porque si en la juventud se había encadenado a un carguero de la familia para viajar a Filipinas, según las directrices sufragistas de su *nanny* inglesa, el nacimiento de su hija le despertó el instinto de clase al que se referían su padre y el doctor Honorio Guzmán. Así que hacía obras de caridad, como era propio de una mujer de su posición, a pesar de las quejas de Leonardo: no vayáis a joder a los pobres con meriendas de hojaldre y altarcitos de cartón, le decía para espanto del suegro muerto.

¿Y qué quieres que les llevemos? Vuestra ausencia, respondía él.

Lo que Cati nunca pudo olvidar, y en ese paseo calle abajo se le hacía más presente, era el puestecito sufragista que Carlota montaba en la plaza, donde se desgañitaba explicando la necesidad del voto femenino, mientras Cati repartía espejitos redondos a las que se acercaban a curiosear el escándalo. Muchas de las mujeres que había visto esa mañana desde el burro, al entrar en el pueblo, le habían recordado a las que recibían los espejitos, espantadas o curiosas de sí mismas tras mirarse en ellos. Los ojos escudriñadores sin hablar, pero hablándolo todo; las sonrisas tímidas, los ceños perplejos. El chófer desplegaba las patas de hierro de una mesita de merienda de domingos, extendía el paño de lino duro, recién almidonado, y Carlota colocaba los panfletos que le hacían en una imprenta de la calle Mayor, donde, consciente del analfabetismo, había hecho que le dibujaran a una campesina metiendo una papeleta en la urna.

Mezclados con los recuerdos de la madre le venían los del hombre herido de la posada. Su mirada se le había metido dentro y repetía: Jeremías Salazar, sin darse cuenta, mientras continuaba calle abajo. El calor serrano de aquellas horas le arrebolaba las mejillas, y no supo si fue a causa del cansancio del viaje, de los nervios de los últimos días con los preparativos de la Misión, de la nostalgia por la madre o del desconcierto que le produjo el episodio de Jeremías, que se le aflojó el ánimo. Sentía ganas de gritar. Le habían empezado la misma noche que se encontró con el cuerpo sin vida de la madre, y las había ido taponando con las exequias, los planes oceánicos del padre, el encuentro con Rosa, con don Manuel Bartolomé Cossío, el teatro, las palabras de Edmundo, pero todo acababa de saltar por los aires sin saber por qué, y notaba la garganta en carne viva. Las lágrimas se le acumulaban en los ojos conforme iba quitando tapujos a la espina de la rabia, y le nublaban la vista.

La calleja terminaba en una senda de tierra blanda que serpenteaba, musgosa, por un bosquecillo de robles y madroños. El liquen adherido a los troncos le daba un aspecto de pasaje mágico que se adensaba conforme Cati se internaba en él. Así llegó al cementerio de los suicidas, sin darse cuenta. No supo dónde estaba hasta que se enfrentó a la primera tumba. Había abierto una verjita oxidada como si su propio luto la hubiera guiado hasta esa tierra de descanso eterno. Había tres montículos rectangulares delimitados por piedras que formaban las sepulturas. Solo tres almas a las que se les había negado el camposanto por haber ido su mano en contra de la de Dios. Cati se sentó sobre el tocón de un roble seco situado frente a una de ellas. No había llorado bastante por su madre hasta ese momento. Las lágrimas le fluían y solo hipaba de vez en cuando y absorbía los mocos. En la tumba había clavada una cruz hecha con dos tablas donde una caligrafía inestable había escrito: Eustaquio Ariza, abril 1900 - julio 1935 D.E.P. Era un muerto reciente, como Carlota. Se levantó brisa en el sopor del mediodía, parecía soplar solo en aquel reducto destinado a los malditos, donde, sin embargo, se respiraba una paz fresca. Cati oyó un ruido. De la rama de un roble cercano, cuya copa abarcaba casi todo el cementerio como un paraguas, colgaba un niño cabeza abajo que se balanceó un par de veces antes de poner las manos en la rama y saltar al suelo, frente a ella. Se quedaron mirándose.

Era Fabián, el Murciélago, el hijo de Paciana Salazar, que había desobedecido a la madre para ir al sitio al que le estaba cogiendo vicio porque necesitaba consuelo. Arrancó una hoja de roble y se la ofreció a Cati haciéndole el gesto de que se limpiara con ella la nariz. El niño tenía bajo los orificios de la suya un bigote de ronchas rojas.

—Este es mi padre. —Señaló la tumba de Eustaquio Ariza—. Dicen que se tiró por la Quebrada de la Culebra, pero yo creo que le empujaron porque al día siguiente iba a llevarme a cazar conejos, que es lo que más le gustaba, después de madre, claro. Cabeza abajo no se puede llorar. Las lágrimas se te meten pa dentro del seso. ¿Quies probarlo?

—Otro día —respondió Cati mientras se limpiaba las lágrimas con la hoja—. Hay que ser muy ágil, como tú.

El niño se encogió de hombros. La miraba con una expresión de lástima en los ojos enormes.

—Tampoco se pue abusar, ¿eh? Madre dice que se me pue ahogar el seso con la pena y luego uno no sirve para pensar.

—¿Sabías que si las lágrimas caen en la tierra de los muertos, brotan flores?

Fabián el Murciélago ladeó la cabeza. Tenía la nariz chata y la punta respingona. Las mejillas con pecas, las orejas de soplillo y los ojos de lagarto, que parecían en ese instante hechos de agua. Vestía unos pantalones que le llegaban por debajo de las rodillas, cosidos a retales, una chaquetilla raída, una camisa sin cuello y en los pies, unas sandalias hechas de cuerda. Cati no le echó más de siete u ocho años.

—¿Aunque sea un cementerio de malditos? —preguntó el niño.

—En los cementerios de malditos es donde brotan las flores más bonitas.

—No es verdad. —Fabián miraba las otras dos tumbas, donde no había nacido más que mala hierba.

—Si pruebas un día a llorar sobre su tumba en vez de cabeza abajo, lo comprobarás.

—Yo le he dicho a madre que no sufra más por lo de que padre esté aquí, lejos de los muertos del pueblo, que aquí padre tiene más sitio. Era un hombre grande y el otro cementerio está muy lleno porque el año pasado hubo sequía y cuando la hay se muere mucha gente. Una desgracia llama a la otra, eso dice don Ramiro, el maestro. Y mi tío Jeremías dice que la desgracia es como el eco de la montaña.

Cati se sorprendió al oír aquel nombre.

—¿Jeremías Salazar? —le preguntó al Murciélago.

—Anda, ¿le conoces?

—¿Es tío tuyo?

—De siempre —dijo Fabián subiendo los hombros.

—¿Y se encuentra bien?

El Murciélago se rascó la cabeza.

—Mi madre dice que es el más fuerte y el más listo del pueblo, aunque de leer y escribir no sabe nada. Pero que yo no puedo ser como él, madre dice que solo puede haber uno así.

—Así ¿cómo?

—Como Jeremías. Si baja del monte, le verás.

—Le vi en una posada y parecía enfermo.

—Madre lo sabría. ¿Quieres que te enseñe el otro cementerio? Está donde la iglesia.

—O sea, ¿que ya está bien?

—¿Mi tío? Siempre lo está.

—Pues me gustaría verle otro día. ¿Se le puede encontrar en algún sitio? ¿Dónde vive?

—Se le puede encontrar solo si él quiere. ¿Te enseño el otro cementerio o no?

—Creo que me va a gustar más este. En el otro, si está cerca de la iglesia, seguro que tocan las campanas y los muertos no descansan bien. Tu padre está mejor aquí.

—Eso no lo había pensao yo, pero se lo voy a decir a madre, con lo que a padre le gustaba dormir la siesta, aunque casi nunca podía.

Fabián hizo ademán de marcharse, como si tuviera prisa por ir a llevar a la madre el consuelo de que padre podía sestear muerto lo que no había sesteado en vida. Mira que hasta iba a ser una ventaja estar bajo tierra, se le vino a la cabeza, pero luego pensó que le gustaba el aire que le cortaba la cara de frío en invierno y el sol que se la calentaba en verano, y correr monte abajo gritando su nombre, y mirar a esa chica que había llegado a su pueblo en burro, mayor que él, pero con los ojos verdes más bonitos que había visto nunca, a pesar de las lágrimas, y un cutis que imaginaba suave como la piel de las manzanas. Con suerte podría esperarle. Fabián le dijo su nombre, para que a ella se le fuera quedando en la memoria con todas las letras del que habría de ser su marido. Solo el nombre que le habían puesto en la pila, el apodo se lo guardó, por indigno. Luego quiso saber el de ella, y lo repitió varias veces porque nunca había conocido a una chica que se llamara Catalina. Ese nombre a punto estuvo de echarle abajo la esperanza, le resultó largo para repetirlo antes de dormirse, y serio, propio de alguien que no espera por amor. «Me llaman Cati». Cati era otra cosa. Cati lloraba en un tocón de roble a plena luz del día, Catalina no lo hubiera hecho nunca, pensó. Cati podría colgarse con él cabeza abajo y se balancearían juntos. Cati acababa de decirle que se le había muerto la madre el mismo mes que su padre. Así que los dos tenían un lado huérfano, y si los juntaban —el de él, de padre, y el de ella, de madre—, formaban un huérfano completo. Y eso significaba mucho. Que la madre no estuviera enterrada donde los malditos no importaba. La muerte era la muerte, daba igual qué tierra se la tragara, eso le había dicho su tío Jeremías.

En esas cavilaciones estaba Fabián cuando ella le preguntó si iría a verla esa tarde a la plaza, porque iba a haber una función de teatro donde actuaba. Él no sabía lo que era el teatro, se imaginó algo parecido a lo que hacían los titiriteros, pero le vino a la memoria el bando del alcalde bandolero, y el motivo por el que su madre le había mandado a casa mientras ella regresaba al pueblo para hablar con él.

—¿Y ties ya la casa donde estar?

—Creo que no.

—Te voy a llevar a la mía, que madre estará contenta de que te quedes con nosotros.

Fabián decidió arriesgarse. Sabía que estaban en desgracia, pero se le ocurrió pensar que con una chica de la ciudad, quizá Perfecto García no se atrevería a echarlos y la cosa de la venganza de sangre no llegaría a mayores, ni la de la deuda. Quién se iba a atrever con una chica como ella, con ese pelo corto. En el pueblo la que lo llevaba así es porque tenía la tiña, pero ella no, en ella todo brillaba, hasta las uñas de los dedos. Se apostaba la vida a que también era suave, incluso el vestido de esa tela verde que parecía agua de fina, y le dejaba las pantorrillas al aire.

Cati siguió a Fabián, que la había agarrado de la mano y la sintió pequeña y callosa. Dos huérfanos caminando por la senda del bosque. Le había sentado bien llorar, limpiarse la nariz con una hoja de roble, encontrarse con aquel niño que le inspiraba ternura, y hacía que se le curase la rabia. Tenía ganas de pintarlo. Si le quedaba tiempo antes de que hubiera que montar todo lo necesario para la función, le pediría que posara para ella.

La casa de Paciana Salazar estaba en una torrentera a las afueras del pueblo. Fabián llamó al portón, partido en dos hojas. Sabía que había desobedecido a su madre al no irse a donde ella le había mandado, y solo tuvo una breve esperanza de que aún no estuviera en casa y que al llegar ya se encontrara el negocio de Cati hecho y no pudiera echarse atrás. Pero no fue así.

Paciana Salazar acababa de poner las trébedes en el fogón, con el puchero de caldo, cuando oyó golpear la puerta y el estómago se le vino abajo. Se limpió las manos en el delantal, se lo quitó, y en uno de los bolsillos de la falda se metió el cuchillo con el que partía los chorizos y otros víveres pequeños de la matanza. Pronto vienes, pensó. Se metió unas hebras de cabello dentro del pañuelo, se arregló el nudo y se estiró la blusa por si le había quedado algún resto del mendrugo que desmigaba en el caldo. Apagó el fogón para que no se le consumiera el almuerzo si la afrenta se alargaba. Antes de abrir, le vino a la memoria la imagen de su padre, Justino Salazar, muerto hacía muchos años, pero con las palabras suyas aún vivas: «Un Salazar lo primero que aprende es a vengarse». La vida del padre había sido un sinvivir de envidia: «la casa de los García con el patio grande, la era y los campos que habían de ser también nuestros». Paciana le había cogido asco a desear lo que tenían otros, hasta que vio aquellos zapatos verdes de la mujer del burro. Y trató de imaginar la vida de los zapatos en una gran ciudad. Pero no sabía cómo era una gran ciudad porque nunca había salido del pueblo.

Al abrir el portón con la mano en el puño del cuchillo,

respiró hondo. Allí estaba Fabián, soltó el puño. Le habría dado un cachete si no llega a estar a su lado una joven de las que había visto entrar en la procesión de jumentos. Solo les faltaba san José y el Niño para que fueran cada una de ellas una huida a Egipto, como la talla de la iglesia. A Paciana se le fue el habla. Miró al hijo. Luego a Cati. Ella se presentó y extendió una mano alargada que Paciana observó un instante antes de estrecharla. Fue como tocar otra vez a sus hijos recién nacidos, o las plumas de los estorninos de Jeremías. Bajó la mirada y allí estaban, los zapatos verdes habían ido a su casa.

7

En la cocina de Paciana Salazar el caldo puesto en las trébedes se había quedado frío y los migones se habían deshecho. Era la única habitación en la planta baja de una casa con las paredes hechas de piedras, que pertenecía al marido muerto. En la cocina se hacía la vida de la familia. Además del hogar negruzco con unos tablones a los lados donde se veían los lebrillos rojizos y la loza desportillada, tenía una mesa con cuatro sillas en el centro y un banquito, bajo la única ventana, donde Paciana se sentaba a remendar las camisas y los pantalones de sus hombres. En verano era un lugar fresco que solo ventilaban durante la noche para que no se metiera el sol. Los efluvios de las berzas cocidas con ajo y pimentón de las sopas de Paciana se mezclaban con el aroma a paja húmeda y estiércol de la cuadra. Separaba las dos estancias un tabique fino y agrietado. En otras épocas mejores habían tenido un mulo y dos cerdos. Pero ya solo les quedaba un jaco viejo al que llamaban el macho, que parecía conocer la desgracia y andaba tirado sobre la paja y sin ganas de comer lo poco que se le daba.

Fabián había cogido de la mano a Cati para que entrara en la casa y había cerrado el portón detrás de ellos. Ya es nuestra, pensó. Paciana quedó muda, pero con el cuchillo suelto en el bolsillo de la falda. De pronto se abrió de nuevo el portón y apareció un hombre joven con el gesto contrariado. Jeremías Salazar entró renqueando porque aún estaba el tobillo hinchado, y cerró con prisa. Se quedó quieto al ver a Cati en la cocina de su hermana. Cruzó una mirada con Paciana, y sus ojos se clavaron de nuevo en ella.

—Es Cati, tío, ha venido con los de la ciudad que están por todo el pueblo. El Bandolero dijo que había que alojarlos y Cati se queda con nosotros, ¿verdad, madre?

Paciana Salazar, pasado el estupor, se había percatado de que su hermano venía herido:

—¿Qué ha pasado?

—Mucho. Todo —respondió él.

—Ve a descansar.

—Ya no hay descanso.

Jeremías se pasó la mano buena por los cabellos. Entonces llamaron a la puerta con una autoridad que retumbó en los lebrillos con sonido metálico. Paciana le hizo una seña a su hermano con la cabeza para que se fuera de la cocina. Volvió a sonar el golpe seco, y la mujer apretó por dentro de la falda la empuñadura del cuchillo.

—¿Te han seguido? —le preguntó.

—No pueden haberme visto.

—Pues ya es la segunda vez que vienen con lo mismo. A qué esperas.

A Jeremías le costaba irse, pero los golpes no dejaban lugar a dudas de quién era y de lo que quería. Se acercó a Cati y le hizo lo mismo que ella a él en la habitación de la posada, olerle detrás de la oreja. Luego huyó hacia la cuadra. Cati se estremeció y Paciana apretó con más fuerza el cuchillo, sin entender lo que acababa de pasar. Se oyó un nuevo golpe antes de que abrieran el portón, estampándolo contra la pared.

Entró don Perfecto García, al que habían bautizado con el mismo nombre que al antepasado que fue socio del de los Salazar; había habido otros antepasados, pero Lautaro, que así se llamaba, se había convertido en el único. Al Perfecto de esos tiempos le acompañaban los dos hombres que iban siempre cubriéndole la espalda, fornidos, de faja ancha, y el rostro ceñudo. Se lo arreglaban todo. Y lo que no tenía arreglo por las buenas, lo tenía por las malas. Paciana volvió a apretar el puño, porque no había sacado la mano del bolsillo desde que Cati entró en la casa.

—Qué quieren —dijo—, aún no ha llegado el día del pago de la deuda y aquí ya saben que no son bienvenidos.

Los ojos de los tres hombres se fueron a por Cati. ¿Qué hacía aquella mujer en la casa que no debía? Cati vio como Perfecto García desfruncía el ceño, que lo traía violento, y trataba de buscar en sus labios la cortesía. Le extendió una mano y le dijo el nombre, a lo que Cati respondió de igual modo. Era un hombre achaparrado, con los brazos cortos para su estatura y un bigote de babosa. Llevaba un sombrero oscuro en vez de boina, que ocultaba una calvicie de un pelo bermejo, cuyos restos eran un par de mechones en las patillas. Y unos pantalones *beige* y una chaqueta porque él no se acercaba al campo más que para mandar lo que se hacía con la tierra suya y lo que no, y con la que arrendaba a otros. Era del grupo de los que no se manchaban las manos. De rostro ancho, tenía unos ojos pequeños y feroces que cada uno le miraba para un lado distinto, y solo cuando amenazaba parecían alineársele como si apuntara con la mirilla de una escopeta.

—¿Dónde está tu hermano? —le preguntó a Paciana.

—Dónde va a estar: en el monte, con las ovejas. Si no lo encuentras es que no sabes buscar.

La mandíbula de Perfecto García se tensó y los ojos se le pusieron en línea apuntando a los de Paciana Salazar.

—Perdone que le pregunte a usted, señorita, que aquí verá que la mentira reina. ¿No habrá visto a un muchacho que se le distingue bien porque tiene un muñón en vez de la mano izquierda?

Fabián miró a su madre de reojo, y luego a Cati.

—En la casa solo estamos nosotros —respondió ella.

—Se va a hospedar aquí, ya oyó el bando del alcalde —dijo Paciana.

Perfecto García les hizo una seña a los hombretones para que fueran a registrar la cuadra y las estancias del piso de arriba, que eran dos. Una pieza más ancha donde dormía el matrimonio y otra que había sido destinada para los hijos y que ocupaba Fabián.

—Usted no puede entrar así en una casa, impunemente.

—Señorita, acaba de llegar al pueblo y poco sabe de lo que aquí ocurre. Si quiere una casa decente donde dormir en sábanas limpias, yo le ofrezco la mía, donde va a dormir como una señora. Y no aquí, que se la va a comer la miseria.

—Estas gentes han sido tan amables de ofrecerme antes su hospitalidad y aquí me quedo.

—Le advierto que no es buen lugar.

Cati solo podía pensar en dónde se había escondido Jeremías Salazar, y en qué le harían si le encontraban.

Uno de los hombres subió al piso de arriba por la escalera estrecha, parecía que los peldaños se iban a quebrar bajo la fuerza de sus pisadas. Se oyó crujir el suelo, que era el techo de la cocina; se oyó el arrastrar de las camas, el chirriar de las puertas de los armarios, el cloqueo del latón de orinales y jarras. Luego silencio, al poco las zancadas de vuelta, y la voz callosa, desde arriba:

—Aquí no hay nadie, patrón. A saber dónde está esa rata.

El otro hombre de Perfecto se fue para la cuadra, revolvió la paja, primero a patadas, desbaratando los fardos, luego con la horquilla, pinchando con saña cualquier resquicio donde pudiera esconderse un hombre. El macho relinchaba y se le oía con los cascos flojos moverse de un lado a otro.

—Madre... —se quejó Fabián.

Paciana le dijo con la mirada que no se moviera, que ni rechistara, que apretase los dientes, mientras ella se hacía daño en la mano al apretar el mango del cuchillo. Lo tenía empuñado dentro de la falda, porque sabía que Jeremías estaba herido y lo mismo no había podido escapar y echarse al monte. El corazón lo sentía en las sienes, y en el estómago escuchaba la voz de su padre: un Salazar lo primero que aprende es a vengarse. Pero aquello no era venganza, se dijo, sino otra cosa; por Jeremías la punta del cuchillo le afilaba el bolsillo de la falda, y la mantenía alerta, vigilando la presa que tenía frente a ella: Perfecto García con su rictus de «aquí estoy yo». Bajó el hombre del piso de arriba justo cuando en la cuadra se oía un ruido seco, el relincho más alterado del macho, y un golpe: Una rata, patrón, pero no la nuestra; le siguió la voz del otro hombre: Parece que se lo ha tragao la tierra.

—Vámonos, que ya la cazaremos, no tengas duda. —Perfecto García miró a Paciana con los ojos alineados y en la boca una media sonrisa.

Se fueron dejando el portón abierto por el que entró el calor de las primeras horas de la tarde. Paciana soltó el puño del cuchillo y cerró el portón de golpe, al tiempo que le volvía la respiración a su cauce.

—Ya está —dijo.

Cati se dio cuenta de que la mujer se había clavado las uñas en las palmas de las manos. Se le habían hecho garras. Las aflojó cuando Fabián agarró una de ellas y le zarandeó el brazo diciendo: madre, ya es de los nuestros. Porque en aquel asunto que había atravesado siglos se era de uno o de otro bando.

—¿Y su hermano? —preguntó Cati, que sintió le volvía el habla.

—Ya estará bien lejos. Por cierto, entendería que se fuera a la otra casa, más lujos va a tener, desde luego.

—Si a usted le parece bien, me quedaré aquí.

Si hubiera llegado aquella señorita en los tiempos prósperos de los Salazar, pensó Paciana, cuando tenían la casa noble en la mejor calle del pueblo, pero de eso había pasado ya más de un siglo, antes de que su antepasado, Lautaro Salazar, lo perdiera todo y dejara a la familia en el deshonor de la indigencia. Tuvieron que irse a vivir a una casucha arrendada, la misma casucha de su abuelo, y luego de su padre, donde nació Paciana y años más tarde Jeremías. Tenían un huerto en la parte de atrás que apenas daba para sacar unas cuantas verduras que cocer en la olla: pimientos, tomates, ajos y cebollas. Y un gallinero que no era más que cuatro tablones con bancadas de paja, para las gallinas ponedoras y un gallo preñador, de cresta anaranjada, al que Paciana llamaba Malasangre.

Uno de los montes que rodeaban el pueblo era monte comunal. Y gracias a él, se aliviaban el frío y el hambre, porque se podía sacar leña y carbón, y algunos frutos silvestres, setas en otoño, alguna liebre y perdiz, y pastos frescos para el ganado cuando hacía mucho calor. Pero el monte comunal también pasó a manos de la familia García. Ya todo era de ellos, la mina que habían compartido antaño con los Salazar, y la mayor hacienda del pueblo.

Paciana Salazar había aprendido a furtivear con su padre. Durante muchos años había sido el hijo que no le sobrevivía a Justino: tres se le habían muerto antes de que naciera Jeremías, y solo aquella niña de ojos claros con constitución de mula, como le gustaba decir a él, hacía de niño y de niña en la casa. Ayudaba a la madre en el huerto con las verduras justas para la boca de los tres, porque los García se habían propuesto que no tuvieran ni un ápice de tierra suya, que si por ellos hubiera sido les habrían forzado a ir volando para que sus pies no mancillaran lo que según los García les pertenecía a ellos. Los pocos dineros que sacaban para sobrevivir los daba el corral de gallinas ponedoras. En la casa se colaban los cacareos y el olor tierno de la mierda. Las gallinas eran de buenos huevos, pero no se consumían en la casa más que en ocasiones especiales. Paciana los recogía con la madre y se los entregaban al recovero, que los vendía y a la semana siguiente, a su paso por el pueblo, les daba unas monedas. Así sobrevivían, con ese poco, pero todos sabían que en la casa se comía carne de caza.

Justino Salazar se jactaba de ser el mejor furtivo que había dado el pueblo y de cazar en el coto más grande y preñado de presas: el de su enemigo. No pocas veces habían intentado los hombres de Perfecto García pillarle in fraganti. Tenían órdenes de disparar a muerte, y ninguna justicia podría reprocharles nada. Justino furtiveaba amparado por la oscuridad de la noche. Había desarrollado una habilidad extraordinaria para el camuflaje porque sabía que en ello le iba la vida. Cazaba sin perros, porque el latir de estos animales al encontrar el rastro de una presa podía delatarle. Pero había aprendido de ellos cómo camuflarse.

Se rebozaba vestido en la mierda de los animales, se tiznaba con el excremento el rostro. Cuando las ropas estaban ya impregnadas del aroma, se colocaba encima una coraza de ramas de enebro y encinas, con la que se arrastraba. Decían también que había cavado madrigueras para esconderse, y aunque los hombres de Perfecto García habían trillado el campo del coto, solo habían conseguido hallar una. Le tiene el coto lleno de agujeros que el otro no es capaz de ver, se decía por lo bajo, porque si Perfecto García se lo oía a alguien, era capaz de reventarlo de un tiro. Un ratón le está comiendo la caza, se murmuraba en la taberna; el Justino, aunque pobre, sabe vengarse a su manera, le deja el coto como un queso. Justino, el ratón, Justino, la rata. El odio se había convertido en endémico. No se perdona lo que no se puede perdonar, le decía su padre a Paciana, y chasqueaba la lengua. Que no tenga que levantarme de la tumba para poner las cosas en su sitio, decía con voz de aguardiente. Y Paciana repetía: Lo sé, padre. Eres el único pedazo que Dios ha querido dejar de los Salazar en el mundo, con lo que fuimos. Y entraba en un trance de nostalgia. Sacaba el daguerrotipo de los tiempos del dorado que guardaba en el único baúl que conservaban, ajado por el siglo que lo curtía con una capa de roña y tinta sepia, y le mostraba la imagen de la casa grande con el jardín, y de pie frente a la puerta, la familia de la que procedían, lo que fueron, la que habrían podido seguir siendo y ya no eran: la mujer con el traje abullonado en una pollera de seda, el corsé, los botines finos y la sombrilla con los bordes de encaje, y Lautaro Salazar, cuando aún tenía todos los dedos de la mano izquierda. Cuando aún no se los había cortado con el hacha Perfecto García dejándole solo el pulgar.

Aquella afrenta fatal había marcado la vida de su hermano. Cuando murió la madre de Paciana, durante el parto de Jeremías, ella no era más que una niñita de ocho años, cuyos ojos azules observaban a la madre irse en sangre. Al principio, le guardó rencor porque la partera decía que su madre quería morirse, y por eso no había manera de salvarla, ¿acaso no era ella suficiente para asirla al mundo?, pero con el paso de los años llegó a comprenderla. Al igual que la madre y otras muchas del pueblo, cargaba con una recua de hijos muertos que a veces sentía colgados de sus pechos, incluso los oía llorar durante el sueño y se levantaba de la cama para sacudir con un trapo las paredes ennegrecidas de la casa. Están aquí pegados, decía, y tienen que irse para dejar sitio a otros, para dejarnos sitio a nosotros.

Mientras su padre clamaba por la vida de su madre, y la partera observaba la escena paralizada por el horror, ella se había fijado en el lienzo que se movía en el suelo. Ya habían cortado el cordón, pero habían olvidado lo que quedó al otro extremo. Paciana arrastró el lienzo hasta su rincón y destapó a su hermano. No cabía duda de que esta vez era un varón. Le buscó la mirada, pero el niño boqueaba buscando aire o el pezón de la madre. Mojó su dedo índice en saliva y se lo dio a chupar. El niño trató de agarrarlo. Fue la primera vez que Paciana sintió la presión de los huesos aún tiernos del muñón, al final del bracito enclenque, y se santiguó.

Cuando empezó a clarear el cielo, la madre murió. Justino Salazar se hundió en un alarido que resonó en el bosque, y la partera huyó. El primer rayo de luz iluminó el rincón de Paciana, fue como una señal de dónde había de prestar atención el padre. Soltó el cuerpo de su mujer, ya inerme, y mojado por su sangre, se acercó a la hija y al burruño de lienzo que apretaba junto a su pecho. Se lo arrebató de un manotazo.

—Yo lo cuidaré como si fuera madre —se atrevió a decir Paciana, mientras le rogaba a la Virgen que el padre no se diera cuenta aún de la falta.

»Solo unos días, Virgen pura —murmuró la niña.

En ellos esperaba que su padre templara la cólera de la pérdida y fuera capaz de perdonar a su hermano nacer como había nacido. Justino Salazar dejó caer el trapo al suelo. La primera visión del hijo le reconfortó por los atributos de varón que le aseguraban unos brazos para la faena del campo. Las palabras de Paciana hicieron que no se fijara más a fondo.

—Madre se ha movido —dijo.

Justino Salazar le lanzó el bebé a la hija para volver junto a la esposa, pero la encontró en la misma inmovilidad. El único cambio sufrido era la sonrisa que le florecía en los labios, conforme la muerte se iba adueñando de ella. Al marido le pareció una burla, pero no se atrevió a pegarla. El silencio que adensaba el cuarto, roto solo por el canto de los gallos, se hizo insoportable. Justino Salazar rompió a llorar y Paciana aprovechó para llevarse al hermano a la iglesia.

«Gracias, Virgencita pura, lo salvó tu misericordia. Yo a ti me he de encomendar y te lo entrego para que le protejas». La niña se había colado por la puerta del campanario moro, que en breve anunciaría a campanadas el día del Señor, pues Jeremías nació un domingo, y eso Paciana se lo tuvo en cuenta a la Virgen: que en el día de descanso, ella se pusiera a trabajar en el milagro de que su padre, en el estado que estaba, no viera la falta de los dedos, y por ello le estaría siempre muy agradecida. Paciana se coló en la iglesia por la rendija del campanario oscuro, que había quedado abierta para alentar la entrada del fresco de la noche, y se fue a la capilla de la Purísima. Se acurrucó bajo la estatua de la Virgen, envuelta en un manto celeste, y con los pies sobre la cabeza de tres ángeles y una media luna dorada. Siempre le había inquietado la media luna, porque se le asemejaba a una hoz y temía que con ella hubieran decapitado a los ángeles. Se respiraba en el templo la limpieza del día por estrenar, solo interrumpido por los preparativos para la misa de diez.

Jeremías empezó a llorar. Era un llantito de desconsuelo por el hambre que le comenzaba nada más llegar al mundo. Paciana lo apretó más contra sí, pero no pudo evitar que el chico que el cura había cogido como nuevo monaguillo le escuchara. La encontró oculta detrás de los reclinatorios que se usaban para la devoción a la Virgen. Hacía unos meses que su familia había llegado al pueblo, desde una aldea vecina, y les decían los del hierro porque el padre era herrero. El chico puso una mano en el hombro de Paciana, y ella se volvió para mirarlo. Tenía los ojos grandes y tristes, parecían que se le iban a derretir. Se llamaba Agustín de Lozoya, y aunque venía de una familia donde primaban la corpulencia y los músculos, él era pequeño, de huesos estrechos y parecía que se lo llevaban los espíritus. Así se conocieron. Por un momento, Agustín sintió el pánico de que lo hubiera parido ella.

—Se ha muerto mi madre —dijo Paciana—. La Virgen me ayudó. Le rogué que no se me muriera este hermano como se murieron los otros.

A Agustín de Lozoya le pareció que el cutis de la niña era aún más terso que el de la Virgen.

—Aquí solo hay vino y hostias —dijo.

—Quizá el vino sea fuerte.

Agustín llevó a Paciana hasta la sacristía. Sabía que el cura no llegaría hasta media hora más tarde, porque solía enviarle a él ese rato antes con el propósito de preparar la iglesia para la misa. Paciana recordaba la sacristía como un lugar fresco, como la trastienda del cielo. Agustín sacó unas hostias del sagrario y una botella con agua bendita.

—Este hermano no se te va a morir, te lo aseguro —le dijo Agustín—. Lo primero que se eche al estómago va a ser bien sagrado y eso le va a dejar poso para toda la vida.

En uno de los cálices guardados en el armario de la sacristía echaron el agua y ablandaron las hostias antes de dárselas a comer a Jeremías, que las succionó con las mandíbulas hambrientas. Fue la primera comunión que dio Agustín, y Paciana, muchos años después, se preguntó si la Virgen le había dado una cosa, pero a cambio le había quitado otra, porque todo no se podía tener.

Durante unos días, mientras duró el entierro de la madre de Paciana y Jeremías, mientras duraron las plañideras con su coro de lloros y ayes de lágrimas, los pésames y las exequias, Justino Salazar no les prestó atención a sus hijos. Después llegó la borrachera de otros tantos, y así cuando quiso recuperar alguna lucidez, solo tenía el recuerdo de su hija con el bebé apretado contra las costillas, envuelto en el lino como el capullo de un gusano de seda, porque Paciana lo había atado con una cuerda. Como la familia no tenía cabras, ni vacas lecheras, y el padre estaba en el furor del luto, Paciana mendigaba leche para el hermano entre las vecinas, que se apiadaban de la niña. Quién te va a cuidar, y al bebé, le decían. Yo que soy mayor, yo voy a ser su madre, y padre, cuando purgue la pena, se ocupará de nosotros. Le daban leche de las cabras y las vacas.

Una mañana de resaca, Justino Salazar se levantó antes de que cantara el gallo, y encontró a Paciana echada en el catre del suelo de la cocina, porque la casucha solo tenía una habitación en el piso de arriba. Hacía tanto calor que había desatado a Jeremías y el bebé dormía plácido junto a su hermana. Entre las fibras del alba, vio algo raro en el niño, que tenía los brazos hacia arriba, pero le costó comprender lo que pasaba. Solo cuando se puso de rodillas y le miró de cerca se dio cuenta de que al hijo que se había llevado a su mujer le faltaban todos los dedos de la mano izquierda, menos el pulgar. El mundo no es más que una espiral de mierda, pensó Justino Salazar, al tiempo que sentía, gélido, cómo le subía hasta la garganta un vómito del pasado. Paciana lo presintió, invisible. A veces la sangre le habla a la sangre, y se despertó con el sudor del pánico.

—Está maldito, no nos traerá más que desgracias —escuchó que le decía su padre—. Tiene la mano de Lautaro.

—Solo es casualidad —se le ocurrió responder.

Justino le voló la cara de una bofetada.

—Es peor que una casualidad —dijo—. Es una burla del destino que no voy a consentir.

8

A las cinco de la tarde llegó la carreta con los enseres del teatro y la siesta del pueblo quedó interrumpida por el alboroto del montaje. En Madrid, habían ensayado y cronometrado cuánto se tardaba en montar y desmontar el espectáculo. Ese último sábado de agosto, sin embargo, el tiempo se alargó por el sofoco del calor que parecía meterse por los huesos de los misioneros para ralentizarlos. En el medio de la plaza, al abrigo de los balcones del Ayuntamiento, alzaron las primeras borriquetas a un metro del suelo, con las indicaciones de Fernando, que estudiaba para ingeniero de caminos y se tomaba el montaje del escenario como una de sus obras futuras.

—A ver ahora los machihembrados —decía con su voz de tenor.

Y sus compañeros le traían de dos en dos los quince tableros de cuatro por seis metros y los colocaban sobre las borriquetas hasta dejar listo el escenario. Algunos llevaban ya más de tres años con el trajín del montaje y el desmontaje, de pueblo en pueblo y aldea en aldea, y se jactaban de poder hacerlo hasta con los ojos cerrados. Desde la mitad del tablero hacia atrás, había una tela de arpillera, un telón y una estructura de tubos de hierro donde se colgaban los decorados.

Cuando Cati llegó a la plaza de casa de Paciana, estaban colgando el decorado que correspondía a la primera obra que iban a representar: *Sancho Panza en la ínsula Barataria.* Cati había tenido pocas semanas para preparar la escenografía, y el decorado era muy sencillo. Toda la acción transcurría en la sala de recepciones del palacio del nuevo gobernador, que no era otro que el señor Panza, así que había dibujado unos tapices con escenas de siega, un par de retratos, una lámpara con siete brazos de bronce y unos cortinajes color vino entre los que se colocaba la silla donde se sentaba Fernando en el papel de Sancho. La escenografía cuenta lo que tiene que contar, le habría dicho su madre, el resto es territorio de los actores y del texto. Si Carlota hubiera podido verla... Había pintado en su honor los cortinones granates del palacio, iguales a los que aún conservaba en la habitación de su infancia.

Cati se encendió un cigarrillo. Miraba el montaje desde una de las esquinas de la plaza. El recuerdo de su madre inauguraba la tarde. Detrás del decorado de Sancho en la ínsula, colgaba el de la segunda obra, donde ella actuaba: la égloga pastoral de Juan de la Encina. Era más naturalista: un evocador camino entre pastos altos y verdes, con un fino manantial al fondo. Aquella era la tarde que llevaba semanas esperando, el homenaje, el verdadero adiós a Carlota. Rosa la sacó de su ensueño.

—Te he estado buscando para ver si dormíamos juntas en casa de un tal Perfecto García, el terrateniente del pueblo, por lo visto. Tiene una casa adonde quiere que vayamos las mujeres. Y le dije al alcalde que pusiera también tu nombre.

Cati se estremeció y pensó en arreglarlo después de la función. Aún trataba de recuperarse de lo ocurrido en casa de Paciana. Entró con Rosa en el Ayuntamiento, donde se había previsto todo lo necesario para que sirviera además de camerino. Don Roque vio como la autoridad de su edificio, el más grande de la plaza, se convertía en una verbena. Además de las dos obras que iban a representarse, el Teatro del Pueblo también era coro, y cantaban romances populares, muchos de los cuales ya conocían algunas gentes de los pueblos. Sucedía a veces que en mitad de una canción se les despertaba la memoria y se ponían a cantar con las palabras de la abuela o la bisabuela.

—Prepárense, señores, porque empieza el tiempo quijotesco —dijo Casona.

Risas.

—¡Alabado sea nuestro director. Tres hurras por él! —gritó Fernando.

¡Hurra, hurra, hura!, corearon todos.

—No me desgañiten las gargantas, señoras y señores, no olviden que además de cómicos son cantantes.

—Mira que estamos bien aprovechados.

Risas.

La plaza estaba a rebosar, ni siquiera en los bailes de los últimos sábados del mes había tanta gente. Era circular y la recorrían unos soportales toscos para refugiarse de la lluvia y el frío, porque allí el invierno hablaba con voz de nieve. Las casas que la formaban eran muchas de piedra y otras encaladas en blanco, pero tenían una balconada de madera que a Cati le había parecido como un burladero de la plaza de toros, y allí se apiñaban los más ilustres para tener una vista privilegiada sobre el escenario. Ser rico te da mirar las cosas con perspectiva, decía don Roque, que se pertrechaba también en ella.

Nunca había pasado nada igual en la plaza. Había burros, carros. Muchos pastores habían bajado de los montes confiando en que los mastines les harían el trabajo y a las ovejas no se las comerían los lobos. El Rucio, el de la taberna, se había echado a la calle con un cajón donde vendía cuartillos de vino a real, y dulces de la abacería del pueblo, regentada por doña Fermina, la reina de los víveres, como la llamaban los borrachos. Una mujer enjuta que había heredado de su padre las manos sarmentosas y el colmado. Fiaba a más de la mitad del pueblo que se quedaba sin dinero a principios de año.

A las siete en punto, el padre Agustín cerró las puertas de la iglesia y del campanario moro, y también se dispuso a subir a uno de los balcones de honor como una de las autoridades del alma.

Solo con cinco minutos de retraso se abrió el telón y el bullicio que reinaba se convirtió en silencio.

—... consolar al triste, alegrarlo y divertirlo noblemente.

Fernando apareció en el escenario con las galas de un Sancho Panza hecho gobernador, y tomó asiento en la silla donde don Roque solía recibir, porque no habían traído otra en la carreta. Así que el alcalde bandolero se vio identificado al momento con el personaje.

Paciana, vestida con el luto de los domingos y el mejor de sus pañuelos, se había olvidado de la desgracia que planeaba sobre su cabeza por la expectación de lo que se cocía en la plaza. Hasta que vio rondar a los matones de Perfecto García, espulgando entre la gente, buscando lo que ella sabía que buscaban. No vayas, le había dicho a su hermano, no vayas, porque él había regresado a la casa, después de marcharse Cati, para contarle lo sucedido la tarde del viernes.

Paciana quería que su hermano no necesitara al mundo, ni al pueblo, ni a nadie. Pocos le habían querido, muchos le tenían miedo, y los que no, lástima. Paciana no quería que su hermano se corrompiera con las cosas del pueblo, ella lo había echado al monte para que estuviera por encima de todo eso. Los que le decían que era un ser maldito no sabían nada de esa primera comida sagrada, ni de su ruego a la purísima Virgen, solo lo sabía Agustín, a quien buscó en la balconada de madera donde se concentraban el poder y los honores, y se dio cuenta de que él también la estaba mirando. La había distinguido entre las mujeres de la plaza. Parecía que se ataba el pañuelo como todas, pero no era así; desde chica tenía una forma de hacerse el nudo que era solo suya, y aunque el nudo no lo veía desde la balconada, era el propio corazón de Agustín el que lo distinguía, con un saber que lo atormentaba porque lo alejaba de Dios. Mírala, se decía, ahí está.

En la plaza había tres castaños de Indias que daban la sombra por las tardes. El escenario se había situado entre dos de ellos aprovechando la umbría que proporcionaban sus ramas, pues a las siete y media aún calentaba el sol. La mayoría de los que estaban allí reunidos nunca había oído hablar de don Quijote de la Mancha ni de Sancho Panza, como mucho habían visto la lámina en la escuela del maestro, Ramiro Valiente, que se consumía en la fiebre libresca del hidalgo.

Fernando, con jubón y gorrilla de pluma de faisán, en la silla de don Roque, pidió que le cuidaran y le alimentaran el pollino, a cuyo lomo había llegado, y eso gustó a los hombres congregados en el suelo de la plaza, que no en las alturas, que asentían con la cabeza y pensaban: este es de los nuestros. Y más cuando siguió diciendo, después de que le pusiera el mayordomo un «don» delante del Sancho:

—Sancho Panza soy a secas, y Sancho fue mi padre, y

Sancho mi abuelo; y todos fuimos Panzas... Nadie se precie de su cuna, que la sangre se hereda, pero la virtud hay que conquistarla. Y más que, mientras dormimos, todos somos iguales: los ricos y los pobres, los mayores y los menores. Y después de muertos, el labrador y el obispo caben en el mismo palmo de tierra...[1]

Hubo malestar en la balconada. Don Perfecto García miró al alcalde y luego al cura. Y murmullos abajo, mientras los hombres volvían a asentir. Este sí que sabe, pensaban, y tiene lengua para decirlo, ya podía ser de verdad.

El estudiante esmirriado que hacía el papel de mayordomo le entregó a Sancho la vara de la justicia y dijo:

—Es costumbre que el que viene a tomar posesión de esta ínsula está obligado a responder una pregunta algo dificultosa. Por la respuesta, el pueblo toma el pulso del ingenio del nuevo gobernador y se alegra o se entristece con su venida.[2]

Pensó don Roque al escuchar aquello que le alegraba que esa costumbre no se hubiera impuesto en el pueblo y más cuando supo de la pregunta:

—A la entrada de esta villa hay un puente y, en mitad del puente, una horca. Y está mandado que a todo el que pase se le pregunte adónde va. Si dice verdad, se le deja pasar, si dice mentira, se le ahorca. Pues bien, esta mañana llegó un hombre y dijo: voy a morir en la horca. Y ahí está lo grave, que no hay manera de cumplir con la ley, si se le deja libre, resultará que se le deja habiendo dicho mentira, y si se le ahorca, resultará que se le ahorca habiendo dicho verdad.[3]

1. Textos de Alejandro Casona pertenecientes a la farsa: *Sancho Panza en la ínsula Barataria. Retablo Jovial.* Editorial Anaya.

2. *Ibidem.*

3. *Ibidem.*

Sancho se rascó la cabeza. Muchos de los que estaban en la plaza le imitaron.

—¿Y ese es todo el intríngulis? —dijo al poco—. Porque si no hay manera humana de ahorcar a medio hombre dejando en libertad al otro medio; y si la balanza está en el fiel, con las mismas razones para perdonarle que para condenarle y ni perdonándole ni condenándole se cumple la ley..., lo que sobra es la ley.[4]

Paciana se estremeció al escuchar la respuesta de Sancho. Es la ley lo que hay que cambiar. Sintió a la espalda el aliento de ajo de uno de los matones de Perfecto García; bien sabía ella lo que era la injusticia, pero don Roque no tenía vara ni valor para ayudarla con la que se iba a cometer con ella. El otro de los matones de Perfecto estaba subido en la balconada, cerca del patrón, y aunque los ojos se le iban a la función, su objetivo era ver si aparecía por allí Jeremías Salazar, o incluso el propio hijo del patrón: Andrés García, que seguía sin volver a la casa, ni a la taberna, ni a sus campos.

Después de la función de Sancho en la ínsula, que fue muy aplaudida en la parte de abajo, Cati salió con el coro del pueblo. No cantaba desde cuando se disfrazaba de sirena en el salón de casa, y tocaba el arpa bajo la admiración de sus padres y del doctor Honorio Guzmán. No sabía si por eso se le había quedado una voz dulce de *mezzosoprano* y la eligieron para cantar el romance del *Conde Olinos*, que muere de amor. Justo en la estrofa donde se contaba la muerte de amores del conde en el atardecer y de la princesita, enamorada, al amanecer, Cati miró hacia las ramas de uno de los castaños y el estruendo lírico se le quebró en la garganta. Había un hombre sentado en ellas.

4. *Ibidem.*

Era Jeremías Salazar. No se le distinguía bien el rostro, pero lo supo.

Rosa, que estaba a su lado, le rozó el codo y cuando vio que su amiga seguía sin reaccionar, se le acercó un poco más para susurrarle la estrofa donde se había trabado. Cati continuó cantando, pero después de ver a Jeremías, buscó a Paciana entre el tumulto de la plaza, y a quien vio fue al matón de Perfecto García, que estaba rondando de un lado a otro, mirando aquí y allá, para encontrar lo que ella acababa de descubrir. Cantó más alto y repitió la estrofa que no le correspondía. Rosa esta vez le agarró la mano como si fuera la garganta, calla le dijo por lo bajo, se pusieron a cantar sus compañeros y ella los siguió. Después de aquello, Cati actuaba en la égloga de Juan de la Encina, en el papel de pastora enamorada. Salió al escenario con el ropaje que ella misma había diseñado, pero no parecía una de ellos. Las pastoras que se imaginaban en la ciudad no eran como los que había entre el público. Se fijó en los rostros de los que ocupaban las primeras filas, expectantes, ceñudos, infantiles. Entre ellos estaba el Murciélago, con la boca abierta y los ojos que tanto le lloraban sin saber por qué. Cati se acordó de su madre, pasó por su mente como un relámpago la imagen de la chaqueta de *tweed* y le olió todo a lilas y bergamota. Luego la imagen se desvaneció y Cati trató de convertirse en pastora.

Jeremías seguía en el árbol. No tendría que estar allí, sino entre las lanas de sus ovejas, al cobijo de los pastos altos, en el frescor de la huida. Pero cómo perdérselo. Si le arrancaban la vida, le habría merecido la pena, pensaba mientras se le escurría la pierna de la víbora, pues la tenía dormida y le costaba cada vez más sujetarse a la rama.

Ella recitaba. Se le secaba la boca a medida que se le

escapaban los versos de los labios. Su enamorado teatral se acercó a besarla. Jeremías se alzó más sobre la rama para verla, para imaginar que era él a quien besaba ante el pueblo entero. Justo cuando los labios iban a juntarse, asomó la cabeza, perdió el equilibrio y cayó desde lo alto del castaño al escenario. Lo hizo de pie, como los gatos.

Cati detuvo el beso.

Se oyeron gritos. Fernando se quedó estupefacto en su silla de gobernador. Muchos en la plaza creyeron que era parte del espectáculo, hasta que reconocieron a Jeremías Salazar. El hombre de Perfecto García que estaba en el suelo se fue hacia él y el otro a punto estuvo de saltar desde la balconada, pero le faltó valor. Jeremías tuvo tiempo de cruzar una mirada con Cati, antes de meterse entre las bambalinas. Se oyeron más gritos. Luego se le vio de nuevo en la plaza, renqueando, pero más lejos del escenario, hasta que se lo tragó el público, porque no se le vio más, ni los hombres de Perfecto lo encontraron.

No ha faltado nadie del pueblo, pensaban muchos, ni el salvaje. Y volvían el rostro al escenario en espera del desenlace de la obra.

9

La cocina de Paciana se hallaba bajo la luz de la lámpara de aceite. La hoja superior del portón estaba abierta y se colaba en la casa el aroma húmedo de la tierra y el rumor de los grillos. De vez en cuando, sonaba el aullido del Gran Duque desde algún pino del bosque. Paciana, sentada en una de las sillas, frente a la mesa, era la misma y no lo era, con el luto de los domingos aún puesto, tratando de comprenderse en su silencio. Se le había despertado con tanta canción y tanta obra de teatro el deseo de quitarse el pañuelo de la cabeza y soltarse el pelo, de ahuecárselo con los dedos y sentirlo con su color castaño, lacio y duro. Se dio cuenta de cuánto le había crecido, de que le llegaba a la mitad de la espalda. Se pasó las manos por el rostro, como si escondiera un espejo en sus yemas, se palpó la piel dura del sol, las mejillas rasposas y los surcos que partían de las aletas de la nariz y le rodeaban la boca; los surcos como los que se abrían en la tierra para echar la semilla, pero en ella ya no germinaba nada, hasta esa noche que le brotó la risa y no pensó en lo que estaba por venir. Después del rostro, las manos siguieron por el cuello, esbelto por el hambre, enjuto, con el gaznate hecho callo de tragarse su vida. Se abrió los botones de la camisa y se palpó el escote seco, hasta que la mano se le fue al pecho izquierdo y se quedó quieta porque se había encontrado que le latía el corazón. Así la halló Cati y, antes de golpear con los nudillos el portón, la contempló soñando, bajo el resplandor áureo de la lámpara, con ella y el hombre que no iba a tener nunca.

Recordaba las citas secretas en el campanario moro, todavía niños. Él guardaba las hostias que sobraban de las misas, se las echaba al bolsillo del hábito de monaguillo, y se las llevaba a ella, que le veía con los ojos tristes y resplandecientes metiéndoselas a Jeremías en la boca para limpiarle de la maldición con la que había nacido. Se le quedó el olor cálido de la oblea en la memoria, el crujir de las mandíbulas de su hermano al ablandarlas, la delicadeza de los dedos largos que daban la comunión sacrílega, y después le acariciaban una mejilla mientras le susurraba: No te preocupes que este hermano no se te va a morir, ni te lo va a matar el padre si acudes a verme cuando yo te lo diga. Y Paciana asentía: Yo vengo cuando tú me lo digas, me meto sin que me vean por la rendija de la puerta que me dejas abierta, y allí estás tú. Desde que él había vuelto al pueblo, años después, para hacerse cargo de la iglesia, era lo mismo cada domingo cuando se ponía delante de él para que le diera la comunión. El primer día él no la miró a los ojos, pero los otros domingos, sí, se miraban mientras le metía la hostia en la boca y los dos comprendían: así ha de ser, amén. Al menos Jeremías seguía vivo y grande como ellos querían, sin plegarse a ninguna norma de los hombres. Jeremías en su cueva que era como un rasguño en la montaña, una herida abierta en la roca.

En esos pensamientos estaba Paciana cuando sintió la voz de Cati que quebraba la noche. Dejó de escuchar el latido en su palma y vio a aquella mujer extranjera, de pie frente al portón con una sonrisa que se intuía en sus labios. Hace calor, dijo Cati. Y luego: ¿Puedo pasar?

—Pase.

Paciana la vio entrar en su cocina, atravesar el embudo de luz y llegar junto a ella. Llevaba en la mano una maleta, que dejó en el suelo. Preguntó con un gesto si podía sentarse a su lado y Paciana, a quien la vida se le hacía de repente diáfana, le dijo que sí. Cati se fijó en el cabello suelto. Su expresión le resultó muy distinta a la de la mañana, cuando se habían conocido. Paciana apagó la lámpara de aceite y quedaron a merced de la luz de la luna que entraba por la única ventana.

—¿Y su hijo? —preguntó Cati.

—Ya duerme. La fiesta de ustedes le cansó. Quiso esperarla a que llegara, pero no aguantó.

—¿Y su hermano? Me asusté en la plaza.

—Está donde tiene que estar. —A Paciana se le volvió a endurecer el rostro.

—¿Por qué lo buscan esos hombres? ¿Qué es lo que ocurre?

—Es tarde para querer saber tanto. Ahora estamos solas usted y yo —dijo mirando hacia la ventana.

Cati sacó de un bolso pequeño una pitillera de plata con sus iniciales grabadas. Buscó los ojos de Paciana.

—¿Puedo?

—Si puede ¿qué?

—Fumar un cigarrillo —respondió Cati mientras abría la pitillera y extraía uno—. ¿Quiere?

Paciana miró aquella cosa que era de hombres. Eran los hombres los que olían a tabaco, era el olor de su padre, picado con el del aguardiente, el tomillo de arrastrarse por coto ajeno, y el del orín rancio porque a veces, mientras esperaba la presa, se meaba encima. Hasta cuando lo enterraron parecía salirse por las tablas de la caja su peste propia. Los hombres como chimeneas andantes, con la boca torcida por el humo entre las boinas, el olor de la nube que flotaba en la taberna del Rucio. Después fue el olor del marido, pero el Eustaquio olía distinto. Eustaquio tenía el pelo rizado y negro y los ojos del color de las bayas que crecían en el monte. No bebía casi nunca, pero comía ajo untado en el pan, y tenía un aliento muy de él, mezclado con el del tabaco que era como las naranjas pasadas. Eustaquio parecía beberse a sí mismo, siempre taciturno.

Paciana cogió el cigarrillo y lo sostuvo entre los dedos, observándolo. Cati extrajo otro para ella y cerró la pitillera con su *clac* de siempre. A Paciana le gustó el sonido y se lo guardó dentro. Tosió al encenderlo. El mechero de Cati le había iluminado los ojos por un momento y se ruborizó, pero sentía que aquella noche estaba dispuesta a todo.

—¿Cómo se hace? —quiso saber—. Lo vi muchas veces hacer a otros, pero yo nunca probé.

—Tráguese el humo como si fuera un pedazo de comida.

Paciana lo hizo y volvió a toser. Miró a Cati, que expulsaba el humo y le sonreía.

—Una acaba acostumbrándose, incluso llega a gustar. Es cuestión de insistir.

—¿Qué más cosas de hombres hacen las mujeres de la ciudad? —preguntó Paciana mientras miraba el cigarro. Luego dio otra calada.

—Vamos ganando terreno —respondió con una sonrisa.

—Aquí las mujeres hablamos mientras desgranamos las arvejas.

—Sáquelas entonces. Creo que esta noche no voy a poder pegar ojo.

—Ya le dije que la casa no era para usted, es demasiado humilde.

Cati miró a su alrededor. Le parecía irreal estar sentada frente a aquella mujer.

—No es eso, le estoy agradecida por su hospitalidad. Han sucedido muchas cosas en poco tiempo. Echo de menos a mi madre, hoy más que nunca después de haber actuado y de conocerlos. —Cati señaló un broche con un lazo negro que se había prendido en la blusa—. ¿Le gustó el teatro?

—Ojalá tuviéramos un mandamás como el Sancho ese en vez de a don Roque, que no es más que un cobarde. Se me ha despertado el hambre de justicia y de más cosas, y la sed también. Mire usted lo que voy a sacar, señorita.

—Llámeme Cati.

—Cati —repitió Paciana—, usted y yo vamos a hacer otra cosa de hombres.

Se levantó y puso sobre la mesa un platillo para los cigarros, luego cogió de una de las lajas que custodiaban el hogar una botella de vino. El vino del Eustaquio, el que se tomaba los domingos en la comida, después de la misa, mientras la miraba ladeando la cabeza.

Paciana encendió de nuevo la lámpara de aceite y le sirvió a Cati en el vaso de Eustaquio y a ella en una taza desportillada.

—Por la amistad. —Cati alzó el vaso para brindar.

Paciana se quedó quieta, mirándola durante unos segundos, y a continuación se lo bebió de un trago.

—¿Me sirve un poco más, por favor?

Paciana así lo hizo y levantó su taza.

—Por hacer cosas de hombres...

Brindaron de nuevo. Bebieron.

—Dígame, Paciana, ¿qué justicia le pediría a Sancho? ¿Con qué pleito le iría?

—Con uno bien antiguo, señorita.

—Cati.

—Pues Cati, con uno que en unos días me va a dejar sin esta casa, que era del Eustaquio, mi difunto, y sin las partijas de tierra que nos dan de comer con lo poco que cosechamos. Todo lo que hubiera sido la herencia para mi Fabián, adiós. —Golpeó la mesa con la taza.

—Tiene que ver con ese hombre que entró en su casa con esos malos modos.

—Todo desde hace más de un siglo tiene que ver con ese hombre, con esa familia. Hasta parece que el aire que respiramos los Salazar les pertenece a los García y han de quitárnoslo. Y eso que fuimos nosotros los agraviados, los que lo perdimos todo, hasta la dignidad que después mi padre supo arrastrar bien por el monte, y la mía con él.

—¿Cómo empezó?

—Con una amistad —dijo Paciana con un golpecito a la taza— que resultó falsa. Le voy a enseñar el principio para que comprenda, ya que está en nuestra casa y hacemos juntas cosas de hombres que no hice antes ni con ellos ni con otras mujeres ni con nadie, y la trajo mi hijo con la cantinela de que era otra huérfana como él, será que no tenemos huérfanos en el pueblo. Espere aquí.

Paciana subió por la escalera estrecha al piso de arriba y al poco bajó con unos papeles en la mano. Se sentó de nuevo frente a Cati, que fumaba otro cigarrillo, y se los ofreció. Los papeles amarillentos tenían un tacto apergaminado. Entre ellos había unos daguerrotipos tomados hacía unos cien años por un fotógrafo que viajó con una cámara cuadrada, a lomos de una mula, hasta llegar al pueblo. Se había recorrido media sierra por orden de los dos amigos que querían celebrar el principio de un negocio: Perfecto García y Lautaro Salazar. Un negocio que los había puesto en ese estatus donde un hombre tiene tierras, pero no las trabaja con sus manos, porque puede pagar para que sean las manos de otros las que se agrieten. Y en esta cuestión tan simple residía la división entre los ricos y los pobres del pueblo.

En el primer daguerrotipo, cuyo tono sepia se había acentuado por el tiempo transcurrido, aparecían dos hombres de pie, en la plaza, frente a la fachada del Ayuntamiento. Los dos serios, pero de buen talante. Uno flaco con pantalón de rayas, una chaqueta entallada, el pico de un pañuelo de lunares asomando por el bolsillo de la pechera, y un sombrero de hongo. El otro, más grueso, con un bigote de puntas engominadas, traje de chaqueta oscuro y un chaleco con la leontina de un reloj que se adivinaba de oro.

—El del sombrero es Lautaro Salazar, mi bisabuelo, y el otro, el bisabuelo del que vino hoy a casa y que repite su nombre para desgracia nuestra: Perfecto García. Juntos consiguieron la concesión de una de las minas de oro y plata que hay escondidas en la garganta del monte, y que trajo gentes a este pueblo para hacerse rica. Venían con todo tipo de chismes para abrir la tierra como si fuera una nuez. Creían que iban a encontrar cuevas doradas. Pero el caso es que ellos tuvieron suerte. Suerte y ojo, sobre todo mi bisabuelo Lautaro, que era como un sabueso: olía las vetas a distancia, decía que las presentía en las entrañas. Sin él, Perfecto no era nadie. Y lo sabía. Pero Perfecto entendía de números y de letras, porque el padre se había empeñado en que aprendiera a leer y escribir y le ayudase a llevar las cuentas del molino que tenían en la ribera del río. Lautaro, en cambio, no sabía más que oler el mineral, era un hombre de entrañas, no de papeles, y todo lo que sabía era porque se lo decía el vientre o la experiencia de haber picado mucho con el padre, mi tatarabuelo, que se crio en las minas y en ellas se murió.

—Sin duda, uno parecía el complemento ideal del otro —dijo Cati.

—Así fue durante un tiempo. Aquí los puede ver cuando ya se habían llenado las alforjas con bien de dinero, y mi bisabuelo se había comprado una de las casas del pueblo que tienen un escudo con las armas; no era de la familia, pero él dijo que lo haría suyo. Y tenía luego una hacienda a las afueras con acres donde otros sembraban y segaban el trigo y el centeno, y así se las gastaba de feliz en la taberna, porque la afición al vino y a las juergas no se la curó el dinero. Perfecto era distinto, no se dejaba arrastrar por ninguna flaqueza de los hombres, decía mi padre. Tieso, duro, le pinchabas y no hacías sangre, hasta que llegó la que tuvo que llegar, la flaqueza de la carne. Era una mujer rubia como no se había visto aquí ninguna otra. El padre había comprado una tierrita y venía con ganas de hacerse rico con el tema de las minas. No tenía más hija que esa, y de ella se enamoraron los dos, aunque fue Perfecto el primero que le echó el ojo. Pero era serio y con los bigotes en pincho, que decía mi padre, no se le movía un pelo por nada, salvo por esa hembra de la que también mi bisabuelo quiso probar tajada. Él era de taberna y de buena risa, y con el mismo dinero que el otro o incluso más porque tenía vicio con jugar al dominó y a las cartas y apostaba siempre que podía, así que parece que ella se decidió por la alegría. Ya se iban a colgar en la puerta de la iglesia las amonestaciones para ver si alguien tenía algo que decir. Aquí está con ella. —Paciana señaló el siguiente daguerrotipo metido en los papeles.

Se veía a una mujer con una falda de polisón y camisa de seda, embutida en un corsé de la época que le hacía una cintura de juguete. Los cabellos le caían en bucles transparentes debajo de un sombrero con pluma y redecilla de puntos, que el fotógrafo traía de atrezo de la ciudad para que quien quisiera se disfrazara de marquesa. Estaba del brazo de Lautaro, esta vez ni el azufre del daguerrotipo le había borrado la sonrisa, también con el hongo en la cabeza, y el mismo pantalón de rayas al que tenía afición. Lo único distinto eran unos botines, que se adivinaban blancos y negros, comprados en su último viaje a la ciudad cuando ganó un torneo de cartas.

—Lautaro, mi bisabuelo, no era malo, solo pendenciero, y no pensaba que nadie pudiera hacerle mal. Y no vio que él era como Abel, y que al que se decía su amigo cada día se le iba poniendo más el ceño oscuro de Caín. —Paciana golpeó con los nudillos la mesa y sirvió otro trago de vino que apuró antes de continuar hablando—. Así que Perfecto García le tendió una trampa y él cayó en ella. No cuidó lo que tenía. Del instinto le había venido el dinero, por el oler del oro y la plata, y por el instinto y la mala cabeza se le fue.

Ya no había más fotos entre los papeles amarillentos.

—Y cayó en la trampa —dijo Paciana—. Perfecto García se lo llevó a la taberna, con la excusa de celebrar su compromiso, y él bebió tanto que acabó jugándose al naipe no solo la hacienda sino también la mujer. La mina tenía dificultades y cuando había que hacer unos pagos, era solo la parte de Lautaro la que respondía para hacerles frente, y se perdió la hacienda, la tierra y la casa del pueblo. Perfecto le hizo firmar a mi bisabuelo los documentos que le hacían el amo. Luego mi bisabuelo fue lleno de rabia e hizo explotar la veta de oro de la mina para vengarse y Perfecto perdió la concesión. Porque no te dije que la mujer tan rubia se fue con él cuando mi bisabuelo se quedó sin un real. Así que andaba muerto de rabia, y el otro porque le había arruinado la parte de su fortuna que le hacía más rico.

»Una tarde, Lautaro, borracho, fue a matarlo con un hacha a su propia casa. Pero de nuevo salió él mal parado y más el hijo pequeño de Perfecto, al que Lautaro mató por accidente cuando el niño quiso defender al padre. Perfecto le cortó a Lautaro los cuatro dedos de la mano izquierda, solo le dejó el pulgar. Aunque dicen que le hubiera cortado la cabeza si no llegan a detenerlo. Desde entonces andamos con un odio que no es nuestro, es un odio que nos viene por la sangre que nos trajo al mundo. Es el odio de ellos, que se hizo tan grande que no ha podido acabarse en un siglo. Ni se acabará. Los García quieren que no podamos levantar la cabeza del suelo, en el momento que tenemos algo nos lo quitan como sea. Y así va a ser. Así van a vengar la sangre de aquel niño al que mató mi bisabuelo.

—¿Y qué ha ocurrido para que ahora vayan a quitarle esta casa?

—Tuvimos un año de sequía. Nosotros vivimos mirando al cielo. Lloverá o no lloverá. Recogimos muy poca cosecha de las partijas de tierra que el Eustaquio había heredado de su familia, yo le conocí huérfano. Así que tuvimos muy pocos reales cuando la vendimos. Y luego el Fabián cayó enfermo. Acudimos al melecinero, pero no le curaba las fiebres, no le curaba los ruidos del pecho. Eustaquio dijo que haría lo que hiciera falta para que no se le muriera el único hijo que nos había sobrevivido e hizo llamar al médico que viene en la mula de otro pueblo más grande cuando se le manda recado. Para pagar las medicinas, el hospital donde se lo llevó, la comida que lo alimentara y la compra de las semillas para la nueva cosecha, todo ese dinero se lo pidió prestado a Perfecto García, el único que iba a dejárselo. Porque si se le ocurría a otro, él lo echaba del trabajo, que la mayoría de aquí son los que le trabajan en sus tierras. Y lo hizo sin decirme nada, porque sabía que para mí era lo último, antes habría mendigado los reales para el hijo, pero con los García no, porque nada bueno viene de allí. Otra vez los papeles por medio, aunque el Eustaquio algo sabía de las letras, que había ido los primeros años a la escuela. El Fabián se curó, tuvimos para comer, nos comimos también el cerdo y hubo dinero para otro. Pero hace un mes, el Eustaquio se tiró por la Quebrada de la Culebra. Y ya ve, primero convencen a Agustín, quiero decir al señor cura, de que lo tiene que enterrar en tierra sin consagrar, y después, cuando aún tengo en los oídos el canto de las plañideras, se me presenta en casa, como ya lo vio, con toda la autoridad que él se gasta. Y me dice que el préstamo que le dio al Eustaquio hay que pagarlo para la semana que viene, que el mismo jueves se presenta de nuevo aquí y, si no tengo los dineros, tres mil pesetas nada menos, se queda con todo. Y otra vez los Salazar sin tener donde caerse muertos. Eso es lo que no le perdono al difunto.

—Que no se lo dijera.

—Que se me quedó la cara de esto no puede ser, el Eustaquio no habría hecho un trato con el diablo a mis espaldas. Y le dije al Fabián que leyera el papel, porque al niño lo he mandado a la escuela del maestro Valiente, y me dijo, madre, aquí pone lo que dice este mal hombre. Y siguió leyendo y así me enteré de que tenía que habérmelo dicho un mes antes, pero aquí no hay justicia, no tenemos un Sancho Panza, y don Roque dice que no hay nada que hacer, que no iba a tener los cuartos ni en un mes ni en una semana, porque muchos son. Así se resuelven los asuntos aquí. Ya ve.

—Cuánto lo siento, Paciana. ¿Y qué va a hacer?

—Vamos a segar, que es lo que se hace por esta época en los campos, porque las espigas están altas, como si estuvieran en celo meciéndose en el aire, y ahora venimos nosotros con la hoz para castrarlas, para hacerlas nuestras y que nos den el pan. Y eso voy a hacer, la siega, y luego vender la cosecha, que este año sacamos a pasear al santo por abril, y nos trajo lluvias y las espigas están que revientan de fruto.

—Querría ayudarla. ¿Cuándo va a segar?

—El lunes.

—Mis compañeros regresan a Madrid justo ese día, pero a mí me gustaría quedarme una semana más en el pueblo, en su casa. Le pagaría muy bien porque esa estancia ya solo tiene que ver con algo mío, no con las Misiones.

—Y qué iba a hacer una señorita como usted aquí.

—Para empezar, ir a la siega, nunca he visto una —dijo Cati con una sonrisa.

Paciana se echó a reír.

—Se le iban a romper las manos. Las tiene finas como si llevara guantes.

—Eso es asunto mío. Y dígame, Paciana, ¿su hermano qué dice de todo esto?

—¿Por qué le interesa lo que él diga?

—¿No la puede ayudar? También vive en la casa.

—Él aquí no vive. Solo viene de vez en cuando.

—¿Y por qué le buscaba Perfecto García?

—Y vuelta la burra al trigo. Pero ahora le voy a responder. Perfecto está buscando a su hijo, el único que le queda: Andrés García. La hija se le murió de tuberculosis hace unos años, que hay veces que por mucho que uno tenga, no puede comprar a la muerte.

—¿Y su hermano sabe dónde está?

—Eso creen ellos. Porque se le dejó de ver por su casa unos días después de que viniera el padre a la mía con el cuento del papel de la deuda. Y dicen que le quieren preguntar, pero como no les guste la respuesta lo muelen a palos o peor aún. Todo porque le tienen miedo, les asusta que Jeremías naciera sin los mismos dedos que perdió Lautaro. Les asusta a todos. Mi hermano no está hecho para el mundo, para el mundo nuestro, ya me entiende, ni el suyo ni el mío, tan distintos y tan iguales, me supongo yo que en la ciudad también los estrujan con normas y maledicencias. ¿O no es así?

—También las hay. Aunque yo no hago mucho caso de ellas.

Paciana pensó que las mujeres que llevaban zapatos verdes podían hacer lo que les venía en gana.

—Pues ya ve, yo me tuve que doblegar a casarme con el Eustaquio. Pero Jeremías no lo soportaría. Desde pequeño ha vivido a su aire porque padre no le quería.

—Me alegró verle de nuevo aquí, porque lo encontramos desmayado en el camino, lo subimos en el autobús para llevarlo a la posada.

—¿Y eso cuándo fue?

—Ayer mismo, la tarde del viernes, pero se marchó de la posada y no lo volví a ver hasta que apareció de pronto en su casa.

—Se iría de la posada porque no le gusta estar dentro de las casas. Y tampoco le gusta la gente que no conoce. La gente no le gusta, esa es la verdad, sea quien sea, se entiende mejor con los animales. Pero el vino me ha soltado mucho la lengua esta noche, parecía distinta a otras, pero me nubla ya los ojos.

Paciana cogió la lámpara de aceite en una mano y en la otra la maleta de Cati y ella la siguió escaleras arriba.

10

Era una noche calurosa. Paciana había instalado a Cati en el cuarto grande, el que ella ocupaba con el marido antes de su muerte. Tenía una cama de barrotes finos de hierro y un colchón de farfolla, que eran las hojas del maíz ya secas. Por eso cada vez que Cati se movía, crujía. También había un armario dividido en dos. La parte que había pertenecido a Eustaquio Ariza estaba vacía. Paciana había quemado toda su ropa cuando Agustín de Lozoya le dijo que su marido se dejó caer por la Quebrada de la Culebra y que por eso no se le daba cristiana sepultura. El humo de la hoguera llegó hasta la plaza del pueblo, y aquella noche todos respiraron al Eustaquio como no lo habían hecho nunca. Una silla baja de brea, una mesilla, junto a un lado de la cama, una jofaina, un aguamanil de metal blanco con el filo azul, para el aseo personal, y un orinal componían todo el mobiliario de la estancia. En una pared, frente a la cama, había un ventanuco redondo. Por él se veían las ramas oscuras de los robles y un pedazo de cielo con estrellas.

Cati no podía dormir. Se levantó y los tablones del suelo restallaron bajo sus pies. Trató de abrir el ventanuco, pero el cierre estaba roto. El aire perecía detenido en la estancia. Y por los huecos que quedaban entre los tablones, subía el sopor de los excrementos del jaco y de la paja soñolienta como una calima que le resultaba irrespirable. Amparada por la oscuridad, hizo pis en el orinal y echó de menos un pedazo de papel con el que limpiarse. Solo serán unos días, se dijo mientras anhelaba su cuarto de baño en porcelana blanca y su aroma de lavanda. Guardó el orinal debajo de la cama y pensó que sería un infierno volver a acostarse. Tenía la cabeza abotargada del vino. Si cerraba los ojos, oía los aplausos de la tarde. Fue Casona el que prendió la mecha junto a los compañeros que no estaban en escena y el público de la plaza los siguió. Aplaudían, sonreían, algunos se entregaban a la risa como si no se hubieran reído en años, en siglos, y de pronto se les echasen encima todos aquellos momentos que creían olvidados.

Cati suspiró y recordó el rostro de su madre. Encendió la lámpara de aceite que Paciana le había dejado sobre la mesilla, y sacó de su maleta, aún sin deshacer, el cuaderno rojo de Cossío y su pluma. Se calzó unas zapatillas de satén *beige* con unos pompones en el mismo tono y se dispuso a bajar a la cocina. Había un descansillo de donde partía la escalera empinada, con peldaños carcomidos y desiguales. La puerta del otro cuarto estaba entornada. Cati se asomó y distinguió una cama más pequeña con un bulto grande y otro pequeño que eran Fabián y Paciana.

Descendió con cuidado de no hacer ruido. La parte de arriba del portón de la cocina permanecía abierta. No había brisa, ni viento, era una noche inmóvil. Dejó la lámpara sobre la mesa y tomó asiento. Escribió la fecha en el cuaderno rojo y se quedó pensando cómo describir todas las imágenes que bullían en su cabeza. La diferencia entre la Paciana de la tarde y la de la noche. El ulular del búho al que llamaban el Gran Duque parecía una saeta que le llegaba desde el bosque, junto con un crujir de ramas, de palitos pisados y grillos. En el hogar gigante, los troncos preparados para el fuego del desayuno parecían formar parte de un lienzo. El perfume húmedo de la madrugada flotaba en la cocina mezclándose con su olor propio a casa vieja, a ajos, pimentones, estiércol y paja.

Cati trató de concentrarse en lo que quería escribir en el cuaderno rojo, quizá empezaría por dibujar a Paciana. Rememoró la voz de Cossío y su presencia apacible. O bien podría hacer un intento de dibujar con palabras. Imaginar todos y cada uno de los olores. Cerró los ojos, inspiró hondo y, al abrirlos, se encontró con Jeremías Salazar frente a ella, observándola como si la viera por primera vez. Se llevó una mano al pecho y dio un respingo.

—¿Por qué tiene esa facilidad para aparecer y desaparecer así sin más?

Jeremías tardó en responder. Parte de su rostro quedaba en la sombra y Cati pensó que parecía estar dentro de un sueño. Pero no, a Jeremías los ojos se le habían puesto de pájaro, grandes y oscuros, a juego con la noche donde se ocultaban, y la parte del rostro que quedaba bajo el halo de la luz de aceite le decía a Cati que él era real. Ella bajó la mirada a las hojas del cuaderno, como si de pronto le interesara la fecha que había escrito, y volvió a mirarle. Vio su barba de días, solitaria y dura, vio los labios que hubieran sido la envidia de los modelos de su clase de arte, largos y anchos, y el mentón anguloso de perfección clásica. Deseó olerle en ese instante, tener el lápiz en la mano en lugar de la pluma y bocetar su presencia con los primeros trazos, intuirle, para luego ir definiendo cada uno de sus rasgos, profundizando en ellos, descubriendo sus claros y sus sombras, sus rectas y sus curvas, hasta hacerlos suyos y dibujarle a él como si se dibujara a sí misma.

—Cuando era niño me escondía de mi padre —dijo al fin Jeremías Salazar.

A Cati le extrañó que hablara.

—¿Se portaba mal? —le sonrió.

Él le mostró el muñón. Se lo había envuelto en un pedazo de cuero que había desgarrado del hatillo donde solía guardar los víveres. Pero enseguida lo escondió.

—No le quiero en casa, le decía a Paciana. Échalo al monte.

—Siéntese a mi lado.

—Salga conmigo.

Cati cerró el cuaderno y lo dejó sobre la mesa. Al levantarse se dio cuenta de que estaba en camisón. Satén blanco por encima de las rodillas, tirantes y una blonda de encaje en el escote. Jeremías la sintió desnuda y se dio la vuelta para salir de la casa y que el fresco le domara el instinto. Aun con sus zancadas algo renqueantes por la picadura de la víbora y el golpe al caer del castaño, se advertía en él un caminar flexible, silencioso, en contraste con la rudeza de su aspecto. Cati lo vio hundirse en la noche y trató de seguirle, pero al traspasar el umbral había desaparecido de nuevo. Quiso llamarle, pero no lo hizo. Jeremías surgió de un lateral de la casa. Llevaba en la mano la chaqueta de pastor, la que se ponía encima de la camisa cuando subía a la montaña con las ovejas y el aliento de la cima le encendía la piel de frío. Se la echó a Cati sobre los hombros para poder mirarla y ella se sobresaltó.

—Usted me va a matar de un susto.

Sintió la tela gruesa y áspera. Parecía que la había arropado con un queso y un vaso de leche agria y una vara de tomillo. Jeremías echó a andar, tras fijarse en las zapatillas de pompones, y creyó que estaban hechos de rabo de conejo. Se internó entre los robles y los madroños. De vez en cuando echaba la vista atrás para comprobar que ella le seguía. Y así era. Cati caminaba entre las ramas que le arañaban las pantorrillas, preguntándose qué hacía en camisón, lejos de la ciudad, en pos de un hombre a quien no conocía, un hombre a quien tampoco quería dejar de seguir. Jeremías se detuvo en un claro donde el cielo surgió diáfano. Era una noche de bochorno y estrellas fugaces como la que le había visto nacer, como si el universo quisiera que naciese de nuevo. Se sentó en una roca y esperó a que Cati se sentara junto a él. Ella se quitó la chaqueta que le cubría los hombros y la extendió sobre la roca para sentarse encima.

—¿No le importa?, me raspa —dijo.

Él pensó que tenía que acostumbrarse a mirarla, aguantándose las ganas de tocarla. Cómo se tocaba a una mujer con esas ropas que le recordaban a las flores, pero que fumaba como un hombre entre los hombres y reía con ellos.

—Me alegro de que se encuentre mejor. Cuando desapareció de la posada pensé que no le volvería a ver.

—Yo pensé lo mismo cuando tuve que dejar de mirarla.

—No desaparecerá ahora, ¿verdad?

Jeremías negó con la cabeza.

—Aquí me quiero quedar —dijo.

Cati sonrió.

—Su hermana me ha contado esta noche la historia de su enemistad con la familia García.

—Qué le hizo a Paciana pa que le hablara de eso. Lo tiene cerrao con llave en el pecho y no lo abre para nadie, aunque aquí todos saben.

—Le di un cigarrillo —dijo Cati con una sonrisa mientras echaba de menos fumarse uno—. También me enseñó la fotografía de su antepasado, Lautaro Salazar.

Jeremías se levantó de la roca y miró al cielo. Cati temió haberle molestado.

—Yo nací con este dedo en la mano izquierda. —Le mostró el pulgar de la derecha—. Era el único que tenía. A los diez años me lo corté para no ser igual que Lautaro Salazar. No me queda ningún dedo en esa mano, ya no estoy maldito, le dije a padre.

Jeremías se quedó callado.

—¿Y qué ocurrió?

—Que casi me muero de echar sangre y padre dijo: vete al monte, y se rio.

Cati se puso en pie a su lado y quiso acariciarle el muñón, pero él lo escondió de nuevo tras de sí. A nadie se lo dejaba tocar más que a su hermana, incluso su sobrino Fabián lo miraba a veces como a una piedra de la mala suerte. Y él le asustaba, buuu, y Paciana le regañaba, el hijo mío se ha de criar como los del pueblo, Jeremías, esto es solo entre tú y yo. Por eso le meto susto, a ver si le coge miedo. Y así había sido hasta aquella noche que Jeremías sentía la primera del resto; no había vivido con más angustia en el pecho que la de su nombre, y esa se le pasaba en la soledad de su cueva, de los pastos abiertos al sol y a la lluvia, a rebosar de verde, y en las pozas del río pardo rodeado de fresnos, mirando los estorninos, los cuervos y las crías de los aguiluchos. El Gran Duque le sobresaltó con su ulular y él le respondió mientras tomaba los dedos de Cati en su mano derecha, como a un pájaro caído del nido, y la guiaba bosque adentro. La sentía detrás, sus pasos torpes y la respiración agitada. Se dio la vuelta, la vio bajo la espesura de las sombras y se puso a ulular más fuerte, aunque la sangre le pedía aullar como lobo. El Gran Duque surgió en una rama negra. Cati retrocedió, pero Jeremías la atrajo hacia sí. Los ojos del búho resaltaban en la noche, redondos y amarillos. Era de gran tamaño y su plumaje espeso y mullido se adivinaba blanco y ocre. Movió la cabeza a un lado y a otro. Cati apretó la mano de Jeremías y él le correspondió mientras ululaba de nuevo y el Gran Duque le respondía.

—Es precioso —susurró Cati.

La sangre le latía en las sienes y tuvo ganas de llorar.

No pensaría en pintar a Jeremías hasta el día siguiente. Estaba absorta en el tacto de su mano áspera y de dedos largos, asaltados de callos. Era un tacto distinto a todos los que había conocido, un tacto de cuerdas y machetes y piedras. Curtido en el agua fría, en el arrancar de hierbas y el desollar para calmar el hambre.

Cati nunca se había sentido tan viva. Entre la maleza de una umbría, surgieron unos ojos con destellos rojos y plata. Parecían del demonio. Tras mostrárselos a Jeremías, con el cuerpo tenso, se oyeron los cascos de los animales que corrían entre el pasto.

—Nos han olido —murmuró él.

Se había levantado una brisa que llevó hasta el hocico de los ciervos el olor de Cati y Jeremías. Corrieron en dirección contraria a ellos, pero les pasaron tan cerca que ella dejó de respirar por unos segundos.

—Es ahora cuando salen todos a comer y cazar —añadió él.

—Como en la ciudad, al caer el sol —bromeó Cati.

Pero Jeremías no la entendió y ella se dio cuenta. Qué iba a saber él de la caza en los clubes bajo la niebla de los cigarrillos y del ritmo del foxtrot o del charlestón de una buena orquesta.

Jeremías la condujo de nuevo al claro, porque el bosque se espesaba en un mar de jaras que lastimaría las piernas de Cati. Y del claro hasta la casa de su hermana. No le había soltado los dedos salvo para ponerle de nuevo su chaqueta sobre los hombros desnudos. Al llegar, se detuvo frente al portón y le acarició una mejilla. Nunca había pensado que pudiera haber otras pieles que no fueran como las de las mujeres del pueblo, una vez que dejaban de ser niñas.

—Parece musgo —le dijo.

Se dio la vuelta y, antes de que ella pudiese decir algo, desapareció en la noche.

11

El domingo por la mañana repicaban las campanas de la iglesia a cada hora, desde las ocho, para ir desperezando a los feligreses del sueño más largo de la semana. En los campanazos de las diez desde la torre mora, se vio llegar al pueblo a una pareja de la Guardia Civil, de la que llamaban caminera. Iban con el tricornio puesto al entrar en una población, y la camisa remangada porque la noche había sido fuego y el día mostraba la misma faz de infierno, pese a ser día sagrado. Eso comentaba en la plaza don Roque a Ramiro Valiente, el maestro, que no había pegado ojo después de la función misionera y las canciones del coro, comido por la ilusión de la jornada siguiente. No los esperaba yo a estos hoy, al ser domingo, murmuró don Roque.

—Nos hemos adelantado —dijo el más alto de los guardias como si le hubiera leído el pensamiento—. Pero no podíamos más con el bochorno, no se aguanta ni en el monte.

—Voy a por el sello —les anunció don Roque— antes de que me vea el padre Agustín trabajando en domingo.

Porque el alcalde les tenía que sellar la cartilla que demostraba que se daban la ronda por los pueblos que les correspondían. Una vez que lo hizo, los mandó a casa de don Perfecto.

—Me dejó dicho que si venían por aquí fueran a verle, pero no los esperaba yo hasta mañana lunes.

—¿Y este revuelo de gente de ciudad que tienen por aquí? —preguntó el guardia más bajo—. Porque del pueblo no parecen.

—Misioneros, así se llaman, que los manda el gobierno de la República —enfatizó—. Todo según la ley o ustedes dirán, que también son ella.

—Nosotros aquí estamos para hacerla cumplir, no más —dijo el alto.

—Pues eso. Que llegaron el sábado en la mañana y así nos ven, que no cabe en el pueblo ya ni un real de canto, pero pasándolo bien, eh. Que esto de que se acuerden de que los pueblos están vivos da alegría.

—Ya los hemos visto nosotros en otros pueblos y aldeas —dijo el guardia más bajo.

Llevaban barba de tres días con el sudor y el polvo de todos los caminos y la tez curtida por todos los soles. Pero aun así se fueron para la casa del mandamás del pueblo, porque el alcalde les puso en antecedentes de la preocupación que se cocía, y les pareció un asunto que no admitía esperas, ni domingos del Señor, ni suciedad del monte.

La casa de la familia García era la más noble del pueblo. Tenía un blasón en la fachada que no les pertenecía, porque era de otra familia que quedó sin descendencia y un pariente lejano de la ciudad la vendió sin el menor remilgo. De fachada de piedra y balconada de madera tallada, era una muestra de la mejor arquitectura de la sierra que había sobrevivido a los siglos y a las ruinas de sucesivas familias. Tenía dos aldabones de bronce vivo con la cabeza de un animal mitológico, una especie de grifo, que los habitantes del pueblo llamaban matacabras, como el tiempo del norte, porque decían que don Perfecto García tenía un humor que era capaz de levantar ventiscas y tempestades. Del umbral noble con baúles de nogal, tinajero labrado y alfombra de nudos, no pasaron los guardias. Bajó don Perfecto, ya con el atuendo de domingo: el cuello duro de la camisa, y el traje de sastre oscuro comprado en la capital de provincia. Tenía el rostro recién afeitado, lo que acentuaba la congestión de sus facciones por la falta de sueño. Los ojos se le habían puesto biliosos y con venas atravesadas. Y cada uno miraba para su punto cardinal porque aún estaban en reposo.

—Ya nos contó don Roque, señor —le dijo el guardia más alto quitándose el tricornio.

—¿Vieron a alguien por el camino con quien pudiera haberse encontrado mi hijo? —preguntó don Perfecto.

—Ni un alma, salvo dos zagales que iban a pasar las vacaciones a casa de un tío suyo, en el pueblo vecino, pero que ya comprobamos la identidad de ellos y está todo en orden.

—¿Y no tienen sospechas de adónde puede haber ido? A la ciudad, quizá, que el muchacho es carne joven, ¿no?, y allí hay más atracciones que aquí —dijo el guarda más bajo.

Perfecto García enfiló los ojos.

—Les voy a decir que desde que Andresito desapareció hemos tratado de hablar con el varón de los Salazar, ese montaraz, Jeremías el del muñón. Fuimos a la cueva donde vive y a casa de la hermana y nada, no dan noticias, hasta que ayer se cayó de un castaño en la plaza del pueblo, mientras estaba el teatro que han traído de Madrid. Y ni entonces pudieron echarle el guante mis hombres para preguntarle por Andrés.

—Y esta actitud huidiza ¿coincide con la fecha en que su hijo desapareció? —se interesó el alto.

—Así es. A ninguno de los dos se los había vuelto a ver por el pueblo hasta lo de ayer tarde. Y la hermana dice que él va y viene a su antojo, y eso no me lo trago yo, que esa mujer lo crio de niña como si ella misma lo hubiera parido y se sabe que por él se dejaría rebanar el cuello. Lo lleva aún bajo la teta.

—Iremos a hablar con ella antes de salir a buscarle.

—No les va a servir de nada, esa mujer no suelta prenda, ni el hijo raquítico que tiene. Yo puse a uno de mis hombres a vigilar la cueva donde el del muñón suele meterse a dormir, y a otro le mandé montaña arriba por si se subió con las pocas ovejas que tiene.

—¿Y ha tenido noticias como resultado de esas pesquisas? —preguntó el alto.

—Nada. Se esconde —respondió don Perfecto—, que es arisco y más amigo de los animales que de los hombres. Y cuando uno se esconde es por algo, que el que nada ha hecho da la cara por delante.

—Mal asunto —dijo el guardia más bajo.

—Y tan malo, porque hay más coincidencias. Dirán ustedes, pero les digo yo que no lo pueden ser. Que precisamente este jueves me presenté en casa de Paciana Salazar para comunicarle que su marido, el que se tiró por la Quebrada de la Culebra y se abrió la crisma...

—Un tal Eustaquio.

—Ese mismo. Pues que tenía una deuda conmigo que vencía. Así que le dije: si no pagas tres mil pesetas para el jueves de esta semana que entra, me quedo con tu casa, y con tu trozo de tierra, porque tu marido los puso como garantía al dinero que le presté. Blanca se quedó, que todo lo había hecho el marido por detrás de ella, pero eso no es asunto mío. Todo es bien legal y firmado está. Pero al día siguiente de comunicarle la noticia, mi hijo no aparece por ningún sitio y su hermano huye de nosotros. —Don Perfecto carraspeó.

—Mucha coincidencia es, sí, señor, los dos sucesos juntos, uno justo detrás de otro, quiero decir —añadió el guardia más alto mientras se rascaba la barba.

—Pues eso digo yo.

—¿Y ha pasado ya alguna otra vez que el chico ese del muñón haya huido de sus hombres? Lo digo porque lo mismo está asustado, como dice que vive como un animal, pues lo mismo huye como uno, que no tendrá muchas luces —dijo el más bajo.

A don Perfecto se le alinearon de nuevo las pupilas para mirarle.

—No le haga caso, don Perfecto, que se le derrite el seso estos días de calor sierra arriba y sierra abajo, haciendo la ronda que es de ley —dijo su compañero dándole un codazo.

—Échense entonces a buscar a mi hijo y a ese montaraz y no descansen hasta que me traigan alguna noticia. Yo sabré recompensarles.

—Es la obligación nuestra, don Perfecto. Nada hace falta —repuso el alto—, pero se agradece.

—Aun así, insisto, porque les mando hoy en día de Dios, cuando lo que toca es el descanso. Pero la congoja de no saber dónde está un hijo no entiende de fiestas, al contrario, le pone a uno de luto. Ustedes si son padres entenderán. Les he traído esta foto de Andresito que se hizo en uno de sus viajes a la ciudad. —Perfecto la sacó de uno de los bolsillos de la chaqueta y se la entregó al guardia más alto—. Ya ven que es bien parecido. Alto, con el pelo crespo de la madre y los ojos negros míos, pero bien puestos. Un muchachote. Al cuello lleva una cadena de oro con una Virgen que le dio la madre.

Doña Viola atravesó en ese momento el umbral, tras bajar la escalera con aliento de tila y los ojos hinchados. Era una mujer enjuta y alta, con mejillas de hueso y una fila de perlas ajustada en el cuello.

Tomó la mano de uno de los guardias.

—Aquí le entrego precisamente la misma Virgen que lleva él, la de los Milagros, que como dice su nombre, milagrera es. No descansen hasta que me traigan noticias de mi hijo, se lo ruego.

—Así lo haremos, señora, descuide usted —dijo el alto.

—Viola, por favor, deja a los señores guardias, que se marchan ya a buscar a Andrés.

—Déjame que les diga lo que quiera. Que tú has permitido que ayer haya fiesta en el pueblo, teatro y canciones, ¿saben ustedes? Cuando estamos como estamos.

—Bajó hasta el último pastor a la fiesta, ¿saben?, y ahí tenía yo a mis hombres por si bajaba la rata darle caza y así fue, aunque se nos escurrió de las manos, como les dije. Pero mi mujer se olvida de que a estas gentes las manda el gobierno de la República, y que viajan desde Madrid con todo el equipaje de la verbena a cuestas.

—Pero aquí el gobierno eres tú o qué, eso me dices siempre, Perfecto.

Él torció la boca.

12

Cati Skalo estaba desayunando sopa con pimentón y una rebanada de hogaza con mantequilla que Paciana le había pedido a la vecina que le fiara, porque no les quedaba en la casa pan tierno ni leche. Frente a ella, Fabián no perdía de vista cómo se metía la cuchara en la boca. Parece que le gusta, pensaba, madre la hace rica.

Cati había olvidado el cuaderno y la pluma sobre la mesa, pero nadie lo había tocado. Fabián le pasó la mano por la piel suave y roja.

—¿Esto qué es?

—Es un secreto —respondió Cati.

—¿Qué guardas ahí, qué escribes, pusiste algo sobre mí?

—No todavía, pero lo pondré.

—¿Y luego me lo leerás?

—¿Puedes leerlo tú?

—No todas las líneas, el maestro Valiente dice que tengo que ir más a la escuela. Y mamá, que tengo que ayudar en casa, aunque quiere que yo lea. Desgracias han ocurrido en casa por la falta de saber las letras.

Crujió un peldaño de la escalera y Cati miró hacia ella. A cada ruido que había en la casa, miraba en esa dirección y esperaba encontrarse con la figura de Jeremías Salazar. Si crepitaban los leños del hogar que Paciana había encendido para el desayuno, si el macho de la cuadra resoplaba o si los cascos se inquietaban en la paja. No está, se decía, no es él. Pero se daba la vuelta con la ilusión de que estaría, incluso mientras hablaba con Fabián.

—¿Qué miras? —le preguntaba el niño.

—¿Y tu tío?

—Viene cuando quiere o cuando madre le llama.

—¿Y sabes dónde le puedo encontrar?

—¿Para qué?

—Para dibujarle.

—¿Y a mí no me vas a dibujar? ¿Es eso lo que haces en el cuaderno rojo?

—Y escribo, o eso quiero...

—Pues dibújame a mí primero, que nadie me ha dibujado nunca.

Cati abrió el cuaderno rojo por una hoja en blanco, bocetó al niño en cuatro trazos y se lo enseñó. Fabián batió las palmas, salió fuera, se colgó cabeza abajo de uno de los robles que custodiaban la casa, se balanceó y volvió dentro. Cati rio.

—Y ahora cántame como cantabas ayer. Esa de la chica que se muere al alba y el novio en el atardecer.

—Déjala desayunar en paz —dijo Paciana mientras bajaba la escalera.

—¿Vas a venir a la iglesia con nosotros? —le preguntó el niño—. Venga, venga. —Y le acarició el dorso de una mano.

—La señorita tendrá sus cosas con los otros.

—Pero a misa tendrá que ir —repuso Fabián—. Si no, qué va a pensar Dios de ella.

—Te tengo dicho que Dios no es una comadre.

—Os acompañaré —dijo Cati—. Y a la salida de misa

habrá música y llevaremos libros a la escuela. ¿Me acompañarás, Fabián?

—Sí, sí. —Fabián volvió a salir fuera para balancearse en el roble.

Paciana había aireado los colchones en el piso de arriba. Había hecho la cama de Cati, pues la encontró con las sábanas revueltas y se sintió en la obligación para que se quedara en su casa a cambio de los dineros que le había dicho la noche anterior. Hazte a la idea, Paciana, se dijo, de que la casa se te convirtió en fonda por unos días, y has de servir, pues esta dama de zapatos verdes debe de tener más de una criada. Enredado en la sábana de arriba, había descubierto el satén del camisón de Cati con la puntilla, y lo rozó un momento con las yemas como si fuera a desvanecerse. Todo lo que rodeaba a Cati tenía un olor afrutado que flotaba en el cuarto. En cambio, ella había despertado entre efluvios de vino rancio, y una pasta en la boca que le sabía a tabaco y se extendía por todas las partes de su cuerpo. Es este que tengo un malestar de hombres, se dijo. Pero pensó que esa noche le gustaría compartir con aquella mujer otro cigarrillo y quizá otra taza del vino del marido, porque, sin quererlo, se había puesto a pensar que a Cati podía contarle lo que no le contaba a nadie en el pueblo, que luego todo se sabía, no se fiaba ni de una sola de sus comadres, como tampoco ellas se fiaban de Paciana. Sentía que lo que le dijera a Cati en Cati se quedaría, y sentía la necesidad, de pronto, de hablar con ella, y de confesarle la soledad que le había dejado el Eustaquio, en contra de lo esperado, a pesar de haberle demostrado con su muerte que era lo que fue siempre: un cobarde.

Cati se había vestido con una falda de lino *beige* y una camisa blanca por la que asomaban sus brazos con pecas, herencia de Carlota. Calzaba los zapatos verdes. Paciana se los quedó mirando en la lentitud de la resaca, sin darse cuenta de que se delataba.

—¿Quiere probárselos? —le preguntó Cati mientras se desabrochaba la hebilla de la correíta atada al tobillo.

—¿Muchas mujeres de la ciudad llevan zapatos verdes o solo usted?

Cati se quitó el otro zapato y se los ofreció a Paciana.

—Pruébeselos —insistió—. Creo que le puede ir bien el número.

Paciana Salazar achacaría más tarde lo sucedido en la mañana a los efectos tardíos del vino y el humo del tabaco. Cogió los zapatos y se subió al piso de arriba mientras descubría que aquella mujer tenía las uñas de los pies pintadas de sangre. Ya en el refugio de su dormitorio, echó agua en la jofaina, y en la intimidad se lavó sus pies comparándolos con los de Cati, las uñas como cortadas a mordiscos y los callos de caminar por el monte durante muchos años. Se los lavó con un esmero que iba más allá de la propia limpieza, se perdía en el deleite de tocarse por vez primera lo que era suyo. Se los secó con un trapo limpio y se puso los zapatos. Le sobraba un poco en la punta, pero le ajustaban bien. Por primera vez cayó en la cuenta de que era de piernas finas y tobillos de pájaro a pesar de todas las calamidades que habían apuntalado a lo largo de la vida. Cuando estuvo lista, bajó escuchando el *toc toc* de los taconcitos en la madera de los peldaños, y sonrió porque ni cuando se vistió de novia para el Eustaquio había sentido semejante cosquilleo en la tripa. Al llegar al último escalón, vio sobre ella la mirada de su hijo y de Cati, y se levantó con ceremonia la saya negra que le arrastraba por el suelo. Despuntaron los zapatos como dos esmeraldas.

—Definitivamente tiene que llevarlos a misa —le dijo

Cati batiendo las palmas—. Pero a cambio me gustaría que me prestara las zapatillas que llevaba puestas.

Paciana enarcó las cejas. Cómo era posible que las quisiera, se dijo; eran las de los domingos, que estaban a punto de convertirse en las de todo tiempo, porque las de diario eran ya una cochambre. Tenían un pedazo de tela rústica en la puntera y el talón y se ataban con una cuerda dura. A Cati la habían fascinado, y quería hacerse con unas para usarlas en el vestuario teatral. A su pastora en la égloga de Juan de la Encina le quedarían perfectas, pensó. Cualquier zapatero de la calle Toledo podría luego replicárselas.

Cuando las campanas llamaban a misa de once, se los vio subir a los tres por la calleja que partía larga de su casa y, tras serpentear un tramo en otras más angostas, desembocaba en la plaza. Cati con sus ropas finas y, en los pies, alpargatas. A su lado, el Murciélago, que no se colgaba cabeza abajo porque no había de dónde, y al otro lado del niño, Paciana, de luto entero, tan solo se le escapaban de la saya unas puntas verdes.

Se metieron en la iglesia, que era una procesión de velos y pañuelos negros, y Cati se sentó con ellos, en vez de con los compañeros de las Misiones que tenían la costumbre de santificar los domingos. A nadie del pueblo le pasó inadvertido aquel gesto, ni que el niño le cogía la mano a Cati de vez en cuando y la miraba de reojo con embeleso. El Murciélago, que se ha enamorado de una fina, y que le puede ser la madre, eso es por estar siempre cabeza abajo, se ven las cosas al revés, se murmuraba. En el palco de honor, situado cerca del altar, estaba don Perfecto García, de riguroso paño blanco, y doña Viola, vestida de encajes color chocolate, de rodillas y con las manos entrelazadas en señal de ruego. Ella estuvo toda la misa hecha un mar de lágrimas, pero los ojos de Perfecto se habían puesto en línea cuando vio a Cati junto a lo que quedaba en el pueblo de los Salazar, y supo que allí se cocía algo que le iba a joder, porque le había empezado el dolor de vesícula, y sentía el blanco de los ojos manchársele de una bilis amarilla.

Había venido también del pueblo grande el médico que hacía la ronda en burro, y pensaba quedarse para la sesión de cine al igual que el juez de paz. Se echaba en falta al maestro Valiente de entre las fuerzas vivas del pueblo, pero todos sabían que Ramiro solo creía en la religión de los libros, y había de perdonársele porque así eran los tiempos, decía don Roque.

Agustín de Lozoya, desde el podio sagrado, no vio los zapatos verdes de Paciana porque esta no paraba de bajarse la saya, eran solo para ella y no para compartirlos con el resto del mundo. Tenía previsto que el sermón fuera sobre la alegría del saber en Dios, pero se le iba la mirada a los ojos azules de Paciana, y se le encorvaba la espalda como si quisiera acercarse a ella y no pudiera. El padre gancho está hoy más gancho que nunca, se murmuraba entre salmo y salmo. Si dejó a un lado la sabiduría divina fue para volver al Génesis y al origen de todo, esa mirada azul que ese domingo aún seguía siendo la misma, aunque más vieja. La comunión fue el momento cumbre. Agustín la había sentido distinta desde que la vio entrar y su presentimiento se confirmó al meterle la hostia en la boca. Durante muchos años, aquel había sido su contacto más íntimo, porque él la introducía más de lo debido y retrasaba sacar los dedos para rozarle la lengua con la que ella le hacía una caricia ínfima. Aquel domingo no sucedió. Paciana fue a comulgar de las primeras en vez de hacerlo la última como solía para tomarse su tiempo mientras los feligreses masticaban sus conciencias, aún hincados de rodillas. Agustín sospechó que podía deberse a un rencor tardío porque él no había podido ceder a sus súplicas de enterrar al marido en tierra consagrada, pues la rotura de la crisma se la había provocado él mismo. Pero enseguida lo desechó. Paciana era más ella y, sin embargo, no la reconocía; solo cuando se alzó un poco la saya para ponerse de rodillas, le llegó el brillo verde. Agustín de Lozoya la conocía lo suficiente como para saber que nada del mundo externo podía conmover a aquella mujer de roca, si no daba respuesta a alguno de los abismos de su alma, y así era. Por primera vez desde que tenía memoria, Paciana pensaba en sí misma como Paciana, sin la rémora del apellido que la convertía en una pieza más de la máquina de la venganza.

A la salida de misa, Cati fue a buscar a Rosa, que no había asistido porque la medicina la había vuelto atea. Estaba sentada en un poyete de la plaza, junto con otras compañeras, hablando del calor y concretando los pormenores de la sesión de música con el gramófono.

—No sabes el interrogatorio que me hizo el tal Perfecto sobre ti —le dijo después de preguntarle cómo había pasado la noche—. Que quién eras, que si habías venido antes por aquí, que si no era así, no entendía por qué habías rechazado su oferta de dormir en la mejor casa del pueblo, para quedarte en una que apesta a establo y a pobreza... Por lo visto, el único hijo que tienen lleva sin aparecer desde el viernes por la tarde, y en la casa hay muy mal ambiente, así que, aunque la cama y el cuarto seguro que son más cómodos que los tuyos —sonrió—, te digo que lo mismo has hecho bien y es preferible respirar paz, aunque huela a mierda.

—No soporto la prepotencia del tal Perfecto. Preferiría dormir sobre una mierda, como dices, que en su casa, fíjate. Pero iré a lo importante que quería contarte: he conocido a alguien.

—Qué dices, ¿del pueblo?

—Aparece y desaparece de forma misteriosa.

—Ja, que será un fantasma —rio Rosa—. Sigues siendo la misma fantasiosa que de niña. Me acuerdo de cuando sacabas las fotos de boda de tus padres y querías un novio que supiera volar. Ya te he visto con esas alpargatas.

—¿Verdad que son maravillosas? En un principio pensé replicarlas solo para el figurín de pastora, pero después de vérmelas puestas, me hago otras para mí.

—No te creo —rio de nuevo.

—No vine a hablar de trapos. Tengo que pedirte un favor, mi amiga querida, porque mañana no regreso con vosotros a Madrid.

Rosa se quitó las gafitas que le ceñían los ojos.

—¿Vas a quedarte en este pueblo? ¿Por un hombre de aquí?

—Siempre tuve la intención de quedarme, pero ahora más.

—¿Tiene que ver con ese cuaderno rojo que me contaste que te dio don Manuel Cossío?

—El encargo, sí. Pero aun así, ahora no podría irme, te repito.

—¿Y hasta cuándo te vas a quedar?

—Qué sé yo. Esa familia necesita dinero: tres mil pesetas.

—¿Es la familia de él?

—Y quiero pedirte que me lo traigas de Madrid.

—Estás más loca de lo que pensaba. Y yo te encendí la mecha...

—Dispongo ahora de una renta al morir mamá. Te daré una carta esta tarde para que se la entregues al doctor Honorio Guzmán, él sabrá cómo acceder al dinero. Y te voy a pedir que me lo traigas antes del jueves que viene, ¿podrías? —Agarró las manos de Rosa con las suyas—. Dime que sí, querida amiga. Es el plazo que tiene la familia para saldar la deuda.

—Me recuerdas a tu madre, Cati, y mira que dejé de verla siendo aún niña.

—Eso es para mí un piropo.

—Pero yo no sé si podré venir hasta aquí de nuevo tan pronto.

—Tú dile al doctor que necesito ese dinero para el jueves, que es cuestión de vida o muerte. Bueno, eso no, que es capaz de presentarse aquí. Pero lo mismo me puede hacer un giro a una población adonde mandan el correo, y yo me acerco a por ello en burro.

—Cati, piénsalo, me siento responsable por embarcarte en esto.

—Y yo te doy las gracias.

13

—Padre, quiero confesión.

Agustín de Lozoya se encontró con Paciana en la sacristía y la memoria se le dio la vuelta como muchos de los domingos cuando las hostias se le hacían amargas.

—No es momento, hija, váyase a casa —respondió, porque estaba el monaguillo ayudándole a quitarse las parafernalias sagradas.

—Y cuándo si no, hoy es domingo. Y no me llames hija.

—Márchate ya, chico. No te necesito más.

El niño salió corriendo, que se oía el jolgorio en la plaza de los que habían llegado de Madrid y prometían llevárselos al campo para ponerles música en un aparato mágico.

—Vamos a sagrado —le dijo Agustín.

—Sagrado lo es todo.

—No blasfemes. Al confesionario.

—Ahora me tuteas.

—Allí no nos pueden ver.

Agustín entró en la iglesia y ella le siguió.

Estaba silenciosa e iluminada por los rayos que entraban por las vidrieras de la cara sur, y dejaban destellos amarillos y azules. Olía a incienso y a restos de cirio.

Paciana se metió en el confesionario y se arrodilló en espera del padre.

—¿A qué vienes con esta agitación y exigiendo? ¿No te he dado ya más de lo que podía?

—Sin pecado concebida, padre.

Agustín suspiró.

—Habla, ave María purísima.

—Necesito dinero y tú sabes por qué.

—Paciana, tú que nunca has pedido nada a nadie más que a la Virgen que salvara la vida de tu hermano...

—Y aquí me ves. Pidiéndote, no sé, pidiéndote que al menos me escuches. Tengo que pedir, que gritar, porque algo me come por dentro.

Agustín oyó que le temblaba la voz.

—Es la rabia. Y eso es pecado, Paciana.

—Con esas me vienes ahora.

—Yo no tengo ese dinero para dártelo, que solo soy un pobre cura de pueblo.

—Ni yo te lo he pedido —sollozó.

—Y si lo tuviera y se enterase ese hombre, no tendría yo paz en este pueblo. Me sacaría los ojos, o si no la reputación, o me sacaría del pueblo hablando con el obispo, que los tentáculos suyos llegan hasta la ciudad.

—Tú no arriesgues la sotana. Nunca la has arriesgado y menos por mí.

—Así pensamos que lo quería la Virgen, y mira, tu hermano sigue vivo.

—Qué bien te vino callarme la boca con eso. Me cogiste por lo que más quería.

—Paciana, te veo que se te va el aplomo tuyo que tanto admiro.

—¿Para qué tanto sufrimiento si al final nos hemos de pudrir en la tierra? Vivamos.

—No blasfemes con la boca.

Agustín de Lozoya puso la palma de una mano en la rejilla que separaba sus rostros, y ella en el mismo lugar la suya.

—Peor sería con mi cuerpo, ¿no? Mi hermano dice que el monte, las tierras, sufren y gozan como nosotros.

El cura retiró la mano.

—Nada puedo hacer por ti, salvo escucharte. ¿Y la cosecha?

—Voy a segar mañana lunes, pero no sacaré bastante.

—¿Y alguien que te preste?

—Quién se va a enfrentar al mandamás. Ni tú, que se supone que tienes la protección de Dios y la obligación de ayudar a los necesitados.

—¿Y no le haría nada tu hermano a Andrés García?

—¿Y qué le iba a hacer?

—¿Y por qué no se los encuentra, ni al uno ni al otro?

—Al Andrés no sé. Jeremías se fue con las ovejas a los pastos altos, dónde va a estar si no con estos calores. Parece mentira que me lo preguntes y dudes de él.

—Mujer, se habla en el pueblo. En la taberna dicen. Y bien sabes que se cayó del castaño de la plaza ayer mismo, así que estaba lejos de los pastos.

—Ya lo sé. Al Rucio le gusta hacer de comadrero. Y todo lo comenta en la taberna, y la mujer en la fuente. Y tú que le has criado a tus pechos de monaguillo, ¿qué piensas de él?

—Ya no le conozco, se ha vuelto un montaraz. Lo vi más grande que nunca.

—Te podrías haber ido a otro pueblo a servir a tu Dios, Agustín. ¿Por qué elegiste este?

—Porque me lo dieron.

—Eso es mentira, y no te absuelvo del pecado.

Él se santiguó.

—Márchate ya, la desesperación no te sienta bien, Paciana, y oigo ya a las viejas murmurar en el banco porque tardamos mucho y quizá hemos subido la voz.

—Ya me voy.

—Si pierdes la tierra del Eustaquio, ya está, saldrás adelante como siempre. Y yo te ayudaré.

—¿Cómo? Primero le niegas tierra consagrada a mi marido y ahora te achantas a la primera. Son solo palabras, que es de lo que vives, de engañar.

—Estás enfadada.

—Estoy despierta, Agustín.

Salió del confesionario. En un banco cercano había tres viejas viudas arrodilladas, y envuelto el rostro en los velos de los domingos. La miraron de soslayo.

—Dios te bendiga, Paciana Salazar. Muchos pecados parece que tenías.

—No más que ustedes. Cada uno es hijo de su miseria.

14

Bajo los robles de la pradera que se extendía camino del río, tuvo lugar la sesión de música. El gramófono marca Columbia venía en una maleta y funcionaba con cuerda, por lo que no era necesaria la electricidad. Alrededor de él se formó un corro. Los niños y los misioneros en primera fila y, tras ellos, algunas mujeres del pueblo y unos pocos hombres que se habían envalentonado a ver la novedad. Perfecto García y su mujer habían regresado a la casa, porque no había balconada en la pradera, y tenían lo suyo de la desgracia. Don Roque, en cambio, fue a la cabeza de la comitiva, como le correspondía al ser primera autoridad pública del pueblo. Hasta que los de la ciudad no se fueran en burro por donde habían venido, no tendría descanso ni en el día del Señor. Aunque a aquello los misioneros lo llamaban ocio.

El primer disco elegido fue de música clásica: «El amanecer» de la ópera *Peer Gynt* de Grieg. Tras unos cuantos acordes, hubo un murmullo. Tiene los músicos escondidos dentro, decían algunos niños y se reían, la orquesta que viene del pueblo grande en los bailes de los sábados.

Paciana le había dado permiso a Fabián para que acompañara a Cati, así ella podría confesarse a gusto. Pero cuando salió de la iglesia para dirigirse a su casa, todavía con el tacto de Agustín de Lozoya en la palma de la mano, la brisa le llevó la música de Grieg. Aquel era un sonido distinto al del murmullo de las hojas. Lo siguió hasta divisar el grupo en la pradera y se agazapó detrás de un roble. Sintió ganas de llorar, como cuando estaba a solas en el dedo de Dios, así que se acomodó con la espalda en el tronco, sentada sobre la hierba, y cerró los ojos.

A pocos metros, su hijo disfrutaba de la misma música junto a Cati, que dibujaba y tomaba notas en el cuaderno rojo a la vista de todos. Uno de los hombres de Perfecto García que rondaba también por allí, vigilando que Jeremías Salazar no se cayera esta vez de un roble, no le quitaba ojo.

Después de Grieg, les llegó el turno a las canciones populares, que fueron muy bien recibidas. Cuando sonó *Los cuatro muleros,* algunas mujeres de las últimas filas se pusieron en pie y dieron palmas. Varios hombres las siguieron.

De los cuatro muleros que van al campo
el de la mula torda moreno y alto.
De los cuatro muleros que van al agua
el de la mula torda me roba el alma.

De los cuatro muleros que van al río
el de la mula torda es mi marío.
A qué buscas la lumbre la calle arriba
si de tu cara sale la brasa viva...

Fue el momento más animado de la jornada, aunque hacía mucho calor y las canciones se secaban en las bocas. Cuando terminó, Fabián corrió hacia el maestro, que se había separado un poco del grupo para domar el estado de alegría y agitación que lo acompañaba desde que llegó la Misión que tanto había esperado. Se le abrazó a la cintura.

—No se quede ahí solo, maestro Valiente —le dijo.

Ramiro le revolvió el pelo trigueño y el niño regresó junto a Cati.

—¿Quieres mucho a tu maestro? —le pregunto ella, que había visto la escena.

—El primer día que fui a la escuela, otros niños se reían de mí y me decían murciélago, murciélago, negro y feo, te has quedao tonto de estar cabeza abajo, tú qué vas a aprender, ja, ja, ja, las letras al revés. No quise volver, pero madre me dijo arréglatelas como quieras, pero tienes que ir. A la tarde siguiente, casi le vuelo un ojo a uno de una pedrada por venirme con la chufla. Mira que tengo buena puntería porque me ha enseñado mi tío Jeremías. El maestro Valiente me regañó, pero a los pocos días nos hizo salir de la escuela, lo hace muchas veces, y nos llevó a todos al bosque, a una de las cuevas que hay cerca de la Peña de los Grajos. Nos hizo meternos hasta adentro, teníamos bien de miedo. Nos agarrábamos de la camisa unos a los otros, y él el primero. Cuando se detuvo, encendió muy poco una lámpara de aceite y nos hizo mirar al techo. ¿Y a que no sabes qué había allí?

—¿Murciélagos?

Fabián asintió con una sonrisa.

—Tres o cuatro durmiendo. Nos hizo mirarlos un minuto antes de salir pitando, porque se iban a despertar. Una vez fuera, nos sentamos en la hierba y nos lo contó todo sobre ellos: nos dijo que eran los únicos mamíferos que tenían alas, y que eran capaces de distinguir objetos en la oscuridad, hasta un pelo humano, y que hacen lo mismo que hacen las abejas con las flores, y por ellos existen muchas de las plantas que tenemos. Así que son unos animalitos extraordinarios, dijo. A partir de ese día, ni uno solo me vino más con el cuento, al contrario, alguno me preguntaba, oye, ¿y tú puedes ver en el bosque si no hay luna? Por eso me gusta el maestro Valiente, porque es valiente, y cuando murió mi padre fue de los pocos que vinieron al entierro en el lugar maldito donde nos conocimos.

—A mí también me gusta entonces. Mucho más que antes —respondió Cati.

Poco después, Cati se dirigió junto con sus compañeros hasta la escuela para hacerle entrega al maestro del gramófono y los discos, que quedaban desde ese momento bajo su custodia. La escuela, próxima al Ayuntamiento, era una casucha de muros encalados en blanco donde la luz entraba a través de unos ventanucos como pupilas de gato. El suelo era de barro y el techo de cálamo. Ramiro llevaba dos años al frente. Tenía veintidós alumnos, niñas y niños, que asistían con la regularidad que les permitía el trabajo en el campo. Con el verano llegaba la siega del cereal y la escuela se vaciaba. Húmeda en invierno y calurosa en verano, no daba facilidades a la tarea educadora del maestro Valiente, que había hecho cuanto estaba en su mano para luchar contra esa climatología adversa al saber. Pintaba las paredes todos los años para erradicar las manchas de moho, y había construido él mismo un murete de piedra delante de las más severas, y una chimenea para sobrellevar los meses más gélidos.

A Cati le sorprendió la librería que ocupaba la pared del fondo de la clase, donde el maestro había colocado el lote de más de cien libros, encuadernados en tapa dura, que habían llegado de Madrid, pocas semanas antes que la Misión, y que formarían la pequeña biblioteca del pueblo. Entre los títulos había obras de los hermanos Grimm, Julio Verne o Galdós para los adultos. Con los libros llegaron también unas tarjetitas para apuntar los préstamos de los libros, y papel para forrarlos.

En una habitación contigua al aula, Ramiro Valiente había dispuesto un armario recio para guardar el gramófono y la colección de discos, y tenía pensado organizar audiciones en la escuela los domingos en la tarde. Pero lo que más sorprendió a Cati fue la disposición de los pupitres formando un círculo, en vez de las filas tradicionales. Esperó a que todos sus compañeros salieran para acercarse a Ramiro, presentarse y preguntarle por ello:

—Es una forma de que no haya jerarquías y peleas entre los niños —respondió él—. No hay listos delante, tontos o traviesos detrás, como dicen ellos. Son todos iguales.

—No hubiera imaginado que ese era el motivo, creí que era debido a algún tipo de juego.

—Bueno, también. No sabe los problemas que tengo con esto, con los padres y con don Agustín. No entienden que intente enseñar con la conversación, los trabajos manuales y el juego, en vez de repetirles una y otra vez un conocimiento. Intento educarlos con la dosis justa de libertad y disciplina.

—Se nota que ama lo que hace.

—Creo en la educación como la esperanza de estos niños. Todo lo he aprendido de ese hombre excepcional que es don Manuel Bartolomé Cossío, usted sabrá bien, el presidente del Patronato de las Misiones y el gran pedagogo de la Institución Libre de Enseñanza.

Cati asintió y apretó el cuaderno rojo que sujetaba en una mano.

—Nadie como él ha luchado tanto por la importancia del maestro rural. Me transmitió que no podía existir dedicación más hermosa que esta. Que nuestra labor consistía en incitar a los alumnos a experimentar lo que los rodea, experimentar para sentir, y a partir de ahí desarrollar sus capacidades y adquirir conocimientos.

—Ojalá me hubieran educado así. Fabián y los niños de su escuela son afortunados. Coincido con usted en que don Manuel es un hombre extraordinario. Por él estoy aquí. De hecho, voy a quedarme una semana más en el pueblo, tras la marcha de mis compañeros, por un encargo que él me hizo. Se lo cuento, aunque es confidencial.

—Desde este momento en mí tiene un amigo, un colaborador, lo que necesite, y una tumba, por supuesto. Si lo desea, incluso puede alojarse en mi casa. Es modesta, pero limpia, y me sobra una habitación. Aunque se revolucionarán las malas lenguas, al ser yo soltero.

—Se lo agradezco mucho, pero voy a quedarme en casa de Paciana Salazar, con Fabián.

—Ese crío tiene una imaginación extraordinaria, lástima que le salpique esa deuda de sangre que se trae Perfecto García con su familia.

—¿Y no cree que podría facilitar si Paciana le pagara el dinero de la deuda?

—Va más allá del dinero, por desgracia. Aunque el pago al menos les daría un respiro. Aquí el odio se hereda como la tierra.

15

Ni en la romería de la Virgen del Temple, patrona y milagrosísima, que tornaba el cielo lluvia en las sequías si se la sacaba a pasear por el pueblo con honores de reina, se recordaba la plaza tan llena. Este no es de aquí, no, este es de la aldea de detrás del Cerro Alto, y esos que tanto alborotan y se han traído hasta quesos y hogazas se acercaron de la más vecina, la de detrás de los chopos negros, que la dicen. Nos han dejao el pueblo que no cabe una mosca. Los mozos echaban el ojo a las nuevas mozas y las mozas a ellos, aquello no iba a ser baile, no se sabía bien qué es lo que iba a ser, pero la noche acechaba detrás del campanario moro y traería al menos la oportunidad de apretarse los unos en las otras, se pensaba, o de irse luego para el que decían el Bosquecillo de los Enamorados, donde se forjaban placeres y matrimonios entre los fresnos.

Habían colgado una sábana blanca de una de las fachadas sin balconada, como si alguien se fuera a dormir en vilo, y a algunos jóvenes les daba la risa, y si se llegan a mear en ella y exponen a todos las vergüenzas u otra cosa peor, ja ja ja. El Rucio se abría paso a codazos con una carretilla donde vendía los cuartillos de vino después del éxito que había tenido la tarde pasada en la función de teatro, pero una vez que empezó el cine, se quedó quieto en el sitio que conquistó, porque aquel prodigio bien valía perder negocio, comentaría más tarde en la taberna, e incluso invitaría a una ronda con brindis como si no importaran los céntimos. No todos los días venía gente de la capital a llevarles la maravilla y compartirla con ellos. Hasta don Perfecto estaba en la plaza, en la balconada de honor, sin mezclarse con el resto por si les saltaba un piojo o una chinche, decía doña Viola, a quien el marido había convencido para ir al cine.

—No hay consuelo para un hijo desaparecido —murmuraba ella.

—Así entretienes la pena mientras tenemos noticias de los guardias —le decía él—. No entiendes que a estas gentes las manda el gobierno y hemos de estar a bien con ellos, al menos mientras estén donde están.

—Nadie debería entretenerse mientras mi hijo esté perdido o muerto. El hijo que es el tuyo también.

Enfrente de la sábana, al otro lado de la plaza, se había dispuesto una mesa con el proyector, detrás de él estaba Casona al mando. Era un aparato Kodak que, al igual que el gramófono, surgía de una maleta. Las mujeres que se habían apostado cerca lo contemplaban con los brazos en jarras y la cabeza inclinada en su pañuelo. Los hombres se quitaban la boina. Algunos niños extendían un dedo para tocarlo. Funcionaba con la luz del Ayuntamiento, el único edificio al que llegaba, junto con la iglesia y la casa de don Perfecto, que había financiado la instalación por capricho de la esposa y curiosidad suya. Ramiro Valiente se la había pedido para la escuela, pero no se le concedió porque las tareas de enseñar se hacen de día, le dijo don Perfecto, y así se había echado otra piedra a la enemistad que compartían, porque cada uno tendía a un lado distinto en materias políticas y de fe.

La tarde dio comienzo con Fernando, de traje con arrugas de sueño y ya tres cuartos de polvo caminero. Se había convertido en el héroe del pueblo. Lo veían como a un Panza auténtico, le decían: Quédate con nosotros, Sancho, y pon orden en el pueblo con esa vara, aunque sea de mentira es más justa que la de verdad. Fernando se aclaró la voz de tenor y leyó lo que tocaba: la Constitución.

—España es una República de trabajadores de todas clases.

Se levantó un murmullo. Alguna risa y ventosidad desconocida. Siseos.

—¡Vamos a ver, leñe! —El grito de don Roque llamando al silencio.

Fernando continuó con algunos artículos. Le habían nombrado gobernador del pueblo en la taberna del Rucio. Ese era el título, ¿verdad, usté? Que le traigan chorizos y morcillas, morcillas de las de sangre fresca y la cebolla a tajos. Y él, a cambio, les había enseñado a jugar a las siete y media. Hasta le habían cambiado el sombrero por una boina para hacerle suyo.

Después sonó el gramófono, que había salido del armario de la escuela solo para este cometido y que muchos ya conocían de la sesión de música a la salida de misa, y sonó una canción de la Argentinita: *Hacia Roma caminan dos peregrinos*, para ir entonando la tarde y esperar la primera oscuridad de la noche, propicia para el cine.

Como aún quedaba luz, Rosa recitó un fragmento de *El caballero de Olmedo*: que de noche le mataron al caballero, la cuna de Medina, la flor de Olmedo, y a Cati se le revolucionó la piel en el recuerdo de la madre. No bien aplaudieron, salió un chico flaco y, con una voz que nadie supo de dónde sacaba, se puso a recitar el *Romance de la loba parda.* De pronto se abrió una voz entre pañuelos y boinas:

—Yo me lo sé, pero de otra manera.

—Adelante —dijo Casona.

Salió el hombre de entre los suyos. Era viejo, muy viejo, encorvado en un bastón de palo, con el rostro en un surco, sonrisa sin dientes y los ojos que solo al recitar cobraron vida: *estaba en la mi majada, pintando la mi cayada...* Y así lo recitó entero. Muchas de las bocas le seguían en murmullo, en vilo, o bien por si se le olvidaba un verso decírselo, o bien porque la memoria se les estaba abriendo con el declamar del viejo. Se le aplaudió con ganas. Hubo lágrimas limpiadas con la mano, sonrisas de las que se mascan. El viejo volvió a su sitio.

Llegó por fin el momento esperado de ver para qué servía aquella sábana. El proyector emitió un rasgueo de violín al ponerse en marcha y se hizo el silencio. La noche caía con lentitud y era también calurosa. Se proyectó primero un documental corto sobre la pesca del atún. Con los primeros fotogramas, cuantos estaban en la plaza contuvieron la respiración, se les agrandaron los ojos, luego el murmullo, el alarido de algunos cuando un barco pesquero navegaba una tormenta y el océano parecía derramarse en los adoquines. La multitud retrocedió, los más valientes se salieron del tumulto y levantaron el pico de la sábana para ver si había algo detrás. Pero solo estaba la magia en la fachada.

—Todos a su sitio, no es más que una modernidad, leñe. —De nuevo don Roque, con la voz que le temblaba porque era la primera vez que se enfrentaba al cine y había que guardar las formas.

Entró el mar con toda su bravura en aquella tierra de interior. Paciana Salazar pensó que si alguna vez volvía a nacer, le gustaría que fuera en el lugar donde ese río inmenso se enfurecía y los peces eran gigantes. Quiso saber cómo olería y cuál sería su sabor, si sabría como el río a lodo y verdín con el olor a moscas. Contuvo el aliento cuando alzaron un atún boqueando, lo colgaron de un palo y quedó balanceándose en su propia muerte. Se sentía el atún y le entró primero una rabia en las entrañas y después unas lágrimas, y apretó la cabeza de su hijo contra sí. Qué era aquella culebra que le recorría el vientre.

—Madre, que no me deja ver —se quejó Fabián—. No es más que el mar del que nos habla el maestro Valiente, no le tenga miedo, madre, que está lejos.

—Pero ahora está aquí —dijo Paciana limpiándose una mejilla—. Mañana Dios dirá.

Tras el documental proyectaron una película de Charlot. La plaza se mantuvo de nuevo en silencio mientras cambiaban el rollo en el proyector.

—*Luces de la ciudad* —anunció Cati con un megáfono. Era la encargada de leer los carteles, al ser una película muda.

—Es su voz, madre —habló el Murciélago.

Del mar, la plaza viajó hasta una ciudad norteamericana. Oooh, los edificios altos, rectangulares, los coches en unas calles sin lodo. Hombres y mujeres vestidos con ropas finas y prisas por las calles de asfalto.

—«A los habitantes de esta ciudad dedicamos este monumento de paz y prosperidad» —continuó Cati.

Una mujer elegante destapó una escultura. Charlot dormía sobre las rodillas de una estatua. Aquel hombre, su atuendo de levita, bastón y sombrero de hongo, los llevó de la estupefacción a la risa.

—Mire esos ojos —le decía Ramiro Valiente a Casona—, y esas bocas.

Los ojos de los adultos en nada se distinguían de los de los niños que se habían agrupado en las primeras filas para disfrutar el cine más de cerca. Solo los que colgaban de los pechos de las madres y los que apenas se despegaban de sus carnes quedaron más atrás. No estaba preparado el pueblo para la historia de amor entre un vagabundo y una florista ciega, que era la trama principal de la película. Para ver a aquel hombre pobre ir a la cárcel por ella, a causa del egoísmo de un millonario borracho. Pero el hombre pobre conseguía que operaran a la florista ciega y le devolvieran la vista. Se indignaron, lloraron, rieron, y así fue cayendo la noche y fueron pocos los que se dieron cuenta de que una brisa bajaba de la montaña para regocijo de las pasadas noches ardientes.

16

Era la una de la madrugada cuando Ramiro Valiente, el maestrito enjuto, oyó un ruido en el cristal de la ventana de su dormitorio. Alguien llamaba. No tuvo dudas. Vivía solo y en el pueblo se le tenía por un soltero impenitente, si no por otra cosa. Ocupaba la casa contigua a la escuela, en una de las calles que partían de la plaza. Era de una planta, con los muros blancos, tejas rojas y un portalón de monasterio que era lo único que le quedaba de nobleza, además de una aldaba con pezuña de león.

Aunque estaba en la cama, no había logrado dormirse. La casa tenía un patio en la parte de atrás, de piedras y musgo, y un gallinero donde Ramiro se pasaba las tardes que no había escuela limpiando mierda de ave y leyendo libros en una butaca desde la que se divisaban las cumbres del macizo de la Mujer Muerta, cuyos pechos estaban nevados hasta la primavera. El cloqueo de las gallinas alborotadas también le alertó de que no estaba solo. La ventana del dormitorio daba al patio. Descorrió la cortina y dio un respingo. Le reconoció al instante.

—Lo anda buscando media comarca —dijo mientras abría la ventana.

Antes de que pudiera decirle algo más, entró en su dormitorio de un salto. A Ramiro Valiente se le encharcó el pecho. La oscuridad de la estancia se veía atravesada por un rayo de luna. Solo le había visto de lejos, pero le tenía simpatía. Le consideraba, como a él, una causa perdida, debido al rechazo del padre desde la infancia, que les había marcado su carácter solitario y un tanto indómito. A ninguno de los dos los habían querido, y ese motivo ya era suficiente para que Ramiro sintiera también lástima, como la sentía por sí mismo en noches como aquella cuando lo atacaba el insomnio, aunque fuera a causa de la felicidad. No le recordaba tan alto, o quizá fuera que su estatura se veía reforzada por su sombra, que le salía en oblicuo de sus pies y repetía su presencia en el dormitorio de manera rotunda. Se quedaron quietos, uno frente a otro durante unos segundos, sin más conversación que la de sus respiraciones flotando en la noche, hasta que el maestro decidió sacarlo del dormitorio antes de que el corazón se le escapara de la boca.

—Venga conmigo —le dijo mientras encendía una vela y lo conducía a la cocina, tras asegurarse de que las contraventanas estaban bien cerradas y nadie podía verlos desde la calle.

Si lo encuentran los hombres de Perfecto, le linchan, pensó. En este pueblo, como en los otros, aún prima la barbarie de tomarse la justicia por su mano. Se le pasó por la cabeza preguntarle qué le había hecho a ese muchacho orgulloso que era Andrés García, porque Ramiro llevaba lo suficiente en el pueblo como para conocer los rencores y las venganzas que aún estaban vivos por mucho que hubieran pasado los siglos. Pero calló. Y se dio la vuelta con la palmatoria en una mano para enfrentarse de nuevo a la figura de Jeremías Salazar, que venía con olor a monte y los ojos tristes.

—Me tiene en ascuas. ¿Por qué me busca en mitad de

la noche? —Se le fue la vista al muñón, sin querer, y comprobó que lo llevaba tapado con un trapo.

—Porque me vi en otro —respondió este.

—Al final va a resultar que es usted un poeta.

—¿Y eso qué es?

—Alguien que ve el mundo de manera distinta. Y suele verlo más bello o más trágico.

Jeremías sonrió sin entender y el maestro le invitó a sentarse frente a la mesa recia que estaba junto a la chimenea, pero él rehusó.

—De pie estoy mejor —le dijo—. Por si he de salir corriendo.

—Es usted como una liebre.

—Ellas corren más fino.

—¿Y en quién se vio usted?

—En el hombre de la sábana que lleva la ropa rota. ¿Vio cómo esos niños se reían de él delante de la mujer que él quiere? ¿Vio cómo ella, cuando recupera la vista, le reconoce al cogerle la mano? Yo nunca antes me había sentido un pobre, ¿sabe usté? Pienso en las flores, en los robles, en los estorninos cuando anidan en lo alto de los fresnos. Esas cosas me gustan y me hacen bien. Pero mire mi ropa. ¿Entiende usté?

—Perfectamente. Pero si vino solo por eso, creo que no es el lugar correcto —le dijo Ramiro.

—Vengo a que me enseñe a leer y a escribir. Pero a la escuela no puedo ir.

Ramiro Valiente, que no creía en dios alguno, dio las gracias a una providencia desconocida. No imaginaba alumno mejor para ejercitar el reto de la enseñanza, que era su única puerta al paraíso.

—¿Es diestro? —le preguntó.

—¿Qué es eso?

—Si tiene la fuerza en la mano derecha, la buena de usted, para entendernos, ¿o le costó aprender a utilizarla?

—Tengo más fuerza en el muñón.

—Es un escollo más, con voluntad lo salvaremos.

El reto se agranda, pensó Ramiro. Pero de pronto, sospechó.

—¿Hay una mujer detrás de esto?

—Delicada como la ciega.

—¿Se ha enamorado de una de ellos?

Jeremías asintió y pensó en Cati. Había visto su mundo en la sábana. Las mujeres que vestían como ella y llevaban los cabellos cortos con ondas. La florista ciega de la película tan bella, tan suave, tan Cati, que espera que su enamorado y benefactor sea un hombre elegante, digno de su amor. Jeremías Salazar se tocó el cuello de la camisa, raído y deshilachado, los botones que le faltaban, el chaleco con agujeros de campo, la faja arrebolada de moho, los pantalones rotos, las alpargatas con mierda seca.

—Ahora voy a ir a verla y míreme usté. —Se señaló las ropas—. Yo a poco temo, pero ahora me entró miedo.

—Quizá algo podamos hacer. Aunque yo no le cambiaría nada.

Ramiro Valiente encendió una lámpara de aceite y luego el fogón. Calentó un balde de agua, sacó la navaja con la que se afeitaba los cuatro pelos rubios dispersos por la quijada y la afiló en una piedra.

—Estese muy quieto —dijo, pero se le trabó la voz.

Cuando se acercaba al rostro de Jeremías con la navaja, él le agarró con fuerza de la muñeca y le detuvo.

—Me fío de usté, por su bien.

Valiente tragó saliva y asintió. Miró la mano de Jeremías para que le soltara y comenzó a rasurarle despacio, bajo el resplandor de aceite, las patillas de lobo, las mejillas salvajes, el bigote mal cortado. Le hizo subir la cabeza y le rasuró también el cuello, mientras se dejaba llevar por el rasgueo del cuchillo sobre la barba dura. Cuando terminó, le puso una toalla caliente y desapareció en el dormitorio. Volvió al poco para quitársela y entregarle un espejo.

—¿Qué le parece? —le preguntó.

Jeremías no recordaba la última vez que se había mirado en uno y se observó detenidamente tratando de reconocerse.

—Este soy yo —dijo con una sonrisa.

—Ese es usted. Un hombre apuesto.

—¿Apuesto?

—Bien parecido, quiero decir. —Ramiro tragó de nuevo saliva—. De buen ver, vamos... Puede estar tranquilo, a ella le gustará.

—¿Está seguro?

—Yo diría que sí, pero a veces con las mujeres no se sabe...

—¿Qué quiere decir?

—Pruébese esta camisa.

Ramiro le tendió una blanca, de cuello duro. Se la habían regalado en su primera escuela, antes de conocer sus medidas de niño, y nunca pudo ponérsela porque era por lo menos tres tallas más que la suya.

—Pruébesela —le animó—. Verá que le va a dar otro aire.

Jeremías comenzó a desanudarse la faja, Ramiro le dejó solo.

—¿Está ya listo? —preguntó al cabo de un rato.

Regresó a la cocina y la halló vacía. La ventana estaba abierta y entraba la noche con su brisa. Sobre la mesa había una piedra con destellos plata. Ramiro entendió que esa era la manera de aquel hombre de darle las gracias. Sacó una frasca de vino de una hornacina y se sirvió un trago.

17

¿Dónde estás, Jeremías Salazar? ¿Dónde estás? Cati fumaba un cigarrillo. Te espero desde que se acostaron todos, desde que la casa se quedó a merced de los sonidos del bosque. Aparecerás detrás de mí, me tocarás el pelo o, al mirar en dirección a la puerta, descubriré tu silueta a contraluz.

Cati dio otra larga calada y lo apagó. Cogió la pluma, abrió el cuaderno rojo y comenzó a escribir.

Desde la única ventana de la cocina, Jeremías la observaba. Anhelaba leer sus palabras, ser el cigarrillo de su boca, el humo que llevaba el impulso de su aliento. Ululó como el Gran Duque. Ululó en la ventana y a lo largo del perímetro de la casa. La envolvió, la atrajo hacia sí. Cati se echó por encima una manta de cuadros áspera que le había dado Paciana, pues la noche se había puesto fresca. Salió de la casa. Esta vez había cambiado las zapatillas de pompones por las alpargatas de misa y llevaba un vestido, el más cómodo de la maleta, en vez del camisón. Si los arbustos se me clavan en las piernas, me las cubriré con la manta, pero quiero seguirle de cerca. Quizá pueda ponerme unos pantalones suyos. Eso pensaba Cati, mientras él la espiaba entre las sombras de los robles. Había arrancado un par de margaritas y se las había puesto en un ojal de la camisa, no tenía chaqueta como el hombre de la película.

Según se aproximaba a él, percibía un aroma a jabón. Por un instante, temió que no fuera Jeremías Salazar quien se ocultaba en la sombra. Pero él salió a la luz que despedía el cielo estrellado antes de que ella dudara más y regresase a la casa. Cati se le quedó mirando. Algo en su aspecto le resultaba ajeno. Se le acercó. Le tocó las flores del ojal, acarició los pétalos de las margaritas. Luego se puso de puntillas. Se tomó su tiempo en olerle la barba rasurada, con una mano apoyada en su hombro, en acariciarle la suavidad que le había quedado en las patillas. Le rozó con la punta de la nariz en el lóbulo de la oreja y después le olisqueó detrás de este.

—Te encontré —susurró. Era el olor que descubrió en la habitación de la posada.

Jeremías Salazar creyó morirse por aquel olfatear de cierva. Se le había metido dentro la respiración de Cati, al tiempo que él perdía el dominio de la suya. La asió por la cintura, la levantó en el aire hasta ponerla a la altura de sus ojos. Se miraron tan de cerca que los de ambos se convirtieron en uno y fue la primera risa que compartieron. Jeremías la soltó, pero la tomó de la mano y se internaron en el bosque. A su paso, se oían los cascos de los venados, huyendo de ellos sobre la hierba blanda.

Pronto llegaron al claro. Corría la brisa y en el cielo se divisaba la Vía Láctea.

—Tengo ganas de bailar —le dijo Cati.

Dejó caer la manta al suelo, le cogió de la mano derecha, pero él escondió el muñón en la espalda.

—Está bien —dijo ella.

Se conformó con una, y bailó el foxtrot mientras él la contemplaba, limitándose a dejar que su brazo se moviera al ritmo que ella marcaba. Por un instante, Cati vio en la noche los ojos verdes de Edmundo. Le soltó.

—Yo te enseñaré a bailar —le dijo sin mirarle— y tú me enseñarás todo sobre el monte.

Jeremías Salazar volvió a tomarla de la mano y la guio montaña arriba. La hizo atravesar el mar de jaras que le dejaban resina en las piernas y en la manta, ascender por las rocas de granito que parecían conchas de tortugas gigantes, atravesar el río negro por el puente desvencijado a causa de las últimas lluvias, hasta llegar a la falda de la Mujer Muerta, donde las cuevas se abrían como rasguños. Desde allí el pueblo era una sombra que se acomodaba entre las montañas, incluso la brisa había cedido al silencio que lo impregnaba todo.

—Cuando regrese a Madrid, el cielo me parecerá un cielo de juguete. Es tan bonito aquí —dijo mientras lo contemplaba.

—¿No es allí el mismo?

—Pero se hace pequeño y se apaga. No te gustaría.

—Cuando aún era niño, mi hermana me trajo a dormir a una cueva porque mi padre no quería verme. Para que no tuviera miedo, me contó lo que le había dicho Agustín, el cura: que Dios se dormía cuando se iba el sol, pero nos dejaba ver sus sueños, que eran las estrellas. Aunque yo creo que solo son estrellas, como el viento es viento y el río, río. Y así me gusta. —Sonrió.

Desde los picos que se alzaban a su alrededor, las águilas emprendían el vuelo y planeaban en las corrientes del valle, alertas ante una posible presa. Cati miró de nuevo a Jeremías Salazar. El rasurado de la barba había dejado al descubierto un lunar abultado sobre el labio y otro cerca de la aleta de la nariz que lo hacían aún más atractivo. Tenía los ojos oscuros y grandes en la noche. Estaban sentados en la manta que Jeremías había colocado sobre un risco. Permanecieron un rato en silencio hasta que él sacó una cuerda del bolsillo de su pantalón y se lo subió hasta mitad de la pantorrilla. Luego aproximó su tobillo al de Cati y ató ambos con un nudo de lazo.

—¿Qué haces? —le preguntó ella.

—Cuando una oveja se nos muere y deja un cordero huérfano, atamos una pata del cordero a la de otra oveja que tenga leche.

—¿Y para qué hacéis eso?

La cuerda le raspaba la piel.

—Los tenemos atados hasta que se acostumbren el uno al otro. Cuando los soltamos, la oveja le deja al cordero que mame y ya no hay quien los separe jamás.

Hubo un silencio.

—No quiero que te vayas mañana con los tuyos, a tu ciudad con sus coches y sus estatuas.

—¿Asististe a la sesión de cine?

—Sí, y te escuché hablar por aquello que hacía tu voz grande, pero que me la acercaba también.

—¿Estabas subido a un árbol?

—En un tejado esta vez, quizá por eso no me viste.

—No necesitas atarme para que me quede. ¿No te contó tu hermana? Voy a estar una semana más en su casa. Así podré escribir, pintar y ayudarlos mañana con la siega.

—¿Vendrás al campo?

—Me gustaría que me enseñaras a segar. Quiero aprenderlo todo. Aquí me siento distinta —dijo mirando en derredor de ella—. En paz por primera vez desde que murió mi madre.

Jeremías la tomó de la mano y le besó el dorso con suavidad.

—En este bosque que rodea el cerro hay vida de lobos y garduñas.

—¿Qué es una garduña, Jeremías?

—Es del tamaño de un gato, y con una mancha blanca en el pecho. Te voy a llevar a que las veas con las patas romper las colmenas para comerse la miel. Y te enseñaré los nidos de los estorninos y donde se reúnen los cuervos.

—¿Y qué hacen reunidos?

—Hablan.

Cati rio.

Permanecieron con los tobillos atados hasta que la luna se escondió por detrás de las cumbres. Luego él deshizo el nudo y la ayudó a levantarse. Cogió una de sus manos, le puso la cuerda en la palma y dobló sobre ella sus dedos.

18

Cati estaba dormida cuando Fabián entró en la habitación y la despertó haciéndole cosquillas en un brazo.

—Suave, suave —dijo el niño.

Y cuando ella abrió los ojos:

—Es la hora.

—Pero si aún está oscuro... —Cati se dio la vuelta y se tapó la cabeza con la sábana.

Fabián sonrió.

—Madre dice que más que de sol a sol, en la siega se trabaja de estrella a estrella.

El niño había dejado la puerta abierta y Paciana golpeó con los nudillos.

—Señorita, no haga caso a este mocoso y quédese durmiendo.

—Quiero acompañarlos —respondió Cati incorporándose.

—Si es así, me permití traerle algo de ropa de faena para que no se le estropee la suya, sería una pena. Ya verá que se levanta mucho polvo y sus vestidos iban a sufrir.

Paciana entró en la habitación y encendió la lámpara de aceite de la mesilla mientras Cati se levantaba. Desplegó sobre la cama una saya marrón y una camisa de tela dura en color crema.

—Son perfectas —sonrió ella.

—Quizá le queden un poco grandes, pero puede atarse la falda con esta cincha del jaco. —Paciana la dejó junto a las ropas, y se marchó con Fabián a la cocina para preparar el desayuno y las viandas del día de trabajo.

Aún se oyen los grillos de la noche, pensó Cati desperezándose. Una vez que se hubo vestido, se sintió disfrazada como si fuera a asistir a una de las fiestas de su amiga Luisa. El recuerdo la entristeció. Se calzó de nuevo las alpargatas y bajó a la cocina.

Había sobre la mesa tazones de leche de cabra aguada, unas rebanadas de pan tierno y un queso, que Paciana había conseguido que le fiara la vecina con la promesa de pagárselo con lo que obtuvieran con la venta del trigo después de la siega. Cuando Fabián vio aparecer a Cati con las ropas de su madre, se levantó de la mesa y dio una vuelta alrededor de ella aplaudiendo. El cuello de Cati sobresalía esbelto de la camisa. Llevaba desabrochados los primeros tres botones y se le veían los huesos de la clavícula, largos y extranjeros, como solía decirle el doctor Honorio Guzmán.

—Ahora sí que eres una de los nuestros. Te queda mejor que a madre —dijo Fabián.

—Tu madre es una mujer muy hermosa.

—No parece una de los nuestros, como dice el niño, para su bien.

Paciana sorbió del tazón de leche. Se había quitado el luto para faenar en el campo, el trabajo lo perdonaba todo.

—Siéntese a desayunar, y tú también, Fabián.

Cati se colocó entre el niño y la madre.

—Soy yo el que le va a enseñar a segar —decía Fabián mientras masticaba.

Y Paciana asentía.

—Yo sé segar como un hombre grande, Cati. Siego junto a mi tío, bueno, y junto a madre.

—Come o no tendrás fuerzas para nada —le decía Paciana—, y trata a la señorita de señorita, que es nuestra huésped esta semana.

—A ella le gusta que la llame Cati, ¿verdad, Cati? —Fabián se metió un pedazo grande de queso en la boca, porque aquel manjar no se cataba en la casa desde que el padre arrojó su vida por la Quebrada de la Culebra.

—Te atragantarás —le dijo la madre, que veía como el queso volaba y lo que le costaría pagarlo.

—Me gustaría que me llamarais Cati los dos. Ya os lo dije la otra noche. O si os gusta más: Catalina.

—¡Catalina no! —gritó Fabián.

—Este chico...

Cati rio.

—¿Me dará un cigarrillo cuando terminemos de segar? —le preguntó Paciana.

—Y dos, los fumaremos juntas con un buen trago de ese vino que tan bien guarda en la hornacina.

Fabián terminó de desayunar antes que ellas, porque se lo había comido en dos bocados.

—Vete a sacar al macho de la cuadra y lo preparas con todo —le ordenó la madre.

El niño obedeció y Cati aprovechó su ausencia para hablar con Paciana. La noche anterior se había despedido de Rosa y le había entregado la carta para el doctor Honorio Guzmán solicitándole el dinero. Confiaba en que su amiga de la infancia encontraría el modo de hacérselo llegar a tiempo para saldar la deuda de la familia con aquel hombre tan desagradable. Solo faltaba comunicárselo a Paciana. La ayudó a recoger los cacharros del desayuno que apilaban en un barreño, porque no había agua corriente en la casa, había que traerla de la fuente del pueblo todas las mañanas, y aquella era otra fatiga que las esperaba. En la cocina se respiraba el aliento cálido de los leños del fogón convertidos ya en rescoldos.

—Paciana, ¿recuerda que la otra noche me contó su enemistad con la familia García y la deuda que contrajo con ellos su marido?

—Con tanta fiesta que trajeron ustedes entretuve la preocupación, pero este jueves mismo tengo que pagar, y aunque consiga vender la cosecha a buen precio, vamos a perderlo todo, hasta las pocas ovejas que tiene mi hermano en el monte. Claro que nunca hemos tenido nada, solo lo siento por el chico, porque él se queda sin lo que era de su padre, aunque fue él quien lo puso en riesgo. A mí me gustaría tener el dinero para tirárselo a la cara a ese mal hombre, como lo fueron todos los que llevan su sangre y su apellido.

—Yo le voy a dejar ese dinero, Paciana. Una buena amiga que parte hoy a Madrid con el resto de los misioneros me lo hará llegar a tiempo. Así que deje esa preocupación. Hoy la veo con ojeras y ceño fruncido, a no ser que sea también por el madrugón.

—Las pesadillas me han comido esta noche. He visto a mi padre, y a Lautaro Salazar sin sus dedos, los dos riéndose de mi suerte.

—Pero su suerte ha cambiado.

—Y dice que va a dejarme el dinero.

—Y cuando pueda me lo devuelve. Y si no puede nunca, pues ya está. Nunca está bien.

Paciana se sentó de nuevo a la mesa y apoyó la frente en una mano. Mira que le sobra bien a esta, pensaba. Y nunca, dice. Cómo es posible.

—¿Y qué quiere a cambio? ¿Tendría que pagarle intereses?

—Interés ninguno. Tres mil pesetas, me dijo que era la deuda, y esa cantidad sería. Y no quiero nada más que su hospitalidad y compañía esta semana. Con eso me basta. Ya me cuida bastante. —Señaló las ropas y los restos del desayuno.

—¿Cómo voy a llamarla Cati, si quiere dejarme dinero?

—Por eso, porque los amigos se dejan dinero cuando uno de ellos está en apuros. Y a mí me gustaría mucho que fuéramos amigas. Un poco creo que ya lo somos.

—Pero yo no podré nunca dejarle dinero a usted.

—Ya me ha dejado su ropa y me lleva a segar.

—A una buena paliza la llevo, a que se descarne los dedos y eche el resuello bajo el sol. Mire que son raros en la ciudad.

Nunca la había ayudado nadie. Lo que había conseguido lo había sudado con las manos y la frente, o con el cuerpo entero cuando se casó con el Eustaquio y tuvo que darle todo, menos lo que llevaba dentro y bien dentro, claro, que eso solo se comía en misa.

—No hay nada que pensar. Yo se lo dejo y usted paga su deuda. Le da en las narices a ese hombre y se queda con la casa.

—Por esta semana lo que me iba a dar ya no me lo da.

—También.

Mira que le sobra, y es de los generosos porque no lo habrá ganado ella, digo yo. Y si me puedo quedar también con los zapatos verdes, qué cosas piensas, Paciana. Nunca te vi así, deseando lo que no es tuyo, aunque nunca tuviste. Te pareces a padre.

—¡Madre, Cati! ¡El macho está listo para irnos!

Fabián se desgañitaba desde la parte de atrás de la casa.

La siega me pondrá la cabeza en su sitio, se decía Paciana mientras disponía en la mesa todo cuanto había que cargar en el carro viejo del que tiraba el macho: un botijo con el agua bien fresca, las sobras de la hogaza y del queso, una morcilla y un chorizo, los últimos de la matanza. Luego le entregó a Cati un sombrero de paja y le anudó un pañuelo a la cabeza como lo llevaba ella.

—Si no, se la va a comer el sol, ¿me comprende? El fresco de la noche ya se está yendo. Hace un rato una nube amenazaba con un matapolvos.

Cati frunció el ceño.

—Una lluvia que apenas moja, pero basta para arruinarnos la siega. El campo tiene que ser un chicharrero, la mies cuanto más seca mejor se deja segar.

Paciana había puesto un hacha con el filo hacia arriba, apoyada en un tocón de roble, para que cortara la nube en dos, y así lo había hecho. El cielo aparecía diáfano.

Cati salió de la casa con la ilusión de que quizá se encontraría con Jeremías, pero a cambio se encontró con el macho. Lo había oído rezongar en la cuadra, cocear en la paja y golpear las tablas cuando olía la sopa de pimentón de Paciana. Era un jaco parduzco, con peladuras que parecían tiña, los ojos salientes y el hocico rocoso por el que le asomaban, al relinchar, unos dientes cuadrados y amarillos. Más alto que un burro y más bajo que un caballo. De la falta de nobleza de su porte se deducía su linaje híbrido, con los flancos traseros hechos huesos y los delanteros torcidos.

—No le tengas miedo, Cati —le dijo Fabián mientras le tomaba una mano para que se la pasara entre las orejas del animal—. Esta es la parte más suave.

Cargaron en la ruina de carro los víveres. Ya estaban allí los aperos de la siega.

Fabián iba sentado a horcajadas en el macho, que no necesitaba riendas porque se sabía los caminos de tanto hollarlos y andaba suelto por ellos sin peligro de pérdida. Cati y Paciana iban sentadas sobre la tabla del carro. En el horizonte se veía el filo del amanecer. Los grillos dejaban paso al despertar de los pájaros y de la tierra fluía el frescor del rocío.

19

Los campos de cultivo se extendían a pocas leguas del pueblo. Se daba el tranquillón o morcajo, que era una mezcla de trigo y centeno para abaratar el pan, el trigo puro, la cebada, las patatas y las judías. Camino de ellos se pasaba por dos molinos harineros. Mira ese hecho una ruina por el mal fario, le explicaba Paciana a Cati, que murieron los dos molineros, hermanos, a cuchillo en el camino a la ciudad, y nunca se supo por qué ni quién fue; el otro en funcionamiento, mira allí, al pie del río truchero, es del Ambrosio, avaro pero bueno, que te fía la harina si le das conversación sobre los chismes del pueblo. El carro traqueteaba por los caminos pedregosos y secos a causa de los rigores del verano. Pero a ambos lados se abrían como dos mantos los prados de heno y más allá se divisaban las mareas de espigas.

El campo de Eustaquio Ariza era una partija de tierra pequeña pero fértil. Los Ariza, al igual que los Salazar desde que cayeron en desgracia, eran de los que labraban y segaban por propia mano, sin jornaleros.

Cuando el macho se detuvo, sin que Fabián le hiciera una sola indicación, el niño saltó al suelo y ayudó a Cati a bajarse del carro. Su madre enarcó las cejas. De dónde le habrán salido ahora los modales con esta, pensaba, ha pasado de murciélago a señorito.

Cati se quedó mirando el campo con los brazos en jarras y se metió entre la melena de cereal que le llegaba a la cintura y se iba tiñendo de lila por la alborada.

—Es maravilloso —dijo.

Paciana le indicó que se saliera de allí, que primero tenían que dejar los víveres en el chamizo que se veía junto al camino, y que no eran más que cuatro palos y un tejado de retama, pero suficiente para resguardarlos del sol en los descansos y echar un trago fresco. Bajaron también las herramientas de la siega.

—Las espigas están bien preñadas —dijo Paciana mientras desgranaba una entre los dedos—. No todo va a ser la mala suerte este año. ¿Por qué no se queda en el chamizo y se encarga de la comida?

—Quiero aprender.

Paciana se encogió de hombros.

—Es de cabeza dura, por lo que veo.

—Yo le enseño, madre —dijo Fabián cogiendo una hoz que le venía grande.

—No hay tiempo, que con tanta fineza que te traes ahora, nos sale el sol y nos coge sin haber hecho nada. Ya te verá ella lo bien que lo haces para lo pequeño que eres y las manos de azúcar que tienes. Tú pon el macho a la sombra para que el calor no acabe con lo que queda de él, y dale un poco de agua, pero poca.

El Murciélago torció el morro y dio una patada a una piedra.

—Verá usted, deme la mano izquierda, traiga acá.

Cati se la dio. Paciana le encajó una pieza de madera triangular, a modo de guante, que le dejaba al aire dos dedos.

—Esto se llama zoqueta y es para que no se rebane los dedos con la hoz, que no tenemos tiempo para sangres. Con una mano sujeta el cereal por arriba, sin mocharle la espiga, con la otra corta el tallo con la hoz, así como me ve a mí. —Lo hizo ella: agarró un manojo, cortó de un tajo de hoz—. ¿Lo entiende usted, Cati?

Ella asintió, pero se le fue la vista al campo, no dejaba de esperarle desde que se despertaba. De pronto se quitó la zoqueta y salió corriendo, cereal adentro. Su carrera emitía un rasgueo al abrirse paso en el trigal, parecía ella misma el viento. Y adónde va, que se asustó sin empezar siquiera, pensó Paciana, pero antes de seguir con otros pensamientos, miró a lo lejos y se dio cuenta de que el cimbrear de las espigas era porque la figura de su hermano surgía a lo lejos. Zigzagueaba entre el amanecer, mientras se acercaba a Cati, que corría a su encuentro. Paciana no les quitaba la vista de encima. Fue ella la que puso entonces los brazos en jarras, y dio un trago del botijo porque se le estaba secando la garganta y sudando la mano. El Murciélago echó a correr detrás de Cati. Se lo tragó el cereal en un instante. Paciana lo llamó, escupió en la tierra, maldijo.

A Jeremías Salazar las espigas le llegaban más arriba del muslo; daba pasos largos, avanzaba aprisa. ¿Es ella?, se preguntaba. Cuando la tuvo frente a él, la vio con la saya, la blusa y el pañuelo, la tomó de la mano y sonrió. No pareces tú, le dijo. Cati le iba a abrazar cuando apareció el Murciélago: Tío, tío, te buscan por todos lados, hasta los guardias, dice madre. Jeremías le revolvió el cabello y le besó en lo alto de la cabeza. ¿Por qué los guardias?, preguntó Cati. Pero Jeremías respondió: Yo abro el camino para que no os lastiméis, que algunos tallos parecen látigos. Se subió el niño a los hombros, echó a andar, Cati le siguió.

—Canta la canción que cantaste en la plaza, Cati —le pidió Fabián.

—¿El romance del *Conde Olinos*?

—Esa, esa.

—... *de las altas torres de palacio, la reina le oyó cantar, mira, hija, cómo canta la sirena de la mar. No es la sirenita, madre, es la voz del conde Olinos, que por mis amores va. Si es la voz del conde Olinos yo le mandaré matar, pues para casar contigo le falta sangre real... La princesita como es niña no cesaba de llorar, él murió a la medianoche y ella a los gallos cantar. Él murió a la medianoche y ella a los gallos cantar...*

Jeremías se giró para mirarla. El amanecer se diluía en el cielo. Al llegar al chamizo, Paciana habló con los brazos en jarras:

—Parece que hoy tenemos fiesta antes de empezar.

Los ojos de acero que vio su hermano presagiaban tormenta. Jeremías se le acercó y le besó en lo alto del pañuelo.

—Aquí no deberías estar. Mucho arriesgas y todo se sabe tarde o temprano.

—Aquí me quedo.

—Ya veo —dijo Paciana, y miró de reojo a Cati y luego a él, y torció la boca al tiempo que chasqueaba la lengua.

—Confías demasiado en que desapareces cuando quieres.

—Me enseñaste bien con padre.

Escóndete para que no te mate, le ordenaba Paciana a su hermano cuando Justino Salazar llegaba a casa.

El sol había roto ya el cascarón del horizonte.

—Mal vamos —dijo Paciana—, es hora de trabajar.

Jeremías sacó un par de paños recién lavados en el río. Con ellos cubrió la palma y el dorso de las manos de Cati, dejándole los dedos al aire. Paciana no les perdía ojo.

—Nosotros cortamos, usted va detrás recogiendo y atando el cereal en gavillas.

—Me gustaría segar.

—Te puedes llevar una mano, si no manejas bien la hoz —habló Jeremías.

—Primero aprenda mirando —le ordenó Paciana—. Además, el sol está alto y nos retrasaría.

—Yo te enseño después —le dijo Jeremías.

—Dije que le enseñaría yo —protestó Fabián.

—Nos comen los muertos como sigamos así —resopló Paciana.

Se puso el niño la zoqueta a su medida, luego Paciana, y le enseñaron a Cati que se segaba avanzando en línea. Todos juntos, tres cortan, uno recoge. Paciana le mostró a Cati cómo se hacían las gavillas, que eran haces pequeños, y le dio las cuerdas y los trapos para que las fuera atando. Haga algo más que retrasar, le dijo entre dientes.

Y así hicieron. La mañana comenzó a despuntar. Jeremías iba al lado de Cati, con el brazo del muñón enganchaba los tallos, con la única mano manejaba la hoz que cortaba sin tregua. Recoge mejor así la paja, júntala, átala de esta manera, le decía Jeremías, y le rozaba los dedos, y le sonreía olvidándose de que la hermana y el sobrino lo esperaban para que la fila de segadores no se rompiera. Paciana vio que todo eran miradas el uno al otro y el otro al uno, y sonrisas que decían que no era aquella la primera vez que se habían visto, y de tanto mirarlos no sujetó bien la hoz y se metió un tajo en una mano que se le puso a sangrar y quedó rojo el trigo.

Se detuvo la fila, Jeremías fue y le chupó la sangre que le derramaba la mano. Ha sido poco, dijo él, pero Paciana no decía palabra, sino que le interrogaba con la mirada, y él se desgarró un trozo de camisa y le hizo una venda para la mano.

—Vete a descansar —le dijo a su hermana.

—Aquí me quedo, como dices tú.

»Deje de mirarle tanto y recoja, ate —le dijo Paciana a Cati, que se acercó a interesarse por ella—; como venga el viento se nos lleva el trabajo al diablo. Y apártese de mi sangre.

Conforme avanzaban, se levantó un enjambre de saltamontes y chicharras que tenían la vida entre las espigas preñadas. Saltaban de un lado y de otro, y vinieron los cernícalos, los vencejos y otros pájaros bicheros a dar cuenta de ellos. El cielo se hizo estruendo. Cati se agachó, cubriéndose la cabeza con los brazos, pero Jeremías la alzó con suavidad para que mirara. Estaban envueltos en el polvo oro que había levantado la siega, y los pájaros les pasaban tan cerca que se les veía el plumaje pardo o negro en los vientres blandos y en las alas, y los picos naranjas encendidos de chicharras.

—Hay que seguir —dijo Paciana.

Cati sudaba porque el sol mordía ya con el calor del primer lunes de septiembre.

A mediodía se fueron al chamizo para beber agua y comer la hogaza con el pan, el chorizo y la morcilla matancera. El macho se había sentado sobre los flancos buscando la sombra, pues la mañana se abría como fuego. Fabián le mostró a Cati cómo se bebía en botijo, pero ella cerraba la boca para tragar, y el agua se le derramaba por la blusa que se le pegaba a la piel; el Murciélago se reía de ella, y Jeremías, sentado en el suelo, abrazándose las rodillas, no perdía ojo de la carne transparente bajo la tela. Paciana, en cambio, no decía palabra, ni gesto hacía con los labios. Cuando Jeremías se metió la hogaza bajo el brazo e hizo rebanadas con la navaja, y otro tanto con los embutidos, ella no probó bocado.

—¿Te duele el corte? —le preguntó el hermano, y se lo fue a mirar.

—Hay cosas que duelen más —le dijo, y se apartó hacia un lado, buscando la compañía del jaco mejor que la suya.

Al cabo de un rato, volvieron al trabajo.

Pasó por allí el Rucio, el de la taberna, que venía de hacer tratos con el avaro del molino del río truchero, y vio la escena. Reconoció a todos los Salazar, incluso al que no se le veía nunca y lo andaban buscando. Pero la otra mujer que estaba en la fila, con la Paciana y el Murciélago, no tenía andares del pueblo, ni manejo de campo en las manos, eso se veía a la legua. Debía de ser la que comadreaban que se había quedado en casa de la Paciana, en vez de volverse para Madrid, que alguno los había visto en el carro bien de mañana. Y con esa canción se fue el Rucio al pueblo. A ver a quién encontraba para contarle, porque había ya muchos otros que estaban segando. Pero cuando llegó se dio cuenta de que la noticia que llevaba tenía más enjundia de lo que él esperaba.

Había revuelo en la plaza. La Guardia Civil caminera había encontrado un muerto en las bocas de las minas, en el teso que le decían de las Piedras Negras, y andaban que se iban para allá con un carro para traerlo al pueblo. Doña Viola, la de Perfecto, estaba en un puro grito para que le reconocieran al hijo en el muerto, y a don Perfecto se le había caído el semblante al suelo, y los ojos no se le juntaban, que cada uno parecía irse para una lágrima distinta. Se estaba organizando una partida para traer el cuerpo, cuando el Rucio contó lo visto. Se hizo un momento el silencio. A don Perfecto se le enfilaron los ojos como mirilla de escopeta, se dio la vuelta y se fue para la casa.

20

El sol estaba en lo más alto del cielo. Cati dibujaba a Jeremías en el cuaderno rojo mientras él arreglaba las gavillas que ella había atado y las echaba en el carro con la horca. Al día siguiente las llevarían a la era. Paciana era silencio y sobre su saya tenía la cabeza de Fabián, que dormía.

En el trigal también criaban muchas aves, pues las espigas formaban una fortaleza que las defendía de los depredadores. Hasta Jeremías llegó un piar inquieto, insistente, que pertenecía a un nido con pollastres de aguiluchos. Llamó a Cati, que cerró el cuaderno rojo y se fue hacia él. Se arrodilló a su lado. Él cogió sus dedos para que acariciara la cabeza de los pollos, para que contemplara los puntos negros que eran sus ojos y los picos que se abrían de hambre.

—¿Qué va a pasar con ellos?

—Dejaremos esta parte sin segar. La madre no estará lejos. En cuanto nos alejemos volverá con ellos.

Para entonces Fabián ya se había despertado y le preguntó a su madre por Jeremías y Cati. Ella señaló el campo con un movimiento de cabeza, y para allá partió el niño. Nunca he visto a Jeremías así, pensaba entretanto Paciana, con esa mirada de manso, ha perdido la bravura de montaraz para la que le he criado.

Paciana podía sentir el pulso de la sangre de su hermano latiéndole por el cuerpo como un corazón gigante, la sangre era la misma que la suya y todo lo de él, ella también lo tenía. Había visto en la forastera todo lo que no había en esa tierra, ni en las mujeres, ni en las bestias, ni en los montes. No había quien la igualara. Jeremías es demasiado bueno para el mundo, pensaba, lo que hace es porque no le dan otra opción, porque lo mancha lo que dicen las gentes, las costumbres, incluso el nacimiento; de lo que le hacen a uno o a la familia, uno se venga, decía padre. Y si nacimos con el veneno del odio a los García, o nos lo dio padre de mamar en vez de leche de madre, el caso es que aquí está, y de él no pude librar a mi hermano. Mira los que viven en la ciudad lo que le hacen al hombre del cine. Eso pensaba Paciana cuando Fabián alcanzó a su tío y a Cati, no le oyeron llegar, y el niño los vio besándose al calor del nido, tumbados uno sobre otro en el colchón de espigas. Salió corriendo en dirección opuesta. El trigal le azotaba en la cara porque solo sobresalía su gorra. No sabía por qué, pero lloraba y escupía en las espigas como le había visto hacer a su madre. Tenía que encontrar un árbol del que colgarse cabeza abajo para que las lágrimas se le fueran al seso, y en ese deseo estaba cuando no vio ni oyó cimbrear el trigal a su alrededor. Un zarpazo lo asió por la blusa y lo elevó en el aire. Eran los hombres de Perfecto García, con la escopeta al hombro y las órdenes del patrón muy claras: ojo por ojo y diente por diente, como había sido y había de ser siempre. Unos contra otros.

—¿Dónde está tu tío? —le preguntaron.

El Murciélago pateó primero en el aire y luego señaló en la dirección donde le había visto encima de Catalina Skalo. Lo echaron al suelo de golpe, y siguieron a zancadas porque ya les habían marcado la situación de la presa; aunque aún no se la veía, la habían olido en el rostro ceñudo del niño. Sin embargo, al poco los descubrió Paciana.

—¡¡¡Jeremías!!! ¡¡¡Jeremías!!!

Fabián se limpió las lágrimas con los puños, cambió el rumbo y se puso a correr hacia donde estaba su tío. Le llamaba por dentro con el trigo en los ojos mientras las chicharras le chicoteaban las mejillas y se le metían por la camisa.

Jeremías Salazar se puso en pie cuando oyó el grito de su hermana. Entonces los vio. Miró a Cati y le sonrió antes de huir hacia el campo de heno, que lindaba con su tierra, porque sabía que poco más allá se abría el bosque y allí podría esconderse. Pero lo alcanzaron antes y lo echaron al suelo.

—Quédate quieto, manco, que el patrón te quiere vivo para él, pero si hemos de llevarte muerto, así ha de ser con tal de que no te escurras otra vez.

Y lo molían a palos, aunque Jeremías se defendía. Cati corrió hasta ellos. Increpó a los hombres de Perfecto, trató de detenerlos agarrándolos por donde podía. Jeremías echaba sangre por la boca y tenía una mejilla magullada. Para cuando llegaron también Paciana y el Murciélago, uno de ellos ya había quitado el seguro de la escopeta y como se veía que le caían patadas y mordiscos por todas partes, aunque fueran de mujer y de niño, dijo:

—Al próximo que me toque, le pego un tiro al manco y lo dejo seco.

Pero los que se oyeron fueron los tiros de la Guardia Civil caminera que disparaba al aire. Había llegado hasta allí guiada por el Rucio, que se había dado cuenta de la maniobra del mandamás de don Perfecto, y se olía que pretendía tomarse la venganza por su mano como había pasado desde siempre, pero había allí una desconocida que iba a ser testigo de sangre.

Los guardias se metieron en el trigal y se llevaron a Jeremías con los brazos atados a la espalda.

21

Cuando se llevaron preso a su hermano, Paciana cogió la horca y se puso a echar las gavillas que quedaban en el carro. Esto tenía que pasar, pensaba, y la culpa la tiene ese amor tonto que le ha entrado por ella, lo ha alelado, pues bien, ahora que se apañe solo. Se lo ha buscado por anteponerlo a estar a salvo. Ya se lo dije, échate al monte y no bajes hasta que te avise. Pero a mí sus amores no me van a joder la siega. Maldito él, maldito padre, el Eustaquio, la familia, ella, todos. Escupió para aliviar la rabia.

—No podemos perder hoy más tiempo —dijo—. Mañana hemos de ir a la era.

Cambió la horca por la hoz y se puso la zoqueta en la mano.

—¿Viene? —le preguntó a Cati.

—¿Quiere que me ponga a segar como si tal cosa?

—Poco se puede hacer por él ahora. Hay que dejar que se asiente el polvo, y el trabajo ayuda a templar los nervios.

—¿Sabe por qué se lo han llevado?

—Porque mató a Andrés García.

Cati se dejó caer en el suelo del chamizo. Miró al cielo que estaba en el esplendor último de la tarde y apoyó la frente en una de las manos. Sintió que no tenía fuerzas para moverse, y en su cabeza se repetía lo vivido: el beso amparado por el trigo y de pronto los golpes, los gritos, las heridas, la sangre. Se chupó los nudillos de la mano derecha, donde tenía varios rasguños. Un arañazo le atravesaba la mejilla izquierda. Por un instante, quiso abrir el cuaderno rojo, perderse en el dibujo de las espigas, de los cuerpos inclinados sobre la tierra con el sombrero de paja. Pero eran los trazos del rostro de Jeremías lo que imaginaba perfilar, como la primera vez que le vio.

—Si padre viviera... —continuó Paciana. Y le vino a la memoria el rostro de barba dura de Justino Salazar y la manera maliciosa en que torcía la boca—. Siempre consideró a mi hermano una desgracia, y mire, al final es él el que venga a la familia y acaba con el único heredero de los García. Se acabó su linaje. El nuestro estará pobre, pero vivo. —Paciana sonrió—. Que se quede con la casa de Eustaquio Ariza, incluso con este terruño que he labrado y segado con mis manos en los últimos años, él mismo se lo jugó y se mató porque no supo defenderlo.

—¿Cómo puede hablar así? —Cati se puso en pie—. ¿No se da cuenta de que si declaran a su hermano culpable pueden matarle por garrote vil?

—Usted no le conoce bien. Le ha visto solo la parte mansa. Ha sido venir usté a casa y se han puesto todos finos, hasta el niño.

—Llevo poco en este pueblo, pero he visto cómo se las gastan esos hombres que lo molían a palos y podrían haberlo matado si no llegan a venir los guardias.

—Jeremías no está hecho para el mundo de ustedes. Los he visto, cree que no me he dado cuenta de que andan en amores, o lo que usted piensa que lo son. Pero él pertenece al bosque.

—Quiere decir a usted.

—A mí que lo crie, sí, y lo mantuve vivo y le di el vivir libre en el bosque. Me pertenece más que a usted y a ese lugar del cine con los edificios y los coches y las mujeres que fuman. ¿Cuánto cree que sobreviviría él ahí o usted aquí?

—Él no pertenece a nadie más que a sí mismo.

—Qué tontería es esa. Todos pertenecemos a los otros y a la tierra y a la sangre. Usté también, que va con ese lazo prendido desde que llegó. ¿Acaso había pensado casarse con él?

Cati le dio la espalda, sacó la pitillera del bolsillo de la saya, la abrió con el *clac* que le gustaba a Paciana y le ofreció uno.

Paciana soltó la hoz y lo cogió. Fumaron en silencio.

—Su hermano no ha matado a nadie.

—Y usted qué sabrá.

—Y si así fuera, ¿cree que con eso va a asustarme, que voy a salir corriendo? No me conoce bien usted tampoco, Paciana Salazar, ese jaco terco que tienen no es nada comparado conmigo, me viene de familia. Hace muy poco que conozco a su hermano, es cierto, pero siento que le conozco más que nadie, más que usted incluso. —Cati sintió un temblor en el estómago, pero mantuvo la voz firme.

Paciana se echó a reír y se atragantó con el humo.

—Todavía tiene que aprender —le dijo a Cati con una sonrisa—. Nos fumaremos otro cuando terminemos. Así que apáguelo, que tenemos trabajo.

Cati tiró la colilla al suelo y la pisó con fuerza.

—Termínelo usted. Yo me voy a buscar a Jeremías.

—No la necesita.

—Pero yo a él sí.

Entretanto, Fabián el Murciélago había atravesado los campos en una carrera hasta la plaza. Cuando llegó, se dobló por la cintura porque tenía un pinchazo en el vientre y jadeaba. Le entraron ganas de llorar según aparecieron los guardias con su tío. Le vio con la cara magullada y con sangre fresca, y los brazos atados a la espalda mientras lo zarandeaban para que se moviera. En la pelea había perdido el trapo que le cubría el muñón y quedaba al descubierto. Míralo, se murmuraba, míralo, se daban codazos unos a otros, tenía que acabar así, la Paciana creía que nada iba con él. Ahora mira. Las mujeres viejas se santiguaban al ver el muñón, ave María, protégenos de la mala suerte, amén. Las que estaban encinta se dieron la vuelta y buscaron refugio en su casa o en la iglesia para limpiarse con el agua bendita que se pasaban por el abultamiento del vientre y por la frente con la señal de la cruz. Ramiro Valiente, que estaba en la escuelita contigua a su casa catalogando los libros y los discos que le habían dejado las Misiones, salió a la calle para ver por qué tanto revuelo. Se abrió camino como pudo y alcanzó a atisbar a Jeremías. Se marchó de la plaza, se fue a casa para tomar un trago de vino y volvió a la escuela.

—Apártese todo el mundo —dio la orden el guardia alto.

Salió don Roque y se metieron dentro del Ayuntamiento.

Fabián esperó a que no quedaran en la plaza más que unos pocos. Muchos se fueron a la taberna del Rucio a comadrear a gusto con el gaznate húmedo, y otros tantos a la casa para hacer lo propio con los parientes. Fabián, sin embargo, rodeó el Ayuntamiento y se quedó en la parte de atrás, donde estaba el patio que comunicaba con la callecita estrecha, se colgó cabeza abajo de la rama de un alcornoque y se balanceó porque así pensaba mejor.

Al poco llegó Cati a la plaza y se fue para el Ayuntamiento para preguntarle a don Roque adónde le habían llevado.

22

—Han metido preso al varón de los Salazar. —Apuró el trago.

—Esa cárcel no es nada para él. Dicen que entra y sale de donde quiere y cuando quiere. La mala suerte lo acercó al demonio.

—Lo veremos. Ponme otro chato, Rucio.

—A mí un anisete.

—Ya va, señores.

—Si está hecho al monte, la cárcel lo mata.

—Mira que esta cárcel del pueblo es como de niños.

—Pero barrotes tiene para que no pueda salir hasta que se lo lleven a la ciudad.

—¿Y no se le puede ver?

—Anda y que no le has visto tú nunca.

—Pocas veces, porque ni a la iglesia va, le tengo por salvaje.

—Yo le he visto un par de veces con las ovejas y no me parece peligroso. Me pareció un muchacho solitario y me dio pena. La veo más brava a la hermana.

—¿De qué murmuran tanto? —les preguntó Ramiro Valiente—. Un chato, Rucio.

—De qué vamos a hablar, de lo que se habla hoy, del muerto y del preso.

—Bien se nos fue un entretenimiento con los feriantes de la capital y nos viene otro.

—Pero este es más nuestro.

—¿Por qué dices eso?

—Porque los García y los Salazar se han matado desde que pasó lo que pasó.

—No se anticipen a juzgar, el muchacho puede ser inocente —dijo el maestro.

Le miraron de soslayo con el silencio en la lengua.

—Qué es eso de inocente en esta tierra.

—Eso, usted lleva poco aquí para entender. Uno nace con la culpa de la familia. No tiene que hacer más.

—Jeremías Salazar no es hombre violento —añadió el maestro.

—No le hace falta. O será lobo con piel de cordero.

—Pero ¿y el muerto?

—Ya lo traen, a las Piedras Negras no llega bien el carro, por eso tardan. Y es un muerto grande y joven.

—Y ya se sabe que hombre muerto pesa como tres vivos.

—Como que una vez que no hay alma, la carne se hace madera.

—Más que madera, piedra. Un orujo, Rucio.

—Mandó don Perfecto a sus hombres a las Piedras Negras para que lo arreglen todo. Y tendremos muerto en el pueblo antes de que se ponga el sol.

—Poco queda.

—Si él lo quiere así, así será.

—Aquí te dejo los reales del chato, Rucio —dijo el maestro.

Ramiro Valiente enfiló la calle estrecha, salió a la plaza y se fue para el Ayuntamiento, en cuyo sótano había una única celda. Llamó a la puerta con la aldaba de bronce antiguo y cabeza de carnero. Quién es, escuchó a don Roque. Ramiro Valiente. Se oyó cómo se descorrían dos cerrojos y la llave hurgar con la herrumbre en la cerradura.

—Está bien atrincherado.

—Eso me aconsejaron los guardias.

Don Roque, el Bandolero, se había levantado de la mesa de mando municipal, donde trataba de poner orden porque no hacía ni veinticuatro horas que la estancia había hecho de bambalina, camerinos y tramoyas. Tenía el semblante serio y la quijada se salía más que nunca hacia delante y eso era que estaba pensando.

—Le recibo porque es usted la autoridad de la educación. Pero vendrá a hablarme de lo mismo. Y los guardias me han dicho que no hable hasta que llegue el muerto.

—Y quién más vino.

—La chica de la ciudad que se ha quedado aquí.

—¿Y la dejó entrar?

—No pudo ser, ya se lo dije. Se quedó un rato enfrente del Ayuntamiento, con mala cara, escribiendo no sé qué en un cuaderno rojo. ¿Sabe usted lo que es?

—¿Qué pruebas tienen para meter a Jeremías Salazar así en la cárcel? —le preguntó Ramiro—. A lo mejor escribía sobre eso.

—¿Usted cree, nos dejaron aquí a una espía del gobierno?

Ramiro Valiente se encogió de hombros.

—Hombre, pruebas pruebas... —dijo don Roque—, ninguna que no sea lo que todo el mundo sabe de su enemistad de siempre. Porque al muerto aún no se le ha visto.

—Esto que hace usted es ilegal. Tiene que soltarlo.

—A mí me lo trajeron los guardias, que son el primer escalón de la autoridad carcelaria. Y si lo suelto, lo matan los hombres de don Perfecto, o si no lo matan le dan una paliza que le dejan más lisiado de lo que es. Aquí está protegido, eso le dije también a la muchacha. Yo no dejo entrar a nadie que no sean los guardias.

—¿Y dónde están?

—Se fueron para las Piedras Negras para poner orden en el asunto del muerto.

—Ya veo. Así que encierra a Jeremías para protegerlo. ¿No tendría que meter a esos matones en la cárcel en vez de a él, o al mismo don Perfecto?

—Mire usted, una prueba sí que hay. Que la posadera de la fonda nos dijo que los misioneros de Madrid se lo encontraron inconsciente en el camino, y lo llevaron a la posada, pero se escapó. Y eso fue el mismo viernes que desapareció el señorito Andrés.

—¿Y eso qué prueba?

—Que la posada queda a mitad de camino entre el pueblo y las Piedras Negras.

—Ahora se acusa a alguien por distancias.

—No entiende usted, él estaba herido también. Suena a pelea, que lo mató y se fue corriendo, pero debió de sentirse mal y lo encontraron los de Madrid.

—Razón de más. Me está usted diciendo que lo hizo en defensa propia. Que estaba herido.

—Eso ya es mucho suponer.

—Si supone para una cosa, puede suponer también para la otra. Tiene bien de sentido.

—Que parece usted ahora la autoridad de leyes, en vez de la educación de los niños.

—Los educo para que puedan pensar el día de mañana por sí mismos. Para que sean libres de toda superchería y tozudez.

—No sé si se habrá dado usted cuenta de que aquí hay cosas que las pensamos todos juntos.

—Pues juntos pueden equivocarse.

—Eso también puede ser. —Don Roque ladeó la cabeza—. Pero cuantos más somos, más cerril puede ponerse el asunto para cambiar de opinión.

—¿Puedo ver a Jeremías?

—Y para qué.

—Para ver cómo se encuentra. Dijeron en la taberna que le dieron una paliza.

Don Roque frunció el ceño y se rascó la quijada.

—No hubiera dao yo ni un real por él y usted juntos, que son como la educación y la bestia.

—Precisamente, más necesitado está de letras.

—Más que de letras, en su caso, de suerte. Y él es la mala suerte en persona. Que da mal fario verlo, vamos. —Don Roque se santiguó.

—Eso es asunto mío. ¿Le curaron los golpes?

—No se dejó, no hay quien le toque. Pero de esta no se muere.

—Por eso, déjeme verle.

—No se puede. Así me lo dijeron los guardias. Y como siga esto así, que quiere verlo de repente medio pueblo, aunque sea de lejos, voy a tener que sacar un bando para que se respete lo que se tiene que respetar. Les encendió tanto teatro y tanto cine ganas de espectáculo.

—Dele al menos este hatillo. —Ramiro Valiente le entregó un paquete envuelto en un trapo atado con una cuerda.

—Esto tiene que pasar el control mío, ya sabe, que lo tengo que abrir, me obliga la ley... la responsabilidad del cargo...

—Ya, ya, ábralo y no me haga ahora un bando. No hay nada que no pueda ver.

Ramiro Valiente se marchó del Ayuntamiento y don

Roque abrió el paquete según salió por la puerta. Había una camisa limpia, un pedazo de pan con queso, un lápiz y una de las cartillas con las que aprendían a leer los niños. Con las vocales grandes y dibujos. Mira que quiere escolarizar a la bestia, se dijo don Roque, y chasqueó la lengua.

23

Tras la marcha del maestro, don Roque se encerró en el Ayuntamiento. Echó la tranca de la puerta y se aseguró de que estaba bien ajustada. Llevaba la llave de la cárcel en la mano y no sabía qué hacer con ella. Siempre había estado en uno de los cajones de su mesa, pero desde que él ocupaba el puesto de alcalde la celda no había sido más que un adorno tétrico del sótano, donde guardaba algunos pellejos de vino por el fresco que procuraban las piedras y la oscuridad. La llave estaba atada con una cuerda, y como la celda era decimonónica, parecía más llave de castillo que de prisión. Don Roque se sentó a ordenar su mesa de asuntos municipales, que había sido inundada durante esos días de discos, libros y otros enseres modernos como la cámara Kodak. Creía recordar que tenía un albarán donde debía apuntar la fecha de entrada del preso y la hora, pero no sabía por dónde encontrarlo entre tanto revuelo, había tenido que desalojar varios papeles para hacer sitio, y luego lo había vuelto a meter todo desordenado. Se sentó a la mesa y pensó en la obra de teatro. Ya le hubiera gustado gobernar con el buen juicio de ese tal Sancho: en la obra se le tenía por bruto, pero los que querían burlarse habían sido al final los burlados. A don Roque le atraía esa idea, pues muchos se reían de su afición a los bandos y de su manía de dejar constancia de hasta el más ínfimo detalle del cumplimiento de su autoridad.

Como había cerrado la puerta con la tranca, abrió una de las ventanas para que entrara el fresco del final de la tarde. Acababa de ser consciente de que estaba solo en esa casona destartalada con Jeremías Salazar y aquel muchacho despedía el mal fario como una mofeta el mal olor. Si no cómo se explica nacer con la desgracia de la familia escrita en la carne. Avemaría purísima, rezaba. Y a la patrona para contrarrestar la influencia fatídica de aquel hombre. Le parecía que del mismo sótano salía el olor a tomillo, a mierda de oveja, a mata de brezo.

Media hora después escuchó revuelo en la plaza. Un murmullo que crecía conforme las ruedas de un carro traqueteaban sobre los adoquines acercándose al corazón del pueblo. Ya está aquí el muerto, pensó, y se dispuso a salir. La llave de la celda quedó sobre la mesa. Un muerto de alcurnia como el de hoy, y con el asesino entre rejas, veremos si no tengo que dormir con los guardias dentro del Ayuntamiento, en vez de que se vayan a «caminear», que aquí ya tienen un delito que velar.

Sin embargo, cuando llegaron a la plaza, los que venían en el carro ya sabían que el muerto no era del pueblo. Venía tapado con una tela de hule todo lo grande que era, que era mucho. Doña Viola había salido a la plaza al oír las ruedas de la carreta. Iba en un mar de lágrimas y aferrada a la medalla de la Virgen milagrosa. Llevaba los ojos encendidos e iba vestida de luto de arriba abajo, con un vestido abotonado en la pechera que parecía más bien sotana de obispo.

—No es él —le dijo el marido.

—¿Cómo que no?

—Este muerto es de otros, señora Viola —le dijo uno de los hombres del marido.

—No puede ser.

Doña Viola se fue a la parte de atrás del carro, vio el montículo funerario y levantó el hule por donde intuyó que se encontraba la cabeza. Fue un gesto rápido, alzó la tela, vio un muerto con el rostro amoratado, pero desconocido. No tenía, ni por lo más remoto, la edad o la ternura de su hijo. Que le habían dado de palos no cabía duda, pero el luto no era de ella sino de otra. Así que el coro de plañideras que ya se había ido juntando en el vestíbulo de su casa para entonar los «ayes» de dolor habría que dejarlo a la espera de nuevas noticias.

Doña Viola se santiguó.

—Alabada sea la milagrosísima, no es nuestro hijo, Perfecto. Es gañán y ni del pueblo.

—Ya te lo dije, pero todo has de verlo con tus propios ojos.

—Pues que se lo lleven por donde han venido y sigan buscando al nuestro —dijo.

—¿Y ahora qué hacemos con el muerto, don Perfecto? —preguntó uno de sus hombres.

—La autoridad dirá.

—En algún sitio hay que dejarlo a pasar la noche, hasta que nos hagamos con el juez y el médico —dijo el guardia más alto—. Y que diga si es cosa de investigar y si lo mataron o se murió solo.

—Hombre, con esos golpes... —dijo el más bajo.

Don Roque se había quedado mudo. En poco más de cinco días, el Ayuntamiento había sido refugio de artistas y de hombres ilustres de la República; a su marcha le había llegado un preso para ocupar la única celda y lo último: un muerto desconocido.

—Lo más fresco es el sótano del Ayuntamiento y casa de autoridad es.

—Ya tiene huésped —respondió el alcalde.

—Tampoco hace falta que lo meta usted en la celda con el otro —replicó el guardia alto—, que, aunque maleante, digo yo que no le gustará pasar la noche con un difunto.

—Poco ruido le iba a hacer —dijo uno de los hombres de don Perfecto.

—No hagan chufla, que a todos les va a llegar lo que aquí ven —dijo Agustín de Lozoya, que se había acercado al montículo de hule y se disponía a echar un breve responso por la paz del alma difunta. Había traído también la maza para desperdigar agua bendita, porque creía que el muerto era de los pudientes y lo propio era sacar la platería para honrar y que los familiares no tuvieran después queja.

—¿Y en la iglesia, padre? —preguntó don Roque—. Bien fresca es, que los muros son de la época de los moros.

—La casa de Dios no es una despensa, por muy viejo o infiel que sea su origen. Hasta que no me lo den en mortaja, encajonado y listo para la tierra, yo no quiero saber del asunto, que son cosas terrenales. Ahí se quedan y échenle el muerto a otro.

Agustín de Lozoya se guardó en el bolsillo de la sotana los aperos sagrados y enfiló para la iglesia, que empezaba el sol a amadrigarse detrás del campanario y era hora de recogerse.

—Ya no podemos salir hasta mañana, don Perfecto, en busca del hijo suyo. Que se nos echó la noche encima —dijo el guardia más alto.

—¡Ay, pobre hijo mío! —gimió doña Viola—. Otra noche perdido. Que vayan con antorchas, Perfecto, que hagan fuego, que hagan lo que tengan que hacer, pero que me encuentren al hijo ya.

—Así se hará, mujer, y ahora vete a casa, que lo que queda aquí por resolver son ya cosas de hombres. Espérame allí, pero no me organices más lloros antes de tiempo porque me voy a dormir al raso.

Doña Viola se dio la vuelta y abandonó la plaza con su sotana de terciopelo, camino de la casa solariega.

—Seguimos sin resolver el tema del muerto —dijo el guardia más bajo.

—Al Ayuntamiento —ordenó don Perfecto—. En el sótano con el Salazar, que vea cómo estará él bien pronto, porque de esta no vuelve al monte sino al cementerio, que ya me cansé de consentirlo con vida.

—¿Cómo puede usted decir eso así, a la ligera? Amenazar de muerte a un hombre y delante de la Guardia Civil.

Hubo un silencio. Los que rodeaban el carro del muerto se apartaron para dejar paso a quien había hecho la pregunta. Era la chica de la ciudad que se había quedado en el pueblo, ya le habían ido con la noticia a don Perfecto. La chica que estaba en casa de los Salazar, y que de allí no quería moverse, y vestida con las ropas de la Paciana y el cuaderno rojo del que le habían hablado sus hombres debajo del brazo. Aquello le daba mala espina. Por qué aparecía justo en ese momento, mucha casualidad era. A Perfecto se le enfilaron las pupilas y tuvo que tragar saliva para templarse la cólera. ¿Dónde estará su padre?, se preguntó, ¿por qué no se la lleva a casa con unos buenos azotes?

—Señorita, es usted joven y no entiende bien lo que aquí pasa. Puede que en la ciudad las cosas sean distintas. Además, usted tomó partido nada más llegar, y no puede ser muy imparcial en lo que dice.

—Ni que esto fuera una guerra.

Hubo un murmullo. Cati se volvió hacia los guardias.

—Y ustedes que son la Guardia Civil ¿no tienen nada que decir? Se puede amenazar a las personas impunemente delante de ustedes.

El guardia alto torció el gesto.

—Señorita, es todo un hablar lo que se dice. Aquí no se va a hacer nada que vaya contra la ley, solo estamos con las pesquisas. Descuide usted.

—Yo he sido testigo de como estos hombres —señaló a los matones de Perfecto— le daban una paliza a Jeremías Salazar. Incluso me han agredido a mí. —Señaló su mejilla.

—Fue en defensa propia, que, aunque mujer, tiene usted su fuerza y sobre todo sus uñas —se atrevió a decir uno de ellos.

—Igual tendríamos que estar todos en la cárcel, entonces, pero solo han metido a uno porque dicen que ha matado a un hombre, pero no tienen pruebas de ello, ni cuerpo, por lo que veo —miró hacia el carro—, solo suposiciones.

—Se le va a interrogar, pero hubo que encerrarlo porque si no se escapa —respondió el guardia más bajo.

—Pues interróguenlo y, si no hay pruebas, tendrán que soltarlo. —A Cati le tembló el labio.

—Eso ya se verá —dijo don Perfecto—. Y ahora, si no le importa, tenemos asuntos de mayores que resolver. Ya hemos sido demasiado benévolos con usted.

—Voy a tomar nota de todo lo que aquí sucede y hablaré con quien tenga que hablar en Madrid. —Su voz sonó firme, pero sintió que le fallaban las rodillas y agradeció la saya de Paciana que las ocultaba.

Don Perfecto enfiló sus pupilas al cuaderno rojo, que llevaba una pluma prendida entre las hojas.

Nadie dijo nada más. La plaza se acalló y el silencio fue más ostentoso que cualquier otra palabra. El asunto parecía resuelto. Los que habían salido de la taberna del Rucio para ver al muerto se volvieron a ella porque había nuevas que comentar, y con un orujo la lengua estaba más suelta. Las mujeres que habían salido de las casas se fueron a ellas para apañar las cenas y acostar a los niños, que a algunas les colgaban del pecho. Cati se fue por una calle abajo, camino de casa de Paciana. Muy pocos se quedaron a ver cómo bajaban al muerto del carro y lo metían con los pies por delante en el edificio del Ayuntamiento, cuya puerta don Roque se había dejado abierta con las prisas de ya viene el muerto, que ya lo bajan, que ya llega a la plaza, había salido sin preocuparse por más, como su costumbre. Madre bendita, murmuraba, en tres días ha pasado lo que en tres años o tres siglos. Enfilaron las escaleras abajo, los dos guardias que cargaban con el cadáver y uno de los hombres de don Perfecto. Ya el olor les indicaba que estaban bajo tierra porque se enfriaba la punta de la nariz y el tufo a humedad de cueva se hacía irrespirable.

—Aquí abajo no llega la luz —dijo don Roque.

Había que guiarse por el halo de las lámparas de aceite que el alcalde había encendido para que Jeremías Salazar no estuviera a oscuras. El sótano era una única estancia, con columnas de madera en el centro y sin un solo ventanuco para ventilar la desdicha del encierro. En una de las esquinas habían puesto un enrejado, comido por óxido, con un catre y una bacinilla, y así habían montado la cárcel, que no se usaba nunca más que para decir que la había. Jeremías Salazar era de los pocos que habían puesto los pies en ella, quitando algunos borrachos, y el mismo Lautaro Salazar cuando trató de pegarle un tiro a Perfecto García hacía un siglo y luego le mató al hijo menor. Lo encerraron para que se le pasara la curda y se le templara el odio, y así quedó la venganza para otras generaciones.

—Pongan el muerto en el suelo, porque no hay otro lugar. Pero no cerca de los pellejos de vino, hombre, que luego a ver con qué cuerpo voy a bebérmelo. Póngalo al otro lado.

—¿Y el preso? —preguntó el guardia más alto.

Don Roque miró hacia la celda y se quedó lívido. La puerta estaba abierta y Jeremías Salazar había desaparecido junto con la camisa y el cuaderno del maestro.

24

—¿Dónde diablos estabas?

Fabián entró en la cocina sin resuello.

—Vengo corriendo, madre, porque vi el carro en la plaza y el muerto no era Andrés García.

—Qué carro, qué muerto.

En ese momento llegó Cati.

—El que encontraron los guardias en un lugar llamado Piedras Negras —dijo Cati—. Nadie sabe quién es.

—Eso no quiere decir que Jeremías no matara al cachorro de los García.

—¿Acaso le ha dicho él que lo hizo?

—Esas son conversaciones entre hermanos. Cosas de la sangre que usté no entiende.

—A ver si piensa que en vez de sangre tengo agua en las venas. Y que no tengo familia. Ya le dije antes que aunque lo hubiera hecho, me daría igual —dijo Cati con los brazos en jarras. Aún llevaba puesta la saya y la camisa de campo.

—Pero es que el tío Jeremías se escapó de la cárcel —dijo Fabián poniéndose en medio de las dos mujeres.

—¿Qué dices? —preguntó Paciana.

—Que fui yo mismo quien le abrió la puerta de la celda, madre. Y salimos los dos a todo correr por el patio de atrás porque estaban todos a ver qué pasaba en la plaza y dónde metían el muerto y fue más fácil que nada. De ahí al cementerio de padre, y luego él se echó al monte y yo me vine para casa a contarle todo.

—Ahora ya no hay quien le agarre —dijo Paciana con una sonrisa de satisfacción—. No hizo falta que padre le enseñara a camuflarse con mierda de ciervo como a mí, él lleva dentro el bosque.

—¿Jeremías? —Cati alzó la voz.

—¿No ha oído que está en el monte? —Paciana se quitó el pañuelo de la cabeza y se pasó la mano por el cabello—. ¿A santo de qué ponerse ahora a llamarle?

—Se han ido todos a buscar a Andrés García otra vez, madre.

—Vendrán por aquí los hombres de Perfecto, ya lo veréis, pero ahora estaremos preparados.

Paciana se fue al establo donde el macho descansaba de una larga jornada. Retiró con una pala la paja que se acumulaba en una de las esquinas, y dejó al descubierto una trampilla. La abrió y sacó la escopeta de furtivo con dos cañones de Justino Salazar.

—La dejaremos junto al portón —dijo al regresar a la cocina—. Por si vienen a molestar buscándole. Usted no tiene que tocarla. —Miró a Cati.

—Sé manejarla y lo haré si es necesario.

Cati recordó cuando iba al tiro de pichón los domingos con el doctor Honorio Guzmán.

Paciana Salazar se fue a la cama y se llevó también al hijo.

—No le espere hoy, ni ningún otro día —le dijo al despedirse.

Era cerca de la una de la madrugada. Cati había bajado de nuevo a la cocina con su cuaderno rojo y su pluma. Estaba convencida de que oiría el sonido del búho con el que él la había llamado otras noches. Se había puesto encima del camisón la ropa de la siega, aunque estaba sucia y sudada, pero era el mejor atuendo para que no se le arañaran las piernas. Le dolía la espalda de estar encorvada para segar y los brazos de hacer los atados de las gavillas y de cargarlas en el carro del macho. Se le habían hecho heridas en las palmas de las manos. Estaba exhausta. Le costaba mantenerse erguida en la silla, así que apoyó la cabeza en la mesa y se quedó dormida.

Al rato despertó sobresaltada por el sonido de unos pasos. Pero no se encontró con quien esperaba. El hombre que estaba en la cocina no era Jeremías Salazar. Tenía una barba espesa y el ceño adusto. En una mano llevaba el cuaderno rojo. Apáñatelas para traérmelo, le había dicho el patrón, quiero ver lo que escribe esa niña y a quién va dirigido. No hay que fiarse de nadie, que nos pueden joder por todas partes en estos tiempos, ¿me has entendido? Una cosa es meterse en la casa a ver si damos caza a la presa, y otra robar a alguien de la ciudad, patrón. Qué robar, si solo es un cuaderno. Pues si quiere que lo coja por algo será. Qué tienes tú que decirme a mí más que amén. Te las apañas. Qué suerte, pensó al ver a la chica dormida sobre el cuaderno. Tiene que ser este, no veo otro y no me arriesgo más. Su otro compadre estaba ocupado en el otro menester: entrar por el establo por si la presa que buscaban se había refugiado allí, pero hizo mucho ruido al forzar la puerta y la chica se despertó.

Cati tardó unos segundos en comprender lo que ocurría, lo suficiente para que el hombre saliera corriendo.

Lo siguió. En una esquina, junto al portón, vio apoyada la escopeta de Justino Salazar.

—¡Alto!

Quitó el pestillo, entró la bala en la recámara y disparó al aire. El hombre arrojó el cuaderno al suelo y se internó en el bosque. A Cati le temblaban las manos. Sintió a alguien a su lado, era Paciana Salazar, que le arrebató la escopeta y se dirigió al establo. El otro hombre corrió también hacia el bosque con el sonido del disparo. Con las mujeres no os enfrentéis, les había advertido el patrón. Solo si encontráis al fugado.

—Fuera de mi propiedad. Díganle a su amo que aún no es suya. Este es el último lugar al que vendría el que buscan.

Después de que los hombres se fueran, Cati y Paciana fumaron un cigarro en la cocina.

—Una noche tan movida como el día —dijo Cati.

—¿Qué diablos escribe en ese cuaderno para que quisieran llevárselo? ¿Qué puede interesarle de usted a Perfecto? Aunque si está en esta casa con nosotros, ya se condenó para él.

—Se siente amenazado por el cuaderno —sonrió Cati.

—Por eso le preguntaba qué escribía ahí.

—Ese hombre tiene que tenerlo todo bajo su control.

—Qué me va a contar a mí. Váyase a descansar. No creo que vuelvan esta noche, y tampoco quien usted espera. —Paciana apagó el cigarrillo.

—Voy a quedarme un rato escribiendo mientras fumo otro cigarrillo.

—Aún no me ha dicho qué escribe.

—Es un encargo que me hizo una persona muy especial. Por él estoy aquí.

—Pues parece peligroso.

Cati escribió en el cuaderno lo primero que se le vino a la cabeza hasta que oyó los pasos de Paciana subiendo la escalera. Fumó un par de cigarrillos más para mantenerse despierta, escuchando los grillos, buscándole en cada uno de los crujidos del bosque, en espera del ulular del Gran Duque.

Sobre las tres de la madrugada, Jeremías Salazar la encontró dormida. La lámpara de aceite se había consumido y reinaba en la cocina la luz de una noche clara. Había un silencio cálido, de restos de brasa del fogón de la cena, tan solo interrumpido por la respiración profunda de Cati. Tenía la cabeza apoyada en un brazo, y con el otro custodiaba el cuaderno. La tomó en sus brazos. Ella respiró más fuerte y se acomodó en el pecho de Jeremías. La subió al dormitorio. Le quitó las alpargatas, la arropó con la sábana. Vio las heridas de sus palmas y pensó que iría a hablar con el melecinero a la mañana siguiente para que le preparase un ungüento y se lo llevara a la casa. Cati se había girado del lado derecho, y él se tumbó junto a ella de la misma manera, acoplando su cuerpo al suyo, abrazándola. Jeremías, han venido a buscarte. Mataste a un hombre... Duerme, duerme. La atrajo más hacia sí y le besó el cabello. Así permanecieron hasta que la alborada comenzó a despuntar en el horizonte.

25

Paciana había ido al pueblo temprano porque sabía que el recovero era hombre madrugador. A veces incluso se hacía los caminos de noche, si era verano y había luna que le alumbrara la distancia de un pueblo a otro. Eran muchos los que le esperaban. Esa era la época de recoger los frutos que se habían sembrado durante el año, y ella quería ser de las primeras en tratar con él. Le iba a vender el trigo de la cosecha. Por eso iba con el carro tirado por el macho. Sabía que las miradas de la plaza eran suyas. ¿Y tu hermano, Paciana?, decían. Mira que lo tienes escondido. Pero antes te dejas matar que decir dónde está. ¿Y esa chica que tienes en tu casa? ¿Qué es lo que quiere de ti, del pueblo? ¿Qué escribe en ese cuaderno rojo?

Paciana había mandado a Fabián que se quedara en la casa.

—¿Y si despertamos a Cati y te acompañamos, madre?

—Las señoritas duermen hasta tarde, sobre todo cuando trabajan.

—¿Y tú cómo lo sabes?

—Hoy no podrá moverse. Obedece. Te dejo de hombre de la casa. Vigila que no entre nadie.

El Murciélago sonrió porque visto así, le gustaba el mandado de su madre.

El recovero se había instalado donde siempre: bajo las arcadas que estaban frente al Ayuntamiento, pues los tratos le llevarían hasta más de mediodía, cuando el sol se desplomaba en la plaza. Paciana se acercó con el carro. Se oyó un murmullo que fue creciendo hasta convertirse en marea. Pensó que era por ellos, pero se equivocó. Por la calle principal subía un caballo con los cascos rítmicos sobre los adoquines. Llevaba un jinete lánguido en la montura. Venía con el cuerpo echado hacia delante, con un trotar de sueño que le hacía parecer un espejismo. Según avanzaba, las bocas pronunciaban su nombre. Algunas mujeres se apartaban del camino santiguándose por si se trataba de un aparecido. La noticia de su presencia corrió como la pólvora y llegó hasta la casa solariega más rica del pueblo. Pasó por las muchachas que preparaban en la cocina los desayunos de la casa, y después ascendió por la escalera hasta la cama principal. A los pocos minutos salió por la puerta noble don Perfecto García, en batín de seda y pantuflas de carnero, seguido de la mujer, con los rulos puestos y un camisón desbocado por la incredulidad de la noticia. Sobre la grupa del caballo, un alazán de raza, estaba Andrés García. Venía de tres días de parranda en el pueblo grande, como le decían, donde habían abierto un burdel con fulanas del sur, que traían carnes agitanadas y unos cabellos de sortija.

—Pero cómo..., pero, hijo..., es un milagro... Virgen milagrosísima.

Andrés García desmontó del caballo, más bien se dejó caer, y se tambaleó al pisar el suelo. Porque aún traía en el cuerpo parte de la borrachera. La madre se fue a besarlo. Lo agarró por la cabeza y tiró de ella hacia abajo para acercarlo a su estatura. Entonces vio que tenía en la frente un huevo de color morado, que le iría cambiando con la luz del sol y el paso de los días de verde a amarillo.

—Muchacho, te creíamos muerto por el desgraciado de Salazar. —Don Perfecto García se lo arrancó a los besos de la madre y le abrazó.

Se había hecho un corro alrededor de ellos, incluso el recovero había dejado los negocios para ver aquel prodigio de resurrección.

—Márchense, que no hay nada más que ver —dijo don Perfecto.

Y se fue disolviendo el pueblo en un murmullo, para volver a la jornada de tratos, de ventas y cambios que anunciaba aquella época de recogida de cosecha.

Se llevaron a Andrés García a la casa, y el padre se metió con él a solas en su despacho y le cerró la puerta a la mujer. A ella ya le bastaba con saber que estaba vivo. Contó Andrés García que un paisano de una aldea de cabras, vecina a la suya, lo había encontrado medio muerto cerca de las bocas de las minas, lo había montado en su carro, y se lo había llevado al pueblo grande para que lo curaran, pues parecía hombre fino por las ropas y no acertaba a ponerle una identidad. Al llegar al pueblo, Andrés había vuelto en sí y después de que le examinara el médico y le recetara descanso y un jarabe que sabía a demonios, quiso invitar a un trago al buen hombre que lo había recogido, y fue así como, de una cantina a otra, acabaron en la fastuosidad de aquel burdel, donde perdió de nuevo la consciencia, pero lo habían tratado con tanto mimo que no había tenido corazón ni fuerzas para volver a casa hasta pasados los tres días.

Al poco de la noticia llamaron los guardias a la puerta. El muerto que habían estado buscando estaba vivo, y el que no, aún sin identificar, tieso entre los pellejos de vino del Ayuntamiento. Y por si fuera poco, un preso huido.

—Hubo pelea con el Salazar, padre, y de las gordas. Que para tener un muñón se defiende como si tuviera tres manos y tres pies —dijo Andrés.

—¿Dice usted que se defiende? ¿De quién? ¿De usted mismo? —preguntó el guardia más bajo.

Don Perfecto García lo miró con los ojos en línea.

—Él empezó la trifulca, señores. Me entró violento con lo de la deuda de la hermana, y seguimos la pelea porque rondaba además nuestra propiedad en la mina, padre, como si aún fuera suya, y así una cosa llevó a la otra. Y no me mató porque tengo yo buenos puños para hacer frente a lo que se me ponga delante. Pero pretender, lo pretendía, y si me dejó fue porque me creyó muerto.

—Búsquenlo porque tiene que responder por intento de asesinato —dijo don Perfecto—. Miren la frente de mi hijo, y acaban de escuchar su testimonio.

—Parece, perdóneme, una pelea entre hombres por defender lo suyo —dijo el guardia más bajo.

—Yo le diré lo que es. Si no llega a recoger un buen hombre a mi hijo, ahora estaría muerto y sería carroña para buitres.

26

Paciana Salazar cerró el trato con el recovero después de la aparición de Andrés en la plaza. Nunca se sintió tan observada mientras hacía el negocio. Las cabezas se giraban y se oían los cuchicheos como si fueran lluvia.

—Qué miran, que nunca vieron vender el trigo o qué.

—Témplate, Paciana —le dijo él—. Que poca cosecha me traes. Ya me han contado que te interrumpieron y te quitaron una mano de trabajo, nunca mejor dicho. Y luego la mano se fugó de la cárcel.

—Te han ido con el chisme bien de mañana, claro, y además con sorna. Aquí no se puede tener una vida para una misma.

—Se puede, pero ya sabes...

—Ahora irás tú con el chisme de un pueblo a otro. Que además de las mercancías llevas la lengua suelta.

—No seas así, mujer, que ando solo muchos días por los caminos. Yo no llevo más que lo que me dais —sonrió— y te hago un buen precio por el poco trigo de este año y lo que te ha caído encima lo tengo en cuenta, porque eres una mujer de ley.

El recovero era viudo y se le había encendido una lucecita de esperanza al mirarle los ojos azules.

—Dame el dinero y calla la boca de mis chismes, así me harías buen favor.

—¿Y quién es esa joven de ciudad que dicen se te ha quedado en la casa como una hija más?

—No se puede ni tener una huésped para ganarse el jornal.

—Pero que dicen que escribe en un cuaderno rojo lo nuestro y que luego le va a comadrear al gobierno lo que hacemos.

—Ja, como si le importara.

—Pues andan hombres del gobierno por los pueblos.

—Son titiriteros de ciudad, artistas que dicen, y estudiantes.

—¿Peligrosos?

—Como todo lo nuevo. Que nos gusta aquello de lo que no está harta la vista.

—Pero ¿a ti qué te dieron?

—Dame tú ya el dinero y déjate de tanta cháchara.

—¿Tienes miedo de que murmuren de nosotros?

—A mí qué. Llevo prisa porque dejé a la mujer en la casa.

—¿No es esa joven que sube por la calle de la abacería?

Paciana vio a Cati con uno de sus vestidos de ciudad, de tela rosa y fina, pero el calzado eran sus alpargatas. A su lado iba el Murciélago.

—¿Y no trae en una mano lo que parece el cuaderno rojo?

Así era.

—Es bonita, parece sacada no sé de dónde, pero no de aquí.

—Porque no lo es.

Paciana cogió el dinero que le ofrecía el recovero. Arreó al macho, que tiró del carro ya vacío y enfiló calle abajo, camino de la casa. Cati y el niño fueron a su encuentro.

—¿Y no te dije que te quedaras en casa?

—Quiso venir conmigo a la plaza, Paciana —dijo Cati—. Me habló del recovero y quise verlo.

—Pues ahí lo tiene. También él tiene curiosidad de usté. Yo me voy para la casa a llevar el carro y a hacer la comida. Fabián, quédate con ella y en rato largo regresas, que he de limpiar y si no hay nadie mejor me apaño.

—Sí, madre. —Sonrió a Cati con complicidad.

Paciana le hizo un chicoteo al macho y, sin darles tiempo a rechistar, este inició la marcha. Al llegar a la casa, lo metió en la cuadra a trompicones porque llevaba prisa por echarse al monte. Y quería hacerlo sola. Se cambió el dinero del bolsillo de la saya a un escondite en el sostén, no eran más que quinientas pesetas. No había suficiente para pagar la deuda. Se quitó el pañuelo del cabello y se armó con el cuchillo de los días pasados. Luego se internó en el bosque que se extendía detrás de la casa, camino de la montaña con las cuevas. A cada poco, miraba atrás por si la seguían.

Cuando se acabaron los alcornoques y los robles, empezaron las rocas y entre ellas tapices de jaras. Subió y subió hasta llegar a donde Jeremías llevó a Cati hacía dos noches. Tomó un desfiladero pedregoso y sobre su cabeza planearon un par de águilas. Se dirigía a donde se escondían sus nidos por un sendero que no habían hollado más pies que los de los Salazar, o al menos eso creían. Jeremías se lo había enseñado hacía años y a ella le gustaba pensar que era su sitio secreto de reunión, porque solo Paciana sabía encontrarle allí. Ni siquiera a Fabián se lo habían mostrado. Trepó por unas piedras de granito, con forma de cabeza de niño, que se abrían a la derecha. En un pequeño claro apareció la abertura de una cueva, desde la que se veían las coronas de ramas con los polluelos de águilas. Jeremías estaba dentro, dormido sobre una manta.

A Paciana le olió a leña quemada, a humedad y a hombre. Le contempló el rostro y le vino a la memoria cuando lo apretaba contra el pecho de niño para que no lo matara padre. Es mío, le decía. Hasta que le cace, respondía Justino Salazar, y se lo entregue a la mala suerte, de donde ha salido.

Paciana pisó una de las ramitas que se escapaban de una hoguera apagada y Jeremías se levantó con los ojos aún cruzados por el sueño.

—Eres tú.

—¿Esperabas a otra?

Él se pasó la mano por el cabello oscuro y se apartó un par de mechones de la frente.

—¿No me dijiste que lo habías matado? —le preguntó Paciana.

—¿A quién?

—Desperézate, ¿a quién va a ser?

—Cuando me fui lo parecía.

—Se ha presentado en el pueblo, en su caballo, con la arrogancia de siempre. No lo remataste.

Jeremías esbozó una sonrisa.

—No me pareció necesario.

—¿Te alegras de que no esté muerto? Ahora todo vuelta a empezar. Por un momento pensé que se había terminado.

—Estás enfadada conmigo.

—Andas en amores con la de la ciudad. Te he visto.

—No es porque le dejé vivo, entonces.

—Es la primera vez que no me oyes llegar y te podría haber clavado el cuchillo que me eché a la saya.

—Tantas cosas me dieron sueño.

—No es esto lo que quería para ti. Si entras en el mundo ya no puedes salir. Y dentro te vas a morir, porque no vas a poder ser libre como aquí. Con tus búhos y tus águilas.

—No había querido a nadie así hasta ahora.

—Me habías querido a mí.

—Ahora me siento solo. A lo mejor ya lo estaba, pero no lo sabía.

A Paciana se le endureció el gesto.

—Con esto solo vas a sufrir, te lo digo porque lo sé. Lo que no se puede, no se puede. Si todos fuéramos conejos o garduñas, nada habría que nos separase, pero en la vida del hombre lo hay. Cada cosa que se hizo fue para separarnos, poner unos arriba y otros abajo. No viste esa historia suya, el cine ese en la sábana de la plaza.

—¿No es ella como yo?

—No lo es. Ya lo viste. Y que sepas que si estás vivo, es porque yo renuncié y él también, como sacrificio para que la Virgen te cuidara.

—Eso te ha hecho creer todos estos años desde su iglesia.

Paciana se dio la vuelta y frunció los labios.

—Perdóname. —Jeremías la abrazó por la espalda.

—No vemos lo que no queremos. Eso nos pasa a los dos. Debe de ser de familia. Querer lo imposible solo te da amargura. Yo lo sé bien.

Se soltó de los brazos de Jeremías y le miró de frente.

—Que sepas que te buscan todos. Los guardias por escaparte, los hombres de Perfecto. Si asomas la nariz por el pueblo, te vuelves preso o muerto, tú decides. A saber lo que ha contado el cachorro de los García. Lo mismo tendrías que ir a rematarlo. Tú verás qué haces con tu suerte.

—Paciana...

Ella volvió a mirarle a los ojos y se fue de la cueva. Anduvo un buen trecho hasta llegar al vallecito del Edén. Se subió a la roca de la mano de Dios, todo había comenzado allí y allí debía terminar. Se tumbó dentro de un dedo y se quedó mirando al cielo mientras lloraba.

27

—Dígame si su estancia en el pueblo o lo que escribe en el cuaderno rojo ese tiene carácter oficial, por favor, señorita. Catalina, me ha dicho que se llama, el apellido me ha sonao extranjero, perdone usté. Quería preguntarle si necesita datos de la autoridad que comprobar, usos, costumbres, o se trata de dejar constancia de si cumplimos con nuestro deber o nuestros quehaceres públicos. —Don Roque había engolado la voz en sus últimas palabras—. Por eso la dejaron aquí.

Había llamado a Cati al Ayuntamiento porque la había visto sentada en un poyete de la plaza escribiendo en el cuaderno, mientras el Murciélago se balanceaba en una de las ramas bajas de un castaño de Indias.

—No se preocupe por lo que escriba aquí. —Alzó con una mano el cuaderno rojo.

—Preocupación ninguna, señorita. Son solo ganas de servir lo que me mueve en el ofrecimiento.

—¿Qué le pareció el teatro y el cine? ¿Lo pasó bien?

—Pues fíjese que a ratos olvidé que era yo autoridad y había gente de Madrid a la que atender, hasta eché de menos a mi difunta mujer. Cuando le tocan a uno el corazón a veces se acuerda de sus muertos queridos. Pero no lo anote, se lo he dicho en confianza. No sea que en Madrid vayan a pensar que descuidé mi cargo por un acto de sentimentalismo.

—Cumplió usted muy generosamente y con mucha diligencia.

—Escriba eso si quiere.

—Eso voy a hacer —le dijo Cati con una sonrisa.

—Así que por eso se ha quedado, para evaluar cómo lo hicimos.

—Me quedé por un encargo, pero es personal. Descuide. Si usted disfrutó con nosotros, me doy por satisfecha.

—¿Y sus jefes?

—Más todavía. —Cati rio.

—No les contará lo que ha pasao después, digo lo del preso que hemos tenido, que sabrá porque es pariente de...

—Don Roque, si Jeremías Salazar se escapó es porque no había más prueba para encerrarle que una vieja rencilla entre familias y tenía miedo de que lo mataran sin un juicio siquiera, y sin pruebas.

—Hombre, es más que una rencilla, señorita. —Don Roque carraspeó.

—Tiene razón.

—Con las venganzas aquí se nace, que son como muesca en la sangre. Pero ahora que el señorito Andrés se ha presentado en el pueblo... Vivo, claro, que muerto hubiera sido ya terreno del padre Agustín...

—¿Es eso cierto?

—Hará no más de una hora. Pero venía herido porque el Salazar y él tuvieron trifulca la tarde del viernes pasao, por lo visto, justo cuando desapareció.

—Jeremías también estaba herido, todos mis compañeros son testigos de que le encontramos medio muerto cerca de la posada.

—Pelea de gallos, parece que fue. Pero uno se llevó más daños que otro.

—Mi amiga Rosa lo reconoció y podría dar testimonio de sus daños, porque es estudiante de Medicina. Va a volver al pueblo en breve con un encargo que le he hecho.

—¿Otro encargo? A pesar de su juventud ha de ser autoridad de algo, como poco de tomar nota.

Cati rio de nuevo.

—Tenga cuidado, porque a veces las cosas pueden enmarañarse cuando uno no las deja que sigan como han de ser.

—¿Y cómo han de ser? —preguntó ella.

Don Roque guardó silencio y se encogió de hombros.

Unas horas antes del almuerzo, Cati y Fabián regresaron a la casa. Paciana estaba sentada frente a la mesa, con un paño sobre los muslos lleno de vainas de arvejas que iba pelando y echaba las semillas dentro de un lebrillo.

—Ya sabe lo de Andrés García, ¿verdad? —le preguntó Cati.

Paciana levantó la cabeza. Sonaron las semillas que parecían granizo al caer contra el latón del lebrillo.

—Se le escapó vivo. ¿Quiere pelar conmigo?

Cati se sentó a su lado. Le observó las manos. Los dedos gruesos, rojos y de uñas rotas que abrían en canal las vainas. Fabián se fue a dar de comer al macho.

—Ahora que el hijo está vivo y si les paga la deuda, podría acabarse su guerra para que un día no hubiera de verdad una muerte —dijo Cati.

—La vida está para morirse. No hay más que mirar a nuestro alrededor.

—Yo lo sentiría mucho.

—Sobre todo si es mi hermano.

—O su hijo o usted, Paciana.

—A veces oigo llorar a mis hijos muertos, ¿sabe? Sus llantos saltan de las paredes de la casa. Y los espanto con un trapo.

—Yo escucho a mi madre en mi cabeza..

—La lleva dentro como yo a ellos. Y como llevaré a quien tenga que llevar.

—Usted no quiere la muerte de nadie.

Paciana dejó el paño con las vainas sobre la mesa.

—Deme un cigarrillo —dijo luego—, estoy hablando de más.

El resto de la tarde, Cati dibujó a Fabián y escribió en el cuaderno rojo. Ansiaba que llegara la noche. Cuando sintió a Paciana y al niño dormidos, bajó a la cocina con la saya puesta y le esperó al calor de las brasas. Atenta al ulular del Gran Duque, bajo la luz de la lámpara de aceite. Cerraba los ojos, con la cabeza sobre un brazo como si se hubiera dormido, e imaginaba que al abrirlos él estaba allí. No había viento. La noche entraba por la parte de arriba del portón. En la esquina, de guardia la escopeta de Justino Salazar. Cati salió a fumar mientras miraba las estrellas. Oyó por fin al Gran Duque, apagó el cigarrillo y se internó en el bosque. Trataba de recordar el camino al claro cuando oyó su nombre entre la espesura de robles. Siguió la voz que la guiaba. A veces decía «Cati», otras solo ululaba. No podía verle, pero sabía que era él. Se fueron haciendo más tupidas las jaras, Cati se enganchó el chal que llevaba sobre los hombros en una de ellas, lo abandonó. Su respiración se fue haciendo más fuerte, sus pasos más rápidos hasta que llegó a las rocas de tortuga que alumbraba una luna llena y las hacía parecer fosforescentes. Jeremías Salazar surgió a su espalda, ella retrasó el darse la vuelta, podía olerle en la calma de la noche. Fue él quien la giró hacia su pecho y sus brazos y se besaron.

—Ha aparecido vivo ese hombre, ya no tienen nada contra ti —le dijo ella.

—Solo cosas viejas.

La tomó de la mano, aún estaban cerca del pueblo, y la llevó hasta una poza del río truchero, escondida en un recodo de la montaña. El río al que decían negro, pero en aquella zona sus aguas eran un espejo de limo. Salía de sus riberas el olor del tomillo y se oía a las ranas croar entre las hierbas altas. La luna se derretía en sus aguas. Cati se deshizo de camisa y saya, de su ropa interior, y se zambulló. Un frío enorme le estremeció el cuerpo. Durante un rato, antes de quitarse también la ropa, menos el trapo atado al muñón, y echarse al agua, Jeremías Salazar contempló fascinado cómo ella nadaba entre la luna y se zambullía en su reflejo. La vio saltar como un animal marino. Luego se reunió con ella. Muchas eran las veces que se había bañado entre las ranas y tumbado al sol en las planchas de roca, pero el lugar le parecía distinto. Cada uno de los aromas de la noche se había intensificado. Las aguas destellaban más, las hierbas no eran más altas, pero sí más hermosas, y la montaña que los custodiaba dibujaba un contorno de vientre de mujer que no había reconocido hasta ese instante.

Nadaron juntos para no morir congelados, se besaron temblando, castañeteando los dientes, en abrazos que parecían viejos como si se hubieran abrazado toda la vida. Salieron a una de las planchas de roca, Jeremías la envolvió en su chaqueta áspera, la tumbó y con su camisa fue secándole el cuerpo, primero este pie, así, el tobillo, la tibia, el muslo, le pasaba primero la tela burda y después sus labios, y así la fue besando entera hasta que Cati se olvidó del frío, de la aspereza de la roca y todo fue él.

Tras el amor, durmieron hasta que los despertó el temblor de su cuerpo, tenían la carne erizada por la brisa de la madrugada. Se vistieron. Y de camino a la cueva adonde le había ido a buscar Paciana, Jeremías le fue enseñando aquello del bosque que salía a su encuentro. Mira esto que parece una piedra, es una concha de galápago; y estos escarabajos negros, uno detrás de otro, y mira aquí, hay un nido de lechuzas, aquí una mata de brezo, huélelo, aquí una madriguera de conejo, y en esta poza pequeña, míralo, está bebiendo un ciervo. Allí hay muchos cuervos porque encontraron uno muerto, ya no irán a ese lugar nunca más.

En la cueva extendió una manta, prendió un par de ramas en un círculo de piedras, y, abrazados, se abandonaron de nuevo al sueño.

28

El miércoles por la mañana, el pueblo se llenó de jornaleros que llegaban como todos los años para la siega que le decían grande. Grande porque era en la finca de don Perfecto García: otros se llenaban de callos las manos por la familia. Venían desde Extremadura y en partidas de ocho o diez y les llevaba más de una semana de trabajo. Dormían en el campo mismo, o en los pajares o establos, porque trabajaban hasta que la oscuridad impedía el seguir haciéndolo, y si había luna, aun bajo la luz de ella. El día que llegaban al pueblo había alboroto en la taberna del Rucio. Allí esperaban a que los hombres de don Perfecto vinieran a buscarlos para llevárselos a la finca. Bebieron anisete y comieron oreja frita. Algunos habían salido a la plaza a tomar el aire cuando vieron asomar por una de las calles un automóvil traqueteando por los adoquines. Aquí viene el patrón, pensaron muchos. Se las gasta de rico, y se echaron la gorra a la mano. Ninguno reconoció la marca, un Hispano Suiza negro que refulgía bajo el sol del verano, ni siquiera don Roque, que salió al oír el runrún mecánico, pero por el porte regio del automóvil pensó que había de ser, como poco, gente del gobierno. Le vino a la mente el cuaderno rojo y se volvió al Ayuntamiento para cambiar la gorra por el sombrero de domingo. Conducía un hombre de apariencia tosca, que se bajó a abrir la puerta de atrás. La expectación bullía en la plaza como un puchero. Se asomó un segundo individuo, este de mayor edad, que antes de bajarse miró hacia los lados y se limpió el sudor de la calva con un pañuelo de hilo. El chófer se fue hacia la otra puerta, pero la abrieron desde dentro, y bajó una joven de gafas y sombrero *cloche* que don Roque reconoció como una de las muchachas que habían estado el fin de semana con las Misiones Pedagógicas.

—¿Me recuerda? —le dijo ella.

—Y cómo no, señorita, si apenas hace tres días que se fue. Para estas máquinas no hay distancias. Un honor su vuelta.

Era Rosa, la dulce.

—Buscamos a la señorita Catalina Skalo —dijo el hombre calvo con la voz atildada.

—Sé que está en casa de Paciana Salazar —intervino Rosa—, pero no recuerdo dónde quedaba.

—Faltaba más, yo los llevo hasta allí. Si me permiten.

Don Roque se montó al lado del chófer. El hombre, que no era otro que el doctor Honorio Guzmán, regresó al interior del coche.

—Yo los seguiré caminando —dijo Rosa.

Llevaba puestos unos pantalones tobilleros que habían alarmado al doctor, y una blusa de manga corta color fresa. Tenía las mejillas sonrosadas y saludaba con una sonrisa a todo aquel que se atrevía a mirarla. El maestro, Ramiro Valiente, se le unió en el camino.

—No me diga que vuelven las Misiones.

—Aún no, pero si lo pide, volveremos.

—Soy hasta capaz de rezar, fíjese lo que le digo, con tal de que vengan.

Rosa rio.

—He venido por un asunto personal.

—Por Catalina. Mejor sería que se la llevara de aquí.

—¿Corre peligro?

—No por el hombre por el que también se quedó, pero sí por sus enemigos.

—¿Le conoce?

—Lo suficiente.

Desde antes de que el sol asomara el primer rayo, Paciana estaba sin dormir, quieta en la cama, sintiendo a su lado la vida del niño, la respiración en el silencio, si todo fuera siempre así, pensaba, si no amaneciera y solo nos quedáramos los dos respirando en la cama, uno al lado del otro; pero un rayo de luz, aún débil, entraba por el ventanuco para anunciar que había que salir de la madriguera. En estos pensamientos estaba cuando oyó pasos por la escalera y sacó de debajo de la almohada el cuchillo con el que dormía, no para que se le partieran en dos las pesadillas, sino para estar lista por si había que defender a la familia. Caminó de puntillas hasta la puerta, que estaba entreabierta, y se asomó tratando de ver ella y de que no la vieran. No esperaba lo que encontró. Catalina Skalo venía con el cabello revuelto y los ojos de sueño. Bostezaba, y antes de entrar en su cuarto pudo oír cómo suspiraba y se le abría después una sonrisa. Había dejado a su paso, en el vestíbulo, una estela de aromas de monte, pero adivinó el de su hermano mezclado con todos ellos. Dio vueltas al mango del cuchillo, se volvió para dentro y se sentó en la cama. Mirando el filo, rozó con la yema de un dedo la punta afilada que abría el vientre de un cochino como si fuera mantequilla. Maldijo su mala suerte. Guardó el cuchillo bajo la almohada y se echó otro rato junto al niño.

Ya llevaba en pie sus buenas horas cuando volvió a oír un ruido fuera, y no fue la única. Fabián el Murciélago salió por la puerta antes que ella, con un «¡hala!» maravillado, porque era el primer coche de la ciudad que veía y pensó que todos serían así de negros y de grandes. Detrás salió Paciana, con la saya armada, porque aún esperaba a don Perfecto y a sus hombres. El Hispano Suiza aparcó en la torrentera.

—Paciana Salazar —dijo don Roque tras bajarse del coche—. Traigo a estas gentes ilustres que preguntaban por su casa. No tengo el honor...

—Doctor Honorio Guzmán, caballero, ha sido usted muy amable. Señora. —Le tendió una mano a Paciana, que ella miró un momento antes de estrecharla—. Vengo a buscar a mi ahijada, la señorita Catalina Skalo, que según tengo entendido aquí se aloja.

Fabián miró un instante al doctor de arriba abajo con sus ojos negros de lagarto. Pero, tras el fin de semana con hombres de la ciudad, su fascinación residía por entero en el coche. Era como los que había visto en el cine el domingo y de pronto había uno de verdad en la puerta de su casa. Lo rodeó con la boca entreabierta, admirando cada detalle, al tiempo que pasaba el dedo índice por la chapa reluciente, hasta que se encontró con el chófer que, sin que le vieran, le dio una colleja, que venía a decir «si vuelves a tocar el coche, te rebano el pescuezo». El Murciélago salió corriendo a colgarse cabeza abajo de la rama de roble, al lado de la casa, y se balanceó lo más fuerte que pudo tratando de captar la atención del chófer.

Apareció Cati. Había oído el ruido del coche en sueños y creyó que estaba en Madrid, en la casa de la calle del Prado, y que la madre no había muerto, ni el padre se había ido al sudeste asiático para construirle un transatlántico con su nombre. Abrió los ojos, miró por el ventanuco. Se puso el vestido del día anterior y bajó descalza. Se abrazó al doctor Guzmán, le reprendió con cariño por haber viajado hasta allí, con la incomodidad de los baches por el mal camino, mi doctorcito querido, y el calor que hace.

—Qué campestre estás —le dijo él—, pero te veo más alegre.

Cati abrazó después a Rosa. Se empeñó en venir y no hubo manera de disuadirle, le dijo ella por lo bajo. Cuando se pone cabezota es imposible. Y tanto como que aquí está. ¿Te dio el dinero? Lo lleva él, fíjate, ni que se lo fuera a robar. Muchas gracias, le dijo Cati ante de darle un beso en la mejilla. Te tengo que contar, bisbiseó Rosa. Y yo, ni lo vas a creer, estoy enamorada como nunca.

—Si no se ofrece nada más, me marcho porque es una reunión familiar. ¿Nada oficial les trae por aquí?

—Más oficial que cuidar de la nieta de mi más querido amigo, no sé a qué se refiere usted.

Don Roque tragó saliva. No había motivos para bando, ni para desalojar de nuevo el Ayuntamiento porque aquel hombre no tenía pinta de venir a quedarse. Traía un traje de chaqueta de riguroso negro, paño grueso para acrecentar la pena, del que colgaba la leontina de oro del reloj, y unos zapatos duros de charol. Un sombrero también de luto bajo el que se le veía el rostro congestionado y los ojos empequeñecidos por el sol radiante. Si se queda así, se nos muere de un soponcio, pensó, y lo que nos faltaba, que venga un médico aquí a morirse en vez de a curar. El mundo al revés este verano, y como sigamos así, lo que nos queda por ver.

—Con Dios, entonces —dijo don Roque, y echó a andar calle arriba, que había dejado el revuelo de los jornaleros extremeños en la plaza, y había de ver si los hombres de Perfecto se los habían llevado ya para la finca y el orden quedaba restablecido.

Paciana dijo:

—Si quieren ustedes pasar dentro, puedo darles agua y una sombra a la que resguardarse del sol.

—Se lo agradezco, señora.

El doctor Guzmán dio orden al chófer de que lo esperara fuera; no creo que la diligencia se extienda más allá de una hora, le dijo. Pensaba volverse a Madrid por el camino de infierno que había venido, pero con Catalina Skalo en el asiento de atrás. Antes de atravesar el umbral de la casa de Paciana Salazar, se sacudió las solapas de la chaqueta y miró con aprensión la sombra en la que había de adentrarse. Cati le tomó del brazo y le ayudó con el trance.

—Paciana ha sido tan amable de ofrecerme su hospitalidad y he estado en su casa muy a gusto —dijo Cati.

—Le agradezco que haya cuidado de ella, señora —dijo el doctor—, pero vengo con intenciones de llevármela. Su padre se halla camino de las Filipinas, y soy yo el que ha quedado a su cuidado como padrino suyo que soy.

—No tendrías que haber hecho el viaje hasta aquí. —Cati le quitó el sombrero, le aflojó el cuello de la camisa y le abrió la chaqueta.

—Sí, tenía que venir. Ha salido tan aventurera como su madre, ¿sabe usted?, que en paz descanse mi querida Carlota. —Miró al techo de la casa como si fuera el cielo.

El doctor Honorio Guzmán se sentó en una de las sillas y se limpió el sudor de la calva con el pañuelo. A su lado se sentó Cati y frente a ellos Rosa. Paciana puso el botijo encima de la mesa y los tres mejores vasos de barro que encontró.

—Se lo echan ustedes aquí, que es la única agua que me queda. Ahora mando al niño a la fuente.

—Es más que suficiente, señora. Le reitero mi agradecimiento.

—Pues yo los dejo a solas, que tendrán que hablar de sus cosas, y me vuelvo a mis quehaceres del día.

Antes de salir, cogió un cántaro pequeño y salió para dárselo a Fabián, que se había descolgado de la rama y andaba tratando de burlar la vigilancia del chófer y de sentarse al volante. En algún momento se irá a mear, pensó el niño justo cuando salía la madre con el cántaro, lo agarró sin que ella le dijera nada, y salió corriendo.

Cati le sirvió agua al doctor, pero Rosa cogió el botijo y bebió sin derramar una gota.

—Vete a hacer la maleta, que te vienes con nosotros —dijo Honorio Guzmán mirando a su alrededor.

—Aún no, querido mío.

—Oh, Cati —dijo Rosa con gesto consternado—, tengo que darte una noticia muy triste.

—¿Qué ha ocurrido?

—Se nos ha muerto Cossío.

—No es posible.

—Lo entierran esta misma tarde —dijo Rosa.

Cati puso una mano sobre el cuaderno rojo que estaba en la mesa y cerró los ojos.

29

—¿Se puede?

Cati llamó con los nudillos a la puerta del dormitorio de Paciana, donde esta se entretenía en limpiar por donde ya había limpiado a primera hora de la mañana, al poco de oírla llegar.

—¿Se marcha? —le preguntó soltando el trapo sobre la cama.

Vio que Cati sostenía entre las manos el sobre de color sepia, arrugado, que acababa de darle el doctor Honorio Guzmán.

—No pensaba aún, le dije que me quedaría una semana. Pero me han traído la noticia de una muerte.

—Lo siento mucho. Entonces se marcha.

—Voy a Madrid para asistir al entierro.

—Será lo mejor. —Paciana se metió una hebra de pelo dentro del pañuelo.

—Tenga. —Cati le entregó el sobre.

—¿Qué es esto?

—Usted sabe lo que es.

—¿El dinero de su estancia?

—Y el dinero para que pague la deuda a Perfecto García, las tres mil pesetas de las que hablamos.

Paciana abrió el sobre y vio los billetes verdes.

—No lo quiero, gracias. —Le ofreció el sobre a Cati, pero ella no lo cogió.

—Paciana, ya lo habíamos hablado. Le estoy muy agradecida.

—No quiero deberle nada. Siempre estaría en deuda y no piense que por eso me va a gustar lo que no me gusta.

—¿Es por la relación que tengo con su hermano?

—Ah, no sabía que había relación alguna. Solo me pareció ver un amorío.

—Tiene razón en pensar como piensa. Qué futuro nos espera, eso no lo sé.

—Usté aquí no pertenece, ni él de donde es usté. Ya le dije que él no está hecho para el mundo y menos para el suyo. —Paciana frunció los labios.

—¿No cree que es él quien debe decidir?

—Pero yo decido sobre mi hacienda y no quiero que me dé dinero —dijo ofreciéndole de nuevo el sobre, pero Cati tampoco lo cogió.

—Es la hacienda de su hijo también, la que fue de su padre. ¿Va a dejarle sin ella solo por orgullo? ¿Va a darle ese gusto a Perfecto García y a sus matones para que se salgan con la suya?

—Poca sangre tiene Fabián de los Ariza, que es floja y hecha de agua. Si no, ya ve mi marido, al primer problema se tiró por la Quebrada a troncharse la cabeza y que los asuntos se los arreglaran otros. Toda la sangre le tocó a Fabián de los Salazar, y nosotros somos como la hierba que cortas y vuelve a salir. Empezaremos de nuevo en la cabaña de mi padre, incluso compraré un cerdo con el dinero de la cosecha de este año.

—¿Y de qué va a vivir? Perfecto se quedaría también con sus tierras.

Paciana suspiró y se sentó en la cama. Se sentía cansada. Pagarle la deuda sería bueno, pensó, él ya se ve ganador una vez más porque nos deja en la calle. Pero no sé. Apretaba el sobre entre las manos. Si pudiera estrujar el dinero y cagarme en él... Cati se sentó a su lado y le sonrió. Paciana aún le podía oler en la piel el rastro de su hermano. Del pajar subió el relinchar del jaco.

—Pagaré la deuda por el niño, si me promete que no va a volver nunca al pueblo.

—Yo no puedo prometerle eso.

Cati se levantó y la miró seria.

—Poder puede. Será que no quiere.

—Eso es, no quiero. No me presione más, yo solo trato de ayudarla. A ver si aprende a distinguir.

—No es de la familia.

—Soy su amiga. Hemos fumado juntas, bebido, segado —alzó la voz—. Hemos pelado arvejas y nos hemos intercambiado los zapatos.

Paciana se la quedó mirando antes de dirigirse al armario, a la parte que era de su marido. Abrió el primer cajón y sacó un lápiz, aún afilado, con el que Eustaquio Ariza hacía las cuentas.

—Apúnteme aquí su dirección de Madrid —le dijo a Cati indicándole la parte de atrás del sobre.

Ella se apoyó en la mesilla de noche y escribió también su número de teléfono.

—Aquí puede encontrarme si necesita algo urgente.

—Yo pago la deuda, usted se queda en su casa, y le voy mandando el dinero con las cosechas de los años que vengan.

Cati no dijo nada, salió de la habitación para ir a su dormitorio, pero regresó al poco. Llevaba en la mano los zapatos verdes y un paquete de cigarrillos.

—Esto es para usted. —Se los entregó a Paciana, que

acababa de guardarse el sobre del dinero en el bolsillo de su delantal.

—Me da vergüenza decirle que se lleve mis alpargatas —dijo ella.

Cati sonrió.

—Prométame que no va a volver.

—Ya le he dicho que no puedo hacerlo. —Su voz sonó enfadada—. Ahora la decisión es suya.

Paciana se sacó el sobre del delantal y se lo ofreció, pero Cati lo cogió y lo arrojó sobre la cama.

—Usted decide, y ¿sabe lo que le digo?, que me echará de menos, Paciana Salazar, como yo a usted.

Cati cerró la puerta detrás de ella y se fue a su habitación. Estaba sacando su ropa del armario cuando entró Rosa para ofrecerle su ayuda.

—Pasa —le dijo ella—. Justo quería hablar contigo para pedirte un favor. Antes de irnos, te ruego que hables con la Guardia Civil y con don Roque para contarles lo sucedido la noche del viernes y explicarles, desde el punto de vista médico, las heridas que presentaba el hombre que encontramos.

—No serían muy graves si fue capaz de levantarse e irse, Cati. Además, solo soy una estudiante de segundo de Medicina.

—¿Acaso no tenía una herida en la frente, como si le hubieran dado un golpe? ¿Estaba desmayado en el camino, sí o no? Pues eso es lo que te pido que cuentes.

—Cati, no puedo creer que ese sea el hombre del que dices que te has enamorado. ¡Pero si era como el hombre de las cavernas! Aunque en guapo, he de decir, eso sí.

—No lo conoces.

—Claro que no le conozco tan bien como tú, quizá me gustaría. —Rosa sonrió y Cati le tiró la almohada a la cara.

—No te burles.

—Catalina Skalo, eres igual que tu madre.

—¿Y qué tiene de malo?

—Cati, tu padre era un marinero con tatuajes...

—Mi padre era marino mercante y el segundo de a bordo de un buque —la interrumpió ella—, además de un genio matemático.

—Está bien, lo siento, no quería hacerte daño. Me he pasado de la raya. Has tenido una aventura loca y punto.

—No ha sido una aventura, Rosa. Ha sido inesperado.

—Dios mío, Cossío nos decía que interactuáramos, que conversáramos, pero...

—No metas a don Manuel en esto y más hoy.

Cati se dejó caer en la cama.

—Tienes razón. Pero sé coherente. Eres escenógrafa y figurinista, con talento y futuro. Ahora a las mujeres se nos está abriendo el mundo, Cati. Votamos, estudiamos, trabajamos. Vas a quedarte aquí haciendo qué. Porque no pensarás llevártelo a Madrid, ¿no?

—Déjame a solas un momento, por favor, que quiero escribirle una nota al niño.

—Está bien, te pido perdón otra vez si te molesté.

Cati le escribió una carta breve a Fabián y otra a Jeremías, luego cogió su maleta y bajó a la cocina, donde la esperaba el doctor. Metió el cuaderno rojo y la pluma en el bolso, miró a su alrededor, inspiró hondo para llevarse el olor de los rescoldos del fogón y las sopas de Paciana, y salió fuera.

Fabián estaba sentado en el asiento del conductor, con las manos en el volante, bajo la mirada del chófer, que se fumaba un cigarro de picadura sentado en el tocón de roble. En el suelo estaba el cántaro lleno de agua y un vaso.

—Demonio de crío —dijo—. Pudo conmigo y acabó metiéndose dentro.

—No te vayas, Cati. —Al verla con la maleta, Fabián salió del coche y se abrazó a sus piernas.

—He de ir a casa porque se ha muerto un amigo querido.

—¿A la ciudad? ¿Con los coches como este, como los de la película?

—Eso es.

—¿Y ha habido otro muerto más? Porque con tu madre y mi padre ya teníamos bastante.

Cati asintió.

—Recuerda que si te pones cabeza abajo no lloras, las lágrimas se te van para dentro.

—Lo recordaré. —Ella lo abrazó y le dio un beso en la mejilla.

—Tienes que volver, porque vamos a casarnos, Cati.

—Esta carta es para ti, Fabián. Me dijiste que ya sabías leer, ¿verdad? —Se la entregó al tiempo que se agachaba y le decía al oído—: Y esta otra es para que se la leas a tu tío Jeremías cuando le veas. —Se la metió en el bolsillo de los pantalones—. No le digas nada a tu madre, es un secreto entre nosotros.

Fabián asintió.

—Volverás enseguida, ¿verdad, Cati? En cuanto llores cabeza abajo.

—Eso es —dijo ella mientras trataba de contener las lágrimas.

—Catalina, llegaremos tarde a Madrid, tenemos que irnos ya —dijo Honorio Guzmán.

Rosa la tomó de la mano y la llevó con ella hasta el coche. Se sentaron en el asiento de atrás, el doctor se había puesto de copiloto. Paciana Salazar salió a la puerta y les dijo adiós con la mano.

—Gracias, señora —le dijo el doctor.

Ella esbozó una sonrisa. Arrancó el Hispano Suiza. Fabián se colgó de la rama de roble y se balanceó un par de veces, pero cuando el coche echó a andar torrentera arriba, saltó al suelo, y se fue corriendo detrás de él, mientras le decía adiós a Cati y en sus labios se leía: vuelve.

A pesar de las quejas del doctor Honorio Guzmán, el coche regresó a la plaza, y Cati llevó a Rosa a que le contara a don Roque su versión de lo ocurrido la tarde del viernes. La Guardia Civil caminera estaba por los caminos.

—Así se lo hará saber a los guardias, ¿verdad? —insistió Cati—. Sea un buen Sancho Panza, por favor, don Roque, usted tiene aquí la vara de gobernador.

—Lo anoté todo como usted en su cuaderno rojo —le dijo él con una sonrisa.

—Gracias. —Cati le estrechó la mano.

Al fin, el coche enfiló la carretera de tierra y polvo. Cati se agarró al brazo de Rosa y apoyó la cabeza en su hombro.

—Hay que ver qué melancólica te pones en los coches, hija —le dijo esta.

Cati sonrió y miró por la ventanilla. Un par de águilas planeaban sobre el coche, como si él las hubiera enviado a despedirla.

30

Olía a cerrado y a naftalina. Era como entrar en una casa fantasma. El diván donde Leonardo Skalo dormía las siestas y leía el *Times* estaba cubierto con una sábana como el resto de los muebles. También los cuadros con los abanicos de seda de Filipinas. La muchacha se había ido a su pueblo de vacaciones y lo había dejado todo como le ordenaba Carlota para el verano. No había pasado ni una semana desde que Cati se marchó y la casa parecía haberse muerto en su ausencia, hasta el silencio era triste. Recorrió habitación por habitación. Encendía la luz, la inspeccionaba, apagaba la luz, cerraba la puerta. Reconocía cada rincón de la casa para reconocerse ella. En la habitación de sus padres, abrió el balcón, la noche era tórrida. Quitó la colcha y una vez desnuda se tumbó en el lado de Carlota. Se puso el cuaderno rojo en el pecho y lo acarició. ¿Qué haría con el encargo después de ver cómo el ataúd de Cossío descendía a la tumba con aquellas cuerdas de equilibristas?

El entierro había sido en el cementerio del Este. Habían asistido muchos misioneros. Entre ellos estaba Fernando. Al verle, Cati sintió en el pecho el recuerdo del pueblo. Nos hemos quedado huérfanos, le dijo él. Tengo un mal presentimiento, dijo otro. ¿Cuál? Que sin hombres como don Manuel, este país se va al carajo muy pronto. Nos hemos quedado sin maestros; ellos, que hicieron posible el amanecer democrático de España. Graznó la tierra al caer sobre la caja. Luego se fueron dispersando los lamentos, cada uno a su casa.

Desde el teléfono de la mesilla de su madre, Cati telefoneó a Luisa.

—He vuelto —le dijo.

—Querida, ya mismo voy a organizar una fiesta para celebrar.

—Apenas estuve fuera una semana, aunque fueron como años.

—Desde cuándo necesitamos excusas para fiestas, nuestro estudio te echa de menos, ja, ja. —Colgó.

Al poco fue Luisa quien la telefoneó:

—Mañana desayuno en el Negresco con el núcleo duro de la pandilla, están deseando ver si has venido muy rural. *Ciao.*

Cati se tumbó de lado, abrazada al cuaderno rojo. No se oían los grillos, ni el ulular del Gran Duque, ni las patas de los corzos al huir por los pastos blandos, solo el grito del sereno. Tampoco aparecería de pronto Jeremías Salazar, por mucho que ella le esperase despierta. ¿Le has abandonado, como a tu madre?, le vino a la cabeza antes de dormirse.

En uno de los veladorcitos de la terraza del Negresco, con sus manteles blancos impolutos y sus sillas francesas, Cati Skalo vio a sus amigos. Estaban Luisa, dos chicas más de la pandilla y un chico, Pepe Benito, al que llamaban el

Asiduo porque no se perdía ni un solo plan donde estuvieran ellas. Cati los besó a todos. Pidió un café con leche y un cruasán.

—Háblanos de los pueblos de España, ¿son bonitos? —le preguntó Luisa.

—Dicen que son la cara negra del país —dijo otra.

—Quien lo haya dicho no ha puesto un pie en ellos. Lo que le gusta a la gente hablar sin saber. —Se bebió el café con leche.

—Bueno, mujer, has venido seria.

—Estoy triste por la muerte de Cossío.

—Camarero, un anisete.

—Dos.

—Tres.

—Cati, es que llevas una racha...

—Hija, ¿cómo le dices eso?

—¿Y pusisteis cine en el pueblo? —le preguntó el Asiduo.

—Charlot, *Luces de la ciudad.*

—Ay, de esa no cortamos nada que recuerde.

—Y cuál ha sido el último tijeretazo, cuéntanos.

El Asiduo trabajaba en la Dirección General de Seguridad, visionaba las películas antes de que se proyectaran en las salas del cine.

—Tal y como se están poniendo las cosas ahora, el objetivo son los rusos y todo lo que huele a revolución. Borramos hasta la palabra misma, señoritas mías. No están los tiempos para dar ideas.

—Acordaos del año pasado cuando fuimos a ver *Los Miserables* —dijo Luisa— y, como nos dijiste, oye, ni una barricada, ni un solo enfrentamiento, todo corte y corte, como si la Revolución francesa se hubiera hecho con flores o a gritos.

—Vamos a acabar no creyendo en nada.

—Catalina Skalo, hija, di algo, que viniste telegráfica.

—Déjala, mujer, estará cansada.

—Lo cierto es que no pegué ojo.

—Duerme la siesta, Cati, y recupérate para el plan de la noche.

Sin embargo, hasta la hora de arreglarse para la fiesta, Cati deambuló por la ciudad, sin ganas de ir a casa. En la Gran Vía, buscó a Paca, la trapera. Sabía que empezaba su ronda al caer la tarde. La encontró con el carro detenido en la calle del Barco.

—Y que te hacía yo por el campo, no me dijiste.

—Sí, Paca, pero he vuelto a un entierro.

—No está de Dios el verano. Ya te echaba de menos, porque han estrenao películas y quiero saber cómo se llaman.

—Paca, mañana vamos a ir juntas al cine.

—Yo pa qué.

—Cuando salgas de la película me respondes.

—Y que no puedo entrar con el carro y el burro. Y si lo dejo fuera me lo roban.

—Paca, ven conmigo al cine, por favor. Te necesito. —Cati hizo un mohín.

—Bueno, no sé.

—Mañana estate en la puerta del Callao a las seis. Vamos a ir a ver *Sueño de amor eterno* de Gary Cooper. —Cati abrió el bolso y sacó un par de billetes que le puso en la mano—. No sabes la ilusión que me hace. Te lo agradezco mucho.

Le besó una mejilla y se fue calle arriba bajo la mirada sorprendida de la trapera.

Varias veces estuvo a punto de tomar el tranvía rojo, el Cangrejo, y presentarse en el estudio de Edmundo. No le había telefoneado, pero sabía que Luisa le había invitado a la fiesta. Nada más verla esa noche, él se lo reprochó.

—No me has llamado al llegar como quedamos. Has venido muy bella, con las mejillas del color de las rosas. Nunca has estado tan bermellón como ahora, me muero por pintarte, *baby*, porque sigues siendo mi *baby*, dime que sí.

Edmundo estaba con el atractivo mediterráneo a flor de piel. Los ojos más azules detrás de unas gafas de concha nuevas. Llevaba una camisa blanca y por el pecho se le salía el moreno de los días que había pasado en la playa. Alguien gritó: ¡el foxtrot! Cati le agarró de la mano y se lo llevó a la pista. Se olvidó de todo cuanto no fuera bailar. Del foxtrot pasaron al charlestón, y por petición secreta de Edmundo, antes de que se encendiera la fiesta, pincharon el bolero: *El día que me quieras*, de Carlos Gardel. Edmundo la atrajo hacia sí, le cantó al oído, le besó el cabello, luego los labios. Bebieron más gin-tonic, pero cuanto más bebía Cati, más miraba el sofá donde estaba con Edmundo la noche que murió su madre, y más se acordaba del campo y de Jeremías Salazar, como si los grillos se hubieran colado en la fiesta con un ruido ensordecedor que no la dejara oír nada más.

Le dijo a Edmundo que iba al baño y se marchó del estudio. Tomó un taxi a la casa de la calle del Prado. Entró hasta la habitación de sus padres y rebuscó en la maleta, que aún estaba sin deshacer, hasta hallar la cuerda con la que Jeremías Salazar había atado sus tobillos para no separarse nunca. Se echó en la cama y se durmió con ella entre las manos.

Al día siguiente se despertó tarde. Tumbada en la cama de sus padres, en el lado que ocupaba Carlota, se puso a escribir en el cuaderno rojo que había dejado sobre la mesilla. No se levantó más que para comer una empanada que había comprado la tarde anterior y arreglarse para acudir a su cita con Paca. A la salida, la portera le dijo que había venido el cartero por la mañana. Bien que llamó a la puerta, pero no le abrió nadie. Así que tenga usted. Le dio lo que parecía una carta, pero era un telegrama. A Cati le latió con fuerza el corazón porque supo que era de su padre. Se lo había enviado desde algún puerto de África.

Buena mar.stop.Estoy feliz.stop.Te espero.

Cuando Cati llegó a la puerta del cine, no reconoció a Paca. La trapera llevaba un vestido de florecitas verdes y un sombrero *cloche* rosa. Lucía suelto y limpio el cabello que solía enredar en un moño.

—¡Paca, estás magnífica! —le dijo Cati.

—Lo encontré en una basura. Yo creo que era de una muerta, pero está nuevo. Bien lavao, fíjate, creí que nunca iba a tener oportunidad de ponérmelo, y mira, una tarde al cine como una más. Hasta zapatos había. —Le mostró los que llevaba, negros y con una pulsera en el tobillo—. Me quedan un poco grandes, pero le puse trapo en la punta.

Cati sonrió. La tomó del brazo y se dirigió a la taquilla para comprar las entradas.

Se sentaron en una fila intermedia. Paca acarició el terciopelo granate de las butacas.

—Mira que estoy aquí dentro —le dijo a Cati—. Si el burro me viera...

Rieron.

Cuando empezó la película, la trapera se estremeció con los primeros fotogramas.

—Mi madre, si parece que están ahí y los puedes coger con la mano —dijo.

Cati vio en su rostro el de las mujeres del pueblo. Y al final se le saltaron las lágrimas.

—Madre mía, si me he enamorao del Gary Cooper.

—Yo sí que me he enamorado, Paca.

—Y todas las que estamos aquí.

—No de Gary Cooper, se llama Jeremías. Pero vive en otro mundo.

—¿Y que vive en la luna o qué?

Paca se limpiaba los restos de lágrimas que le quedaban en las mejillas.

—Qué graciosa. Vive en el pueblo donde he estado con las Misiones.

—¿Y qué haces en el cine conmigo? Vete con él y no lo pienses más.

Cati la interrogó con la mirada.

—¿No acabamos de ver *Sueño de amor eterno*? —Paca sonrió—. A lo mejor hasta te echo de menos. A ver dónde encuentro otra que me lea las carteleras.

31

Desde la ventanilla del Hispano Suiza, vio los pechos de la montaña de la Mujer Muerta, enhiestos en el horizonte. Los campos habían perdido la altura de las espigas y se extendían yermos ante sus ojos, después de la siega. Septiembre avanzaba hacia el otoño, pero aún el paisaje era tostado y oro al mediodía, hasta la boca de los montes con sus pinares, sus encinas y sus robles. A lo lejos se dibujó la silueta grande de la posada, donde se había detenido el autobús de las Misiones, y Cati miró la carretera polvorienta como si fuera a encontrar tendido en ella de nuevo a Jeremías Salazar, esperándola donde comenzó todo. Pare allí, le dijo al chófer.

Cuando el coche entró en el corralón, salió el Toribio del establo. Había oído el ruido de un motor y al ver el vehículo pensó: aquí viene gente fina y de buenos dineros.

—¿Se acuerda usted de mí? —le preguntó Cati.

—Son tan bonitas las señoritas de ciudad que se me parecen todas. Pero dígame qué manda.

—¿Sabe que me embrujó la luna de aquí como usted me advirtió?

—Ya me vienen las memorias, la de agosto es muy embrujadora. Ahora, que si quiere usted remedio —el Toribio se sacó una rama de brezo del bolsillo y se la dio a Cati—, pa que se le pase el mal.

Pero ella se la devolvió.

—Se lo agradezco.

El Toribio asintió y se la guardó.

—Es usted joven. Ande con cuidao de noche no sea que se despeñe como le pasó a mi burro.

Al llegar al pueblo, el Hispano Suiza traqueteó hasta alcanzar la plaza. Olían las calles a excremento y campo porque habían extendido un cagajón junto con la paja, para que lo amasaran bien las ruedas de los carros y las caballerías de jumentos, y una vez junto lo recogerían a pala como buen estiércol. La plaza era la única que quedaba libre de la plasta. Estaba desierta, pero cuando se detuvo el coche, de las arcadas salieron varios a ver la novedad del día. Entre ellos, Cati reconoció al maestro. Se bajó del coche para saludarlo.

Ramiro Valiente estaba con el letargo de la hora del sol y parecía tener los ojos nublados. Es ella, se dijo, y ha de venir por él, o de qué si no.

—¿Y qué la trae de nuevo? —le preguntó.

—No he podido ya vivir sin ustedes.

Ramiro ladeó la cabeza y miró el coche.

—Pero ¿es que viene usted a quedarse más tiempo?

—Vengo a estar aquí.

—Diga que sí, se nos va la vida pensando en el futuro y para qué, quién sabe lo que nos espera más adelante. Cocino unas migas con chorizo para chuparse los dedos, téngalo en cuenta.

—He encontrado un amigo.

—No lo dude. Ya se lo dije, lo que necesite.

El coche tomó el camino de la torrentera, desde la plaza, y se paró frente a la casa de Paciana Salazar, donde el tiempo parecía haberse quedado fijo en las mismas sombras de los árboles, el mismo viento leve y la misma rama de roble donde se balanceaba el Murciélago. Vio Cati el portón con las dos hojas cerradas. Y se imaginó, mientras el chófer le abría la puerta y le sacaba la maleta, que al llamar quien abriría sería uno de los matones de Perfecto García, o él mismo, que se había ido a vivir a la pobreza solo por una cuestión de venganza. Llamó con los nudillos y esperó con la maleta en la mano, el sombrerito de paja con la cinta negra, el vestido de algodón blanco y unos zapatos de taconcito, esta vez en color crema. Nadie respondió al primer toque. Insistió. Y en la espera de una respuesta al segundo *toc toc*, rodeó la fachada de piedras buscando la única ventana que se asomaba al mundo de los Salazar. Por ella vio la cocina vacía. Un mal presentimiento se le cruzó en el estómago, pero al poco se dijo: es miedo. Lo mismo se fueron a lavar la ropa, o al pueblo, o a alguna de las labores del campo. Se acercó a la cuadra a ver si oía el rezongar del macho entre el heno, como cuando dormía en la casa y el olor del animal se filtraba por las rendijas. Tocó en la puerta de la cuadra y le pareció oír el resoplido del macho, o eso quiso, de lo que no le quedó duda es de que allí dentro había algo vivo. Al volver hacia el portón, dio un respingo.

Paciana Salazar parecía haber surgido de la nada, inmune a todo lo que no fuera ella, con el pañuelo a la cabeza, la saya, la camisa cerrada al cuello, las manos rojas secándoselas en el delantal, y los ojos que parecían haberle saltado del cielo. Pronto viene, pensó Paciana. Y se arrepintió de lo que había hecho por el hijo, para que Fabián tuviera el día de mañana una casa que no fuera la covacha donde ella y Jeremías habían salido al mundo. Me tuve que haber comido el dinero, pensó, o haberlo devuelto o echado al río, pero se me ablandaron las tripas al ver al niño dormir, se me ablandaron de imaginarlo cubierto de mierda y ramas haciendo de furtivo, se me ablandaron por la culpa de Agustín, que me dijo: agradece a Dios lo que te cayó en las manos, a ver si por orgullo te vas a condenar al infierno y allí no me vas a encontrar. Al infierno vete tú, Agustín, que estás muy seguro de tu inocencia. Pero se le quedó dentro la idea del mal fario. Y ya había tenido la familia bastante, y no podían ellos por una vez sacar la cabeza, y se dijo sí, y devolverle a ella hasta el último de los céntimos, sí, y mientras esto pensaba por la noche, se fumaba uno de los cigarrillos de ciudad y se probaba los zapatos verdes, y qué vergüenza, Paciana, se decía a ella misma, y luego que le jodan a la vergüenza, que ya estoy harta de hacer esto y aquello y ahora hago lo que me da la gana. Y lo que más quiero yo es tirarle las tres mil pesetas a la cara a Perfecto García, y eso hizo cuando fue, bien de mañana, a cobrar la deuda, con el colmillo goteándole la dicha de echarlos a la torrentera seca, y lo que se encontró fue: tenga usted, que me quedo con mi casa y con mi tierra, la mía no, la del niño, se dijo, y ver como a Perfecto se le enfilaban las pupilas, que parecía que le iban a meter un tiro allí mismo con la mirada. Ha valido la pena, pensó. Y al salir Perfecto por donde había venido, se fue al cementerio suicida y se levantó la falda para mearse en la tumba del marido: Eustaquio Ariza, aquí te quedas con tu pelo lacio, tu halitosis, tu carácter bueno y tu cobardía. Todo eso le vino a la memoria cuando vio a Catalina Skalo de vuelta en aquel coche de muertos que se la había llevado para su tranquilidad, aunque le había dejado al hermano sumido en el mutismo.

—¿Ya incumplió su promesa?

—Yo no prometí nada. Y los echaba de menos.

—Que debe de ser aburrida la ciudad a pesar de tanto coche, cigarrillo y zapato verde.

Cati sonrió.

—Él no está. —Paciana se cruzó de brazos.

—¿Dónde puedo encontrarle?

—Se lo tragó el monte. —Miró en derredor y se encogió de hombros.

—Entiendo.

—Desde que usté se marchó no le he visto. Me culpa, fíjese.

—Y los hombres de Perfecto, ¿dejaron de buscarle?

—Eso nunca se acaba. No van a parar hasta que lo maten. Le acusan de haber intentado matar a Andrés García.

—¿Habló don Roque, medió por Jeremías en el conflicto?

—Algo debió de contar a los guardias y al juez que vino por lo del otro muerto, porque de la noche a la mañana don Perfecto lo quitó de alcalde por no sé qué mandangas que había hecho mal y lo mandó para la casa de la hija en otro pueblo.

—Cuando fue mejor alcalde.

—Pasa. Y más por aquí. —Paciana miró la maleta—. Le cogió gusto a la casa del Eustaquio...

—No quiero molestarla, me quedaré en la posada. Ya buscaré después un lugar.

Fabián el Murciélago bajaba por la torrentera cuando vio el coche y echó a correr.

—Cati, Cati. —Se le abrazó a la cintura.

—Vas a ensuciar a la señorita, Fabián, ¿no ves que viene de blanco?

—No es la señorita, madre, es Cati. ¿Es que tan pronto se te ha ido de la memoria?

—Eso sí que no —farfulló Paciana, y miró al cielo.

Fabián cogió la maleta para meterla dentro de la casa.

—Tengo cosas nuevas que enseñarte. Verás que han nacido flores en la tumba de padre.

—Dame la maleta, Fabián, me quedaré en la posada.

—Cómo que en la posada. Madre, madre —lloriqueó el Murciélago—, no la dejes, dile que se quede con nosotros, por favor. —Soltó la maleta y puso sus manitas como si fuera a rezar, mientras revoloteaba en torno a Paciana.

—Vendré mañana a verte —dijo Cati.

—Madre, no lo permita. —El Murciélago hacía mohínes.

—Quédese esta noche si quiere, que vendrá cansada, y mañana se marcha a la posada o a donde guste.

—No se moleste.

—Por el niño —dijo Paciana dándose un golpecito en el muslo.

—Le traje más cigarrillos.

—¿Y zapatos? —Le miró los que llevaba puestos.

—¿Le gustan estos?

Paciana se encogió de hombros.

—No voy a regalárselos.

Paciana sonrió y el Murciélago metió la maleta dentro de la casa.

La noche fue fresca. Sentada frente a la mesa de la cocina, Cati escribía en el cuaderno rojo bajo la lámpara de aceite. Paciana y el niño ya se habían acostado. Llevaba puestos unos pantalones para protegerse las piernas de los arañazos de las jaras, y una camisa de manga larga y zapatos planos. Nada sucedió. Poco a poco, el cansancio del viaje y los ruidos del bosque la fueron adormeciendo, pero ella trataba de mantenerse despierta, trataba de concentrarse en el encargo que le había hecho aquel hombre extraordinario, pero ya no sabía si continuaba escribiendo para él o para ella. El Gran Duque no ululó aquella noche.

Cati pasó la mañana con Fabián. Comenzaba la brisa de septiembre. El Murciélago la llevó al río, al cementerio del padre donde se conocieron. ¿Le leíste a tu tío el papel que te entregué?, le preguntó al niño cuando este se colgaba del roble cabeza abajo. Eso hice. ¿Y qué dijo? Se calló, cogió el papel y se lo guardó en el zurrón. ¿Y dónde está? En el monte. Pero ¿tú sabes dónde? El Murciélago se encogió de hombros: Viene cuando quiere. Cati metió la mano en el bolsillo de los pantalones y tocó la cuerda como si fuera un talismán con el que atraerle.

Al mediodía, el Murciélago tenía que ayudar a su madre a limpiar la cuadra, y Cati se fue a la plaza en busca del maestro. No le encontró esta vez bajo las arcadas, y preguntó a una mujer dónde quedaba su casa. La mujer no abrió la boca, pero la acompañó hasta la puerta y llamó a la aldaba mientras le sonreía.

—¿Y va a dar usté cine este domingo? —le preguntó.

—No. Esta vez vine sola.

Ah, dijo ella. Y echó a andar de nuevo hacia la plaza.

Ramiro Valiente se disponía a salir por la puerta de atrás cuando oyó que llamaban. Abrió una rendija, pero al ver a Cati la hizo pasar dentro. Me marchaba justo ahora, le dijo. Vengo después. No, al contrario, véngase conmigo. Llevaba en la mano un paquete de libros atados con una correa de cuero, y un zurrón al hombro por donde se le escapaba el olor del queso fresco y el tierno del pan recién horneado. Salieron por la puerta de atrás, y Cati vio que se cuidaba el maestro de mirar a los lados como si le preocupara que alguien le siguiese. Enfilaron por la senda que se abría tras el patio triste con la hamaca y caminaron un trecho largo hasta llegar a la falda del monte, donde las jaras se extendían y los pinos parecían llegar al cielo. A cada tanto seguía mirando para atrás Ramiro Valiente, sin decir nada más que sígame que, a donde voy, le va a gustar, verá como se alegra de la caminata. Y así subieron serpenteando piedras, hasta que se abrió una senda en una encrucijada de zarzas, y Ramiro le entregó la cartera con los libros y le puso la mano en el hombro para decirle:

—Siga usted por ella sin desviarse hasta que encuentre un claro con rocas por las que cae un arroyo.

—¿Y usted no viene?

—Vaya usted sola, que quien me espera se va a alegrar más de verla sin nadie.

Y ella echó a andar después de sonreírle y de darle las gracias. Llevaba en una bolsa de tela el cuaderno rojo y se la apretó en el pecho. Al llegar al claro le vio de espaldas. Le pareció más alto, más grande. Él oyó los pasos y saludó al maestro al tiempo que se giraba para recibirle.

—Esta vez soy yo la que te sorprende —dijo Cati.

Jeremías se quedó quieto. Llevaba el muñón al aire, pero no fue consciente de él hasta que Cati se le acercó y, después de abrazarse, ella quiso entrelazar sus dedos con los suyos y los echó en falta. No le importó. La dejó que lo tocara, que reconociera cada uno de los nudillos de su desgracia, que en aquel mediodía ardiente se habían convertido en dicha.

Se sentaron en una roca, bajo el fluir lento del arroyo. Cati sacó la cuerda del bolsillo y ató su tobillo al de Jeremías con un nudo de lazo. Él miró la cuerda, miró los ojos de Cati y por primera vez se olvidó de su nombre.

EPÍLOGO

Ramiro Valiente recibió un paquete a mediados de junio. Se lo entregó el Toribio, que seguía recorriendo los pueblos y aldeas con las sacas del correo. La novedad es que iba a lomos de un burro joven que le había regalado el médico, para que tanto los recados urgentes como su correspondencia le llegaran a tiempo.

El paquete tenía el sello de un pueblo de Segovia. Ramiro no conocía a nadie allí. Palpó el contenido y le pareció que se trataba de un libro. No lo abrió hasta la hora del almuerzo, al regresar de la escuela. Reconoció la letra que había escrito su nombre, hermosa y de mujer, no había duda. Desató la cuerda, la enrolló y rasgó el papel. El corazón le dio un vuelco: era el cuaderno rojo de Cati, una carta breve y lo que parecía un manuscrito. Hacía meses que no tenía noticias y había llegado a estar inquieto. Los tiempos se recrudecían.

Se sentó en su butaca del patio trasero. Comenzó con la lectura de la carta:

Querido amigo:

Espero que perdone mi silencio durante tantos meses. Aún temo por nuestra vida. Solo durante las noches, al cobijo de la oscuridad, me siento segura.

Le envío esto porque, quizá, ya solo tenga valor para usted. Haga con ello lo que le parezca. Si cree que ha de ver la luz, que así sea. Si no, se perderá en este tiempo que, me temo, camina más que nunca hacia las tinieblas...

Siguen huyendo, se dijo. Perfecto García no había podido acabar con los Salazar quitándoles su poca hacienda, y eso le había envenenado. La venganza ya quedaba al margen de la ley, les pertenecía de nuevo al monte, a las minas, a la sangre.

Se llevó el cuaderno al pecho antes de abrirlo. Junto a algunas anotaciones sobre cómo fue la misión en el pueblo, había diferentes dibujos de los Salazar: del Murciélago, de Paciana con el pañuelo templado, de Jeremías, y de otros habitantes. En uno de ellos Ramiro se reconoció. En la última página encontró una nota de Jeremías, de su puño y letra. Ramiro sintió que se le venían a la boca las lágrimas. La caligrafía era temblorosa y las letras grandes y algunas mal hechas. Pero se leía: *Muchas gracias.*

Se levantó para servirse una copa de vino. La tarde era suave y refulgía en los adoquines del patio. Le había llegado la hora al manuscrito. Lo leyó con avidez durante el resto de la tarde, al son del cacareo de sus gallinas, del fuego de chicharras que le llegaba del campo. Cayó la noche. Cenó de forma frugal y se enfrascó de nuevo en la lectura. El manuscrito era una novela. De madrugada, cuando la terminó, el canto de los grillos había sustituido al temblor de las chicharras. Tenía los ojos hinchados y rojos. Dejó el manuscrito junto a él, como si fuera alguien con quien compartir lecho. Y pensó que al día siguiente iría a la casa de los Salazar para enseñarle a Fabián sus retratos y quizá a Paciana, si estaba de humor para noticias. Pensó que cuando acabaran las clases, en julio, podría viajar a Madrid y llevarse consigo al niño, para ver los coches, los edificios y otra película de Charlot, como le había prometido si se aplicaba en sus estudios. Pensó que llevaría el manuscrito de la novela y el cuaderno al Patronato de las Misiones por si consideraban oportuno que vieran la luz en algún momento; y tras este último pensamiento se quedó dormido.